Coleção MELHORES CRÔNICAS

Lêdo Ivo

Direção Edla van Steen

Coleção MELHORES CRÔNICAS

Lêdo Ivo

Seleção do autor.
Prefácio e notas Gilberto Mendonça Teles

São Paulo
2004

© Lêdo Ivo, 2003

Diretor Editorial
JEFFERSON L. ALVES

Gerente de Produção
FLÁVIO SAMUEL

Assistente Editorial
ANA CRISTINA TEIXEIRA

Revisão
RINALDO MILESI
SOLANGE MARTINS

Projeto de Capa
VICTOR BURTON

Editoração Eletrônica
LÚCIA HELENA S. LIMA

Dados Internacionais de Catalogação na Publicação (CIP)
(Câmara Brasileira do Livro, SP, Brasil)

Ivo, Lêdo, 1924-
 Lêdo Ivo / seleção do autor, prefácio e notas Gilberto Mendonça Teles, São Paulo : Global, 2004. – (Coleção Melhores Crônicas / direção Edla van Steen).

Bibliografia.
ISBN 85-260-0919-2

1. Crônicas brasileiras I. Teles, Gilberto Mendonça. II. Steen, Edla van. III. Título. IV. Série.

04-1148   CDD–869.93

Índices para catálogo sistemático:
1. Crônicas : Literatura brasileira   869.93

Direitos Reservados

 GLOBAL EDITORA E DISTRIBUIDORA LTDA.

Rua Pirapitingüi, 111 – Liberdade
CEP 01508-020 – São Paulo – SP
Tel.: 11 3277-7999 – Fax: 11 3277-8141
e-mail: global@globaleditora.com.br
www.globaleditora.com.br

 Colabore com a produção científica e cultural.
Proibida a reprodução total ou parcial desta obra sem a autorização do editor.

Nº DE CATÁLOGO: **2417**

MELHORES CRÔNICAS

Lêdo Ivo

O MELHOR DE LÊDO IVO[1]

Há na personalidade de Lêdo Ivo um admirável sentido de arte — de artista da palavra, de sedutor estilístico — que o tem elevado a um público cada vez maior e o conduz sempre a uma pluralidade de criações literárias das mais puras e importantes já produzidas nestes últimos sessenta anos de literatura brasileira. O escritor dá sempre mostra da tenacidade e da continuidade de sua presença na vida literária brasileira, o que faz de seu nome, hoje, um dos mais importantes e respeitáveis no Brasil, com grande repercussão no exterior. (Não há poeta no Brasil que tenha tido tanta antologia na América hispânica!). O escritor passa de um gênero a outro quase que naturalmente, como se para ele as "leis" especiais da *poesia* não se diferenciassem muito das da *ficção* (romance, novela, conto, crônica, autobiografia, literatura infanto-juvenil) nem se afastassem muito da retórica do *ensaio* (crítica, história literária, entrevista e traduções), pois tudo para ele é mesmo literatura.

1 Extraído de meus estudos sobre Lêdo Ivo: A indecisão semiológica de Lêdo Ivo, em *Retórica do silêncio*. São Paulo: Cultrix, 1979 (2ª ed. Rio de Janeiro: José Olympio, 1989); Lêdo Ivo, em *Latin American Writers*, Supplement I. New York: Scribner's Sons/Gale Group, 2002; e, com o título de Lêdo Ivo — A aventura da transgressão, em *Contramargem*. Rio de Janeiro: PUC-Rio/Loyola, 2002. [Prêmio Juca Pato — O Intelectual do Ano.]

Já havíamos percebido em 1974 esse sentido *glissant*, resvaladiço, da sua criação literária, em que o "eu" do poeta ou do narrador ficcionista se situa ao mesmo tempo num *lugar* e no *outro*, num *entre-lugar*, simultaneamente, *neste* e *nesse*, não importando se nesse ou naquele gênero ou na Europa, nos Estados Unidos, no México ou no Brasil. É como se o escritor estivesse constantemente à procura de um álibi, para justificar o sentido plural de suas aventuras estéticas, sempre guiadas por uma sabedoria inventiva e por uma expressão ética, a sua *Ética da aventura*, como dirá no título de um dos seus livros, que tivemos a honra de premiar (com Adonias Filho e Josué Montello) num dos concursos anuais do Instituto Nacional do Livro, em 1982.

Na sua criação o novo está em permanente diálogo com o tradicional, independentemente do gênero em que se manifesta: poesia, ficção e ensaio. O seu processo criador funde as duas pontas do tempo literário, quer o poeta se situe no centro de suas obras, na planície quase árida da Academia, nas avenidas de Paris quer no alto das constelações de seu sítio nos arredores de Teresópolis.

Nesta introdução às suas *Melhores Crônicas*, o leitor poderá acompanhar o "desdobramento" do escritor pelos vários gêneros que vem praticando, um saindo de dentro do outro, como se de um rolo de papiro fossem aparecendo o poeta, o ficcionista (romancista e contista), o ensaísta e (deixado por último) o cronista, numa sucessão que mostra a amplitude de seu trabalho criador.

O poeta
É inegável que a poesia ocupa lugar fundamental no conjunto de suas obras: é o ponto seminal da sua criação. Mas os seus trabalhos de ficção, bem como os seus ensaios, adquirem grande importância no conjunto de suas produções, refluindo, direta ou indiretamente, sobre o conjunto, completando e dimensionando intelectualmente a personalidade criadora do escritor.

Lêdo Ivo é, sem dúvida, como poeta, o mais atuante e o mais polivalente de seus companheiros de geração e de pós-geração. Pelo seu temperamento, pela sua cultura literária, alegremente revelada nos seus textos, pela sua múltipla capacidade criadora, pela sua competência artesanal, ele soube assumir desde cedo a liderança de um grupo de poetas que, em torno de 1945 e sob influências de leituras estrangeiras, acabaram transformando em matéria pessoal as concepções poéticas e retóricas que alguns (não todos) modernistas haviam inicialmente abandonado. Matéria, técnica e estilística hoje aproveitadas sob o rótulo de pós-moderno da óptica universitária...

Como todo grande poeta, ele tem sabido reunir os seus livros de poemas em edições emblemáticas da época, como a que fez em 1962, juntando os cinco primeiros livros sob o título de *Uma lira dos vinte anos*. E em 1974, aos cinqüenta anos, organizando um volume com todos os seus poemas, com o título sugestivo de *O sinal semafórico*, num total de onze livros editados entre 1944 e 1974. Dessa reunião não participou *Finisterra*, de 1972, que se representará, entretanto, na grande antologia *Estação central*, de 1976. Houve outras antologias, como a da Global, *Os melhores poemas de Lêdo Ivo*, de 1983, em que aparecem alguns poemas ainda inéditos em livro. Isso sem falar nas antologias de poemas seus publicadas em vários países, como México, Estados Unidos, Itália, Peru, Equador, Venezuela, Espanha e Holanda. Mas são as duas primeiras reuniões que, a nosso ver, constituem os momentos maiores, de *suma*, ao longo de seu processo poético. Elas formam dois conjuntos que se opõem e se complementam para uma significação maior da sua poesia.

A conjunção dos dois planos permite a percepção e a descodificação desse "sinal" contido em *O sinal semafórico*. O poeta se compara a um transmissor de sinais, a um semáforo, melhor, a um sinal de trânsito para ser por ele mesmo ultrapassado. Sente-se indiretamente um farol à beira-mar, um poste telegráfico na estrada ou um sinal luminoso no centro da cidade, emitindo mensagens para a satisfação estética dos homens. Mas o "sinal" em Lêdo Ivo não é nada estático, tanto vale como metáfora literária como pela aventura de uma transgressão.

A sua obra poética pode assim ser vista, primeiro, na participação ordenadora do processo histórico-literário de seu tempo; depois, na ordenação de si mesma, como suporte de um discurso cuja unidade estética constitui um modelo de uma das tantas possibilidades da moderna poesia brasileira.

Um elemento que o distingue da retórica de 45 é a imagem insólita, surreal e estranha, que alguns críticos americanos perceberam, a ponto de colocar a sua obra na linha da "poesia imagística" de William Carlos Williams, apesar de sua musicalidade e "fluidez". O livro *Estação central*, escrito após uma permanência do poeta nos Estados Unidos, em 1963, marca a "virada" estilística. Antes sobressaíam na sua poesia os traços da poesia européia (Baudelaire, Ungaretti, Rimbaud, Rilke, Mallarmé, Valéry, T.S. Eliot, Pound e Jorge Guillén), decorrentes tanto de sua própria formação humanística como de sua temporada em Paris (Cf. *Um brasileiro em Paris*).

É através dessa dimensão polissêmica transformada em material retórico, que Lêdo Ivo consegue uma estilística particular que o faz expoente de uma geração, que o filia ao melhor modernismo brasileiro e lhe dá, afinal, essa aura de grande poeta que ele vem confirmando de livro para livro, como ocorre com os que se publicaram a partir de 1980. Entre eles: *A noite misteriosa* (1982), espécie de bucólica em que o tema está ligado ao espaço mítico de seu sítio, com poemas de todo tipo e forma, do metrificado ao verso livre, dos longos aos pequenos, como em "O lugar":

> *Onde está Deus?*
> *Oculto no pântano*
> *entre os borrachudos.*
>
> *Deus está em nada.*
> *Deus está em tudo.*

Em *Mar oceano*, de 1987, continua a mesma temática, incluindo algo erótico, de pecado original, como em "A mancha irreparável": "*Teu púbis – a ovelha negra / no branco rebanho de teu corpo*". Livros como *Crepúsculo civil* (1990) e *Curral de peixe* (1995) prolongam e aprofundam o tema do cotidiano, tratado da maneira mais livre possível – livre no sentido de que o poeta se apresenta totalmente espontâneo, registrando como um cronista o *fait-divers* da poesia, mas sem perder de vista a possibilidade narrativa da matéria tratada.

O romancista/O contista

As narrativas de Lêdo Ivo – os seus romances, contos e crônicas – formam um quadro aparentemente menos exuberante do que o da sua poesia, como se apenas mantivesse com ela uma relação dialógica, de complementaridade. É como se o que não pôde ser dito, no surrealismo da linguagem poética, ganhasse o seu lugar de realismo na obra de ficção. Mas não é bem assim. As suas narrativas não devem ser vistas como paráfrase ou desenvolvimento de temas que não pareciam adequar-se à forma exígua do poema, porém como obras ficcionais em si mesmas, com essência e natureza próprias, às quais o escritor, por força de sua técnica – de sua arte –, sabe dar uma linguagem que se faz dupla e revela na microestrutura a invenção das imagens e na macroestrutura a imaginação que vai produzindo a história que se narra.

Estreou no romance com *As alianças*, livro que tem como cenário o Rio de Janeiro da década de 40. Além dessa "transgressão" geográfica, seu romance se destaca pela vertente técnica: a dos romancistas ingleses, especialmente Joyce, Virgínia Woolf e Rosamond Lehmann. História de ambições irrealizadas, destinos frustrados, solidão e abandono numa grande cidade, esse romance conquistou o prêmio "Graça Aranha", anteriormente conferido a Clarice Lispector. *O caminho sem aventura*, de 1948, será também, nos moldes de Balzac, um romance das ilusões perdidas no cenário geográfico do autor.

Mas o seu romance que mais chama a atenção da crítica, no Brasil e no exterior, é *Ninho de cobras*, publicado em 1973 com a láurea de haver vencido o IV Prêmio Walmap, o mais prestigiado prêmio de ficção até então outorgado no Brasil. "Ninho de cobras" é uma expressão da linguagem comum no Brasil. Corresponde ao "ninho de rato" dos portugueses, pois significa "confusão", "negócio emaranhado", "difícil"; "grupo ou lugar de gente perversa, de má conduta". O título do romance refere-se, portanto, simbolicamente, à cidade de Maceió, comparada a um "ninho de cobras". Na verdade o romance realça o propósito do escritor de "retratar" os alagoanos que não emigraram – aqueles que amam a sua terra natal como as cobras amam os seus ninhos de pedra. É um romance que se lê com prazer, com uma linguagem que constantemente se vê enxertada de imagens poéticas. Um livro que, segundo Josué Montello, renova o romance nordestino e, nas palavras de Antônio Olinto, é "sem nenhuma dúvida uma obra-prima do romance moderno, em qualquer língua".

Mas Lêdo Ivo é também autor de livros de contos, como *Use a passagem subterrânea*, de 1961 e *O flautim*, de 1966 (ambos sobre temas do Rio de Janeiro), além de outros volumes de antologias de suas pequenas narrativas, entre as quais se incluem os livros de crônicas, de que trataremos no final, depois de observar como a autocrítica do poeta e do ficcionista se tornam objetivas na linguagem do ensaísta.

O ensaísta

Optamos por apresentar o cronista no final, depois do ensaísta, uma vez que este tem muito a ver com a maioria dos gêneros praticados por Lêdo Ivo. Nos seus ensaios há referências à poesia, ao romance, ao conto e à crônica. O ensaio para Lêdo Ivo é uma das formas de afirmação da sua própria criação literária. Não que ele escreva sobre si mesmo como poeta ou ficcionista. Mas é inegável que todo grande poeta cria e, ao mesmo tempo, pensa a literatura. E o que fala sobre a obra de outro escritor tem a ver direta ou indiretamente com a sua própria obra. É certo que o seu olhar teórico pode não ter a coerência e a taxa de rigor dos filósofos da *Poética*, mas tem a clareza e a emoção de uma sinceridade pessoal que atrai o leitor e que o ilumina pela força de sua linguagem límpida, como nos estudos reunidos sob o nome de *Poesia observada*, de 1967. Ou em livros como *Modernismo e modernidade*, de 1972, *A teoria e celebração*, de 1976; *Confissões de um poeta*, 1979; *A ética da aventura*, 1982; *O aluno relapso*, de 1991; e *A república da desilusão*, de 1995, nos quais a arte, a literatura e principalmente a poesia são contempladas teoricamente, no sentido da raiz de *teoria*, que é a mesma de Qe_V [Theós], Deus e, mais remotamente, a raiz indo-européia ÷dei, com a significação primitiva de *brilhar*. Uma contemplação passiva, quase mística, poética, e não totalmente ativa, como na ciência da literatura.

    O importante aqui é saber que os ensaios de Lêdo Ivo, pela parcela de criação que o autor investe em cada um deles, situa-se numa mesma pauta e ritmo dos gêneros comumente considerados de criação. Daí porque se fazem necessários à compreensão de seus outros escritos. Na verdade, visto pelo viés da crítica e da ciência da literatura, os seus ensaios constituem um grande diálogo polifônico, no sentido de Mihkail Bahktin: são vozes em torno da grande voz do poeta, em estreita relação com a sua poesia e com as suas narrativas, vozes que as confirmam, que estabelecem um contexto autoral, em que a inteligência do escritor lança brilhos e rebrilhos sobre os mais diversos temas literários, numa linguagem de grande motivação emocional, como no sentido autobiográfico de um dos textos finais de *Confissões de um poeta*:

> *Aos cinqüenta anos, presumo já ter vivido o bastante para assistir a um acontecimento que, apesar de minha formação artística, não deixa de surpreender-me. Quero referir-me à mudança de gostos*

nos jovens. Eles adoram outros ídolos, e desconhecem ou desprezam aqueles que iluminaram a minha adolescência e juventude. [...] Consolo-me imaginando os jovens de hoje reunidos numa melancólica festa de sobreviventes, cada um deles agarrado ao osso de uma nostalgia ou ao fiapo de uma desilusão.

Em *O aluno relapso* há informações preciosas para a compreensão da poesia em si e do seu processo de criação: a concepção da poesia como linguagem especial, mágica e social; o conhecimento minucioso da arte poética; e a visão crítica da chamada literatura de vanguarda. Veja-se, para comprovar, este depoimento em "A água mais bela", verdadeiramente crítico e de uma fidelidade absoluta ao projeto literário:

> *A minha predisposição para escrever poesia surgiu na adolescência, na época das primeiras leituras e descobertas. Eu me via diante de um universo que reclamava uma celebração. A ele confiei a minha singularidade, a minha expressão. Assim, desde o início a poesia se impôs a mim como uma linguagem especial dentro da linguagem geral – uma linguagem tornada arte, e dotada ao mesmo tempo de som e signo, música e significação.*

> *Eu aspirava a criar uma magia que me permitisse ser e existir no mundo dos homens.[...]*

> *Poderei chamá-lo de poeta? O apressado e ambicioso figurante da cena literária ignora a significação das cesuras na cadência de um verso, a diferença entre vogais longas e breves e os segredos das assonâncias e dissonâncias que produzem a sedução verbal do poema. Não sabe ainda que a poesia, sendo uma expressão, só expressa o que a retórica lhe permite exprimir.*

Assim como um pintor deve saber pintar, e conhecer os segredos das combinações das tintas, e o músico deve conhecer as notas que se organizam para a composição, o poeta deve conhecer a sua arte – a arte de fazer poemas.

Ou em outra passagem, sobre movimentos literários:

A última vanguarda no Ocidente foi o surrealismo. Depois, todos os poetas e escritores se tornaram herdeiros e usuários de tudo. Aqui no Brasil, que é um país cosmético e epidérmico, muitos pensam que a imitação da vanguarda é também vanguarda, quando não passa de uma paráfrase suburbana. Sou por uma estética da totalidade. Abaixo as vanguardas arqueológicas!

Um de seus ensaios trata especificamente da crônica: é o que se intitula "Os dias que passam" (na III parte desta antologia), publicado originalmente em a *Ética da aventura*, de 1982.

O cronista

Parece mais fácil para o professor dizer que não há uma teoria da crônica (ou da entrevista, da resenha crítica, dos poemas circunstanciais, enfim, desses "pequenos" *gêneros* – ou espécies, para ficarmos na terminologia de outras ciências) do que partir para um estudo indutivo que faça emergir do conjunto dos livros de crônicas, do romantismo para cá, as linhas teóricas do gênero que incontáveis "estudiosos" teimam em chamar de "menor". Apesar de continuamente praticadas, essas formas literárias não ganharam a consideração dos gêneros tradicionais nos manuais de literatura. O *conto* é uma dessas "espécies" que a crítica, a história literária e, na esteira delas, os professores, tiveram de engolir, mas sem estudá-lo bem, preferindo sempre compará-lo com o romance, como se faz ainda hoje. No início do século XX, e já depois da morte de Machado de Assis, Sílvio Romero tem a "coragem" de escrever que considera "o conto uma forma elementar e secundária, em literatura".

Na época de Aristóteles também não havia uma teoria da tragédia, da épica, da lírica e da sátira. Que fez ele? Juntou os textos produzidos desde Homero e Hesíodo e tratou de sistematizá-los, extraindo daí os elementos teóricos da sua Poética (Περι ποιητικής...), de que até hoje se valem os estudiosos. É bem verdade que o termo crônica está praticamente ausente dos dicionários especializados em retórica, poética, teoria literária, filologia, lingüística, semiologia e comunicação, aparecendo quase sempre dentro de um verbete maior como narrativa ou jornalismo. Mas a crônica (os livros de crônicas) existe e já é história na literatura brasileira, como o demonstra o artigo de Lêdo Ivo, que vamos comentar adiante. O que se tem de fazer, ó Aristóteles das cadeiras de Teoria Literária? Em vez de divulgar textos da moda européia, por que não se debruçar sobre esse *corpus* de narrativas especiais chamadas crônicas, fazendo sair dele os elementos que configurem esse tipo de texto, descobrindo o sentido proteiforme próprio das crônicas dos escritores mais notáveis? É daí que vem a teoria, indutivamente...

A crônica foi inicialmente um gênero histórico, com os fatos cronologicamente alinhados. No século XVI muitos cronistas começaram a misturar a realidade com o fantástico proveniente dos medos e superstições das terras exóticas da Índia e da América. Evoluiu no século XIX para artigos de periódicos sobre fatos da atualidade, como em José de Alencar e Machado de Assis, este o mais importante dos nossos cronistas no passado. No século XX tornou-se um dos principais gêneros do rádio e do jornal, chegando à televisão e agora à internet. Continua gênero narrativo, como na *Crónica de una muerte anunciada*, de Gabriel García Márquez. Difere entretanto da história porque esta compara, estuda e interpreta; a crônica, não. Está mais perto do conto, pela sua estrutura e tamanho.

Mas se o conto possui *narração* e *descrição*, a crônica mais comum não passa de pura *descrição*: é como um avião que não consegue levantar o vôo para a ficção. O problema é que ela às vezes se apropria de categorias narrativas da ficção, e o que era uma pessoa real, cotidiana, adquire *status* de personagem e de ficção. O termo pode ser visto hoje como texto jornalístico desenvolvido de forma livre e pessoal a partir de fatos e acontecimentos da atualidade: o tema pode ser literário, político, esportivo, artístico ou qualquer amenidade cotidiana. A crônica está assim num meio-termo entre o jornalismo e a literatura, limitando-se com o conto, a poesia e o ensaio e encontrando nessas margens os elementos que a fazem especial e própria, a ponto de escapar à classificação dos manuais de literatura... Uma boa diferença está na observação de que o cronista sobrepaira sobre os fatos, fazendo que se destaque o seu enfoque estilístico, a sua linguagem pessoal.

Na *Seleta em prosa e verso*, de Drummond, de 1971, procuramos no final definir a crônica a partir dos textos ali reunidos:

> *O aspecto subjetivo e indefinido da crônica, em cuja evolução se percebem transições da área científica para os vastos territórios da literatura, dá-lhe características de uma espécie literária que encontra a mais ampla ressonância no espírito criador [...]. O escritor move-se com a mesma naturalidade de invenção e linguagem pelos domínios da poesia e da crônica, ingressando de vez em quando numa zona em que se torna quase sempre difícil dizer se caminhamos no terreno da crônica ou se flutuamos no reino da poesia: no terreiro, portanto, das prosas poéticas e dos poemas em prosa.*

E a seguir anotamos que "De um modo geral, porém, as crônicas não se nutrem de reminiscências. Elas se encontram presas ao burburinho da cidade, à linguagem dos adolescentes, dos comerciantes e dos acontecimentos que diariamente, no ônibus ou na praia, conseguem impressionar o espírito do escritor".

* * *

A maioria dos dicionários especializados em literatura não consigna o termo crônica. Uma bela exceção é, no Brasil, o *Dicionário de termos literários*, de Massaud Moisés, de 1974, no qual existe um bom verbete sobre a crônica. Nele se lê, inicialmente, que ela "se limitava a registrar os eventos, sem aprofundar-lhes as causas ou dar-lhes qualquer interpretação" e que a partir do século XIX os textos denominados crônicas "ostentam, agora, estrita personalidade literária". O prestígio dessa espécie de narrativa curta cresceu entre os escritores, a tal ponto que a crônica tem sido considerada uma autêntica criação da literatura brasileira. Tem o seu lugar de produção no rádio, no jornal e na revista, aparecendo mais tarde em livro. Pela concentração de observações que nos parecem importantes, vale a pena a transcrição de uma parte desse verbete:

> *Na verdade, classifica-se como expressão literária híbrida, ou múltipla, de vez que pode assumir a forma de alegoria, necrológio, entrevista [sic], invectiva, apelo, resenha, confissão, monólogo, diálogo, em torno de personagens reais e/ou imaginárias etc. [...] A análise dessas várias facetas permite inferir que a crônica constitui o lugar geográfico entre a poesia (lírica) e o conto; implicando sempre a visão pessoal, subjetiva, ante um fato qualquer do cotidiano, a crônica estimula a veia poética do prosador; ou dá margem a que este revele seus dotes de contador de histórias. No primeiro caso, o resultado pode ser um autêntico poema em prosa; no segundo, um conto. Quando não se define completamente por um dos extremos, a crônica oscila indecisa numa das numerosas posições intermediárias.*

Depois de muito bem caracterizá-la e de louvá-la, como se viu, resvala numa contradição ao dizer que se trata, afinal, de um "produto literário inferior". Em *A crônica: "O gênero, sua fixação e suas transformações no Brasil"* (Org. da Fundação Casa de Rui Barbosa, de 1992), o capítulo mais importante é sem dúvida "A vida ao rés-do-chão", de Antônio Cândido. É incrível, entretanto, que um grande crítico como ele não consegue fugir à falta de tradição de estudos sobre a crônica, valendo-se da facilidade da repetição invertida para dizer a mesma coisa no mesmo parágrafo: "A crônica não é 'um gênero maior' / a crônica é um gênero menor". Ainda bem que, logo a seguir, rompe o círculo vicioso do maior / menor e nos oferece estas preciosas observações:

> *Por meio dos assuntos, da composição aparentemente solta, do ar de coisa sem necessidade que costuma assumir, ela se ajusta à sensibilidade de todo o dia. Principalmente porque elabora uma linguagem que fala de perto ao nosso modo de ser mais natural. Na sua despretensão, humaniza; e esta humanização lhe permite, como compensação sorrateira, recuperar com a outra mão uma certa profundidade de significado e um certo acabamento de forma, que de repente podem fazer dela uma inesperada embora discreta candidata à perfeição.*

Mais adiante percebe a relação de crônica e poesia, e escreve que "a crônica está sempre ajudando a estabelecer ou restabelecer a dimensão das coisas e das pessoas". E que, em vez de mostrar o grandioso e o pomposo, "pega o miúdo e mostra nele uma grandeza, uma beleza ou uma singularidade insuspeitadas. Ela é amiga da verdade e da poesia nas suas formas mais diretas e também nas suas formas mais fantásticas – sobretudo porque quase sempre utiliza o humor". Faz o elogio da crônica (especialmente as de Drummond,

Rubem Braga, Fernando Sabino e Paulo Mendes Campos), acrescentando que

> Num país como o Brasil, onde se costumava identificar superioridade intelectual e literária com grandiloqüência e requinte gramatical, a crônica operou milagres de simplificação e naturalidade, que atingiram o ponto máximo nos nossos dias.

* * *

O ensaio-crônica "Os dias que passam", de Lêdo Ivo, é uma oportuna e ambiciosa discussão sobre a crônica na literatura brasileira. O escritor ataca e, ao mesmo tempo, elogia a natureza e estrutura da crônica, procurando vê-la por todos os ângulos possíveis, sem deixar de pagar tributo à moda de dizer que se trata de um "gênero menor". Cita todos os cronistas da nossa história literária, enfrenta a relação auto ➤ ➤ crônica ➤ leitor, nega à crônica o poder de criação, classifica-a como gênero híbrido entre literatura e jornalismo, diz que ela depende só do leitor e se mascara de crítica de costumes, com tendência ao envelhecimento; escreve que ela não tem evolução e que os cronistas "vivem" no cemitério dos textos mortos. Mas como não faz uma sistematização, o seu ensaio se deixa ler também como crônica. Uma crônica sobre a crônica, um dialelo, isto é, uma *linguagem* que se quer *metalinguagem* que se quer *linguagem*. Ao escrevê-la, Lêdo Ivo veste inicialmente a roupa do ensaísta, depois a do crítico, depois, novamente, a do cronista, mas sempre agasalhado pelo sobretudo do artista. O resultado é que o leitor fica vacilante entre o que é e o que não é uma crônica, mas sabendo, no fundo, que deve ser assim mesmo, sobretudo depois de ler as melhores crônicas desta antologia.

Nos quatro blocos que a compõem – "A cidade e os dias" / "O Rio é uma festa", / "Intervalo" / "Prosa perdida" –, o leitor encontrará os dois livros de crônicas que o escritor publicou (*A cidade e os dias*, de 1957 / 1965; e *O navio adormecido no bosque*, de 1971, reunião do primeiro com um de ensaios, *Ladrão de flor*, de 1963), além de uma série de textos inéditos em livro, como no último bloco.

Os temas das crônicas de Lêdo Ivo não fogem ao cotidiano, à matéria mais conhecida do gênero, pois a sua linguagem se reveste sempre de um apelo maior ao literário, não perdendo jamais a consciência de que se trata de literatura e não simplesmente de jornalismo. Os assuntos vão surgindo como se coniventes com a possibilidade do conhecimento prático do leitor. Se alguma vez se torna excessivamente literário, isso corre também por conta da possibilidade cultural do leitor. Assim, nos deparamos com problemas do dia-a-dia na cidade – o de morar num apartamento térreo, de saber que o telefone está tocando no apartamento vazio, porque a moça saiu para ver as flores da primavera; a ironia de "Os donos da cidade" (cariocas *versus* habitantes de outras regiões no Rio de Janeiro); o sentido metalingüístico de "Primavera", quando escreve de maneira brilhante:

> *Cronista, jamais celebrarás a primavera autêntica: todos os anos, por uma tentação de ofício, a bela quadra de agora te incita, e vais para a tua máquina portátil decidido a pôr as cartas na mesa, impor tua pequena verdade subjetiva, que se nutre da nostalgia dos dias iguais às noites, e de um veemente equinócio da primavera, quando o sol corta o equador. [...] o cronista, com sua miúda arte de tenacidade, insiste, evoca um instante em que tudo foi mudado, como se a brisa houvera polido um cristal, ressuscita árvores rigorosamente verdes, um domingo repetido todos os dias no ponto mais alto do céu, e prossegue em seu rito dactilográfico.*

A visão do subúrbio, a relação centro *versus* subúrbio, o humor das palavras cruzadas na repartição pública, a linguagem artificial dos telegramas, o homem que tocava flautim no apartamento e o anúncio que puseram sobre a venda do instrumento; as transformações urbanas e sociais do Rio de Janeiro, o sentido proustiano e balzaquiano da crônica sobre os brotos e as mulheres de trinta; a freqüência de textos sobre os namorados e os recém-casados; a bela história dos cachorros no aeroporto de Vitória, no Espírito Santo; o caso do defunto que se levanta no meio do velório; os cães argentinos e os nacionais; o excelente ladrão de paisagem; o sono na Biblioteca Nacional depois do almoço; a visita de pai e filha ao zôo; o poste de Grajaú para os recados amorosos; os decoradores de ambientes; a ilha Rasa, a da Trindade; a belíssima alegoria de o "Natal carioca"; a ironia dos lançamentos de livros; e, afinal, homenagens a escritores como Onestaldo de Pennafort, Clarice Lispector, Otto Lara Resende, Marques Rebelo, Austregésilo de Athayde e Antônio Houaiss, dentre outros.

Há muitas referências e alusões à literatura, como as de Machado de Assis e a praia de Botafogo ou simples alusões passageiras como em "Primavera", o verso de Manuel Bandeira "a vida não vale a pena e a dor de ser vivida" que aparece sem aspas no texto da crônica; em "Uma pequena surpresa" a frase "nascido um para o outro, dessa argila..." remete ao belo poema de Raul de Leoni; em "Borbotão de abril" fala em "o mais cruel dos meses", aludindo ao poema de T. S. Eliot; em "Perto das ilhas" há um "Meninos, eu vi" que nos aponta logo para Gonçalves Dias; Camões aparece indiretamente na crônica "Os comparsas da melodia", em que também aparece uma referência indireta a Manuel Bandeira; em "A ilha da Trindade" surgem frases de Pero Vaz de Caminha; assim como Castro Alves aparece em "A tarde ostensiva". Já em "O caso Lou – A vida como ficção", a crônica acaba se metamorfoseando num verdadeiro ensaio crítico, com inúmeras referências à literatura do Brasil e do exterior. Tudo isso indica o apaixonado diálogo do escritor com a vida, com o mundo e, afinal, com a própria literatura – a dele e a dos outros grandes escritores.

Gilberto Mendonça Teles
Rio de Janeiro, 15 de dezembro de 2003.

A CIDADE E OS DIAS*

* *A cidade e os dias* (crônicas e histórias), Rio de Janeiro: Edições O Cruzeiro, 1957. Incluído na segunda parte de *O Rio, a cidade e os dias*. Crônicas e Histórias. Rio de Janeiro: Tempo Brasileiro, 1965.

APARTAMENTO TÉRREO

Era um edifício de dezoito andares, e em cada andar havia oito apartamentos, quatro de frente e quatro atrás. Destes últimos, interessam à história apenas aqueles que, sendo de fundos, estavam situados na ala esquerda. O térreo não contava, a não ser como vítima. Eram, pois, trinta e quatro apartamentos sem a área que coubera ao proprietário de uma das moradias de baixo, assentada no chão como se fosse casa mesmo, porém diferente, pois que seu telhado era a garupa de dezessete residências colocadas umas em cima das outras. E por serem tantas, o dono do apartamento térreo a todas culpava, ao ver que o sonho de sua vida se convertera num pesadelo.

Acontecia apenas que ele passara anos e anos juntando dinheiro na Caixa Econômica para comprar uma casa. E casa, na cidade de mais de dois milhões e quinhentos mil habitantes, era mais um eufemismo para designar apartamento. A fim de não comprometer de todo a estrutura de seu sonho de olhos abertos, ele preferiu um apartamento térreo, para ter direito à área dos fundos, que lhe desse a sensação de terra firme. E mesmo a observação alheia de que andar térreo é mais barato, não o magoava; pouco lhe importava que seus olhos estacassem, carentes de horizonte, num muro que as chuvas iam amarelando. Se não havia as paisagens que acalmam os olhos, pelo menos existia a terra que estimula os pés. E isso era tudo para quem, sendo pobre, andara de bonde anos seguidos para ter onde cair morto, e ainda por cima comprara apartamento de planta, tudo no papel e pequenas entradas durante a construção, arriscando-se às concretizações do imaginário apenas porque, nele, a força de vontade possuía a resistência dos grandes metais.

Ora, com dois meses de vida nova ele chegou à conclusão de que a citada área não era uma fonte de delícias domésticas, onde reunisse mulher e filha, mas um motivo incessante de tormentos. Havia trinta e quatro apartamentos em sua ala esquerda e todos eles desrespeitavam o chão.

Nossa-amizade passou a tomar conhecimento do tempo e da vida através dos despojos que rolavam em seu quintal, e que nem sempre vinham intatos, muitos se espatifando numa nesga de cimento existente perto do tanque, que ele combinara bem amplo, para evitar a investida das lavadeiras, que cobram pelo branco das toalhas preços mais altos que o demônio pelas mortalhas dos grandes pecadores.

De manhã, cascas de banana caíam no quintal. Era a criançada de cima que estava comendo mingau. Meia hora depois, alguns jornais eram arremessados na área, e nem ao menos ele podia aproveitá-los, pois os matutinos vinham completamente amassados, prova de que o problema sucessório não fora ainda resolvido, e no papel linha-d'água se refletiam as inquietações dos eleitores. Quinze minutos depois, um vasinho de planta (essa ilusão de floresta que quase todos nós adotamos em nossas varandas) vinha espatifar-se perto do muro, suicidado pelo vento embravecido. Após o meio-dia, garrafas de refrigerantes eram jogadas, num já escandaloso desrespeito pela vizinhança terráquea. De tardinha, a área era um espetáculo de convulsões. Basta dizer que no penúltimo andar morava um crítico literário muito exigente, desses que só concebem estreantes que sejam comparáveis a Shakespeare e que, quando um editor lhe falava no lançamento de um novo romancista nacional, perguntava logo: "É melhor do que Dostoievski?" Pois bem, esse homem jogava pela janela de seu apartamento quase todos os livros que recebia e farejava. Além de ser depósito de lixo, a área do nosso amigo estava arriscada a transformar-se ainda num simulacro de biblioteca.

A princípio, ele pediu ao porteiro o favor de solicitar dos demais condôminos que suspendessem a cotidiana remessa de despojos. O apelo não adiantou. Após o Natal, doze pinheirinhos ressequidos foram lançados na área, sem falar em lantejoulas, caixas de bombons estragados e brinquedos avariados. No carnaval, surgiram lança-perfumes vazios. E assim por diante.

Então ele teve o gesto que tocou tantos corações. Escreveu uma carta-circular, mandou-a mimeografar na cidade e, subindo pela escada a fortaleza de seus trinta e quatro inimigos, foi entregando sua mensagem de apartamento em apartamento. Na circular, ele contava sua vida existida, a luta por um apartamento térreo, e explicava principalmente que morava embaixo porque sua filha de nove anos precisava brincar em terra firme. Por que então havia tanta gente conjurada em evitar que a menina brincasse? Até uma sugestão ele fazia: o pessoal de cima poderia ver sua filha brincando, caso houvesse garantia de a pequena não ser atingida por um livro repelido pelo crítico impiedoso ou pela garrafa de um condômino acuado pela canícula.

Hoje, em todo o edifício, principalmente na ala esquerda dos fundos, só se fala na carta do homem, que alguns perderam de tanto emprestar, e outros não só guardaram mas até mandaram dela tirar cópias. E parece que os corações indiferentes ou empedernidos se comoveram, pois em todas as janelas há bustos inclinados e olhos ávidos à espera de que lá embaixo apareça, toda de branco vestida, a menina que finalmente vai reconquistar a sua área.

O MÊS E O TELEFONE

*E*stamos em maio e um telefone toca. Maio escorre das janelas. E os que se habituaram a associá-lo a um chão de lua e sol olham desiludidos o tempo incerto, as chuvas súbitas, o sol sem segurança. Não sabem eles que tudo é uma ronda ilusória que renasce, que nós é que somos em verdade o mês de maio, que maio está em nós e o resto é ilusão.

Resta-nos olhar a chuva pelo avesso, no momento em que abrimos as nossas janelas e esperamos que a luz mensal transborde do céu como as iluminações dos candelabros nos dias de festa.

A mulher que sobe o morro, com a lata de água na cabeça; a moça do autolotação cujos belos cabelos são atiçados pelo vento do mar; o homem que ouve música em qualquer parte, todos carregam maio, leve carga, embrulho invisível. Que os curiosos o localizem e o abram: é o tempo, eternamente palpitante, plagiando o coração das criaturas.

Há pessoas que costumam marcar um encontro com um mês qualquer. Na hora, não são dois velhos amigos que se encontram após tanta ausência juntada. Num palco vazio, duas personagens se defrontam. São dois desconhecidos: o homem, que é o lobo do tempo, e o tempo, que é o lobo do homem.

E há outras criaturas que gostam de ir ao cinema, ao trabalho, ao amor e ao jogo porque pensam que devem matar o tempo antes que o tempo as mate. Não sabem que este é o vencedor perpétuo de todas as paradas, o tempo residente num palácio de eternidades sucessivas. Tanto assim que, de vez em quando, ele fulmina alguns de seus antagonistas, para que se acabe com a velha história de dizer que o tempo volta sempre e os meses se repetem. Não para todos. Talvez para nenhum de nós. As pálpebras que você beijou, antigamente, aquelas doces pálpebras que, à semelhança das evocadas por Léon-Paul Fargue, palpitavam sob seus lábios como pássaros, não são as pálpebras de agora. O mesmo aconteceu com o maio distante que ora nutre nossa fome de luz, quando contemplamos os telhados molhados pela chuva.

E perto de nós, no fiapo de alguns momentos, o acaso pede licença para passar, com a sua sabedoria. Na sala fechada da outra casa, há um telefone tocando. Ninguém vem atendê-lo, mas a pessoa que discou o número sem resposta insiste, aflitivamente, em permanecer à espera. Tratava-se de um encontro: o relógio marca três horas da tarde, hora dos encontros. O compromisso falhou, mas não um dos compromissados, que ali está, cismando, enchendo o ar com a sua dignidade sem contornos, com a sua fidelidade invisível. É fácil imaginar que ele não pode admitir que a pessoa ausente ao seu alô desesperado se esqueceu, saiu, está dormindo, ou o rifou, dando o dito por não dito, possivelmente – são três horas da tarde! – iludindo-o.

Quem telefona assim decerto está pensando num corpo esmagado por um automóvel, num drama, numa intervenção alta do destino. É um pelego de maio, cioso de sua mística. Diante da evidência, recusa-se a render-se, não acredita que foi preterido e ninguém lhe responderá. Na história de maio, que é um capítulo da história do tempo, não haverá esse diálogo que a pessoa invisível insiste em estabelecer, rastejando seu chamamento na linha telefônica.

Porque é maio, há mais gente nas janelas, olhando as ruas. No fundo, elas acreditam na luz transbordante do mês, numa doçura que pinga como gotas de água das árvores, depois que a chuva passa.

    Lá na rua vai um homem, levando um ramalhete de rosas envolto em papel celofane. A gente janeleira observa o homem que vai caminhando, com um ar de orgulho e desafio, como se uma bem-amada o estivesse esperando na primeira esquina. Os espectadores consideram que maio é o mês das flores, e que o cidadão ativo empunha apenas uma irrisória partícula floral, uma fração dos canteiros inumeráveis.

    Não é isso, diz o seu andar eficaz.

    Não, leitor, vede o seu orgulho e sua atitude de desafio. Em verdade, ele transporta todas as flores de maio, tudo o que havia em todos os jardins. E vai entregá-las (que esperto!) a uma senhorita amante de flores, que não resistiu e saiu correndo de casa – a casa onde há um telefone tocando, gritando, chorando, batendo como só sabem e só devem bater os corações traídos, a gente confiante da qual maio faz gato-sapato.

OS DONOS DA CIDADE

Os donos da cidade são pessoas que geralmente nasceram no Distrito Federal e conhecem desde a infância o ambiente em que vivem. Sua conduta diária é um repto silencioso: nasci aqui, parecem dizer. Com isso, dão a entender que não viajaram para fixar residência numa terra que, apesar de ser habitada em sua maior parte pelos cariocas, atrai brasileiros de todas as regiões.

Os donos da cidade são do tempo em que Noel Rosa cantava as *Vassourinhas* e um almoço num restaurante popular custava mil e quinhentos, e comia-se mais e melhor do que hoje por cem cruzeiros. Assistiram aos principais acontecimentos políticos que se desenrolaram no Rio antes que o povo, preso às grilhetas de um padrão de vida inconfessável, se deixasse dominar pelo medo e pela insegurança.

– Vê lá, não sou mineiro nem nortista. Olha bem pra minha cara, para ver se eu falo cantando!

Movimentam-se num território de independência, e olham para as árvores como se conhecessem todos os pardais do Rio. Conhecem a cidade inteira, podem falar do desmonte do Castelo, contar a história do morro transformado em esplanada.

Entendem de tudo. Os grandes tempos do carnaval, os jogos de futebol mais importantes, as memoráveis sessões do Senado e da Câmara, a história secreta dos vultos políticos, literários e financeiros – nada tem segredos para essas

pessoas que sabem de tudo, tendo visto o grande Rio de hoje no momento já antigo em que era tímido e precário regato, e descoberto a montanha atual no instante em que era escasso monte de terra.
— Ele hoje está cheio da grana, engordou no câmbio negro da banha. Conheci-o quando tinha um boteco em Sampaio.
— Começou escrevendo no *Jornal das Moças*, com o pseudônimo de Robespierre. E hoje está na Academia.
— O primeiro marido dela era sargento de polícia. Aliás, chegou a segundo-tenente, em 32.
— O cartório dele rende oitenta contos por mês. Veio para o Rio de terceira classe, calçado de alpercatas e com um embornal a tiracolo. Também se fartou no Estado Novo. Arranjou até anulação de casamento no Estado do Rio.

Assim são os donos da cidade. Nada ignoram: sabem de tudo. Em geral exercem profissões modestas, quando não se equilibram numa vagabundagem pouco rendosa. Se alguém lhes pergunta a profissão, levantam as mãos: "Sou um lutador". Vivem pobremente, depois de terem assistido a tantos vôos alheios, a tantas escaladas para a glória e a fortuna. Entretanto, não se queixam da vida, pois sabem ser precária a permanência do homem na terra — um enfarte de miocárdio acaba com tudo! — e a posse de muito dinheiro os deixaria desapontados, criando-lhes inúmeros problemas e alterando-lhes fundamentalmente o sistema de vida.

Quase todos falam numa gíria que só pode ser entendida pelos iniciados. E onde quer que se encontrem se mostram sempre íntimos de tudo, exibindo uma atividade simultaneamente altiva e simples, e que tem a sua porção de aventuras.

Se vão almoçar num restaurante do Saps, pedem ao garçom que lhes traga mais pão:
— Gosto muito de pão. Só posso comer com muito pão na mesa.

Pedem como se esclarecessem o próximo a propósito de um hábito saudável, sem nenhum ar de estar pedindo favor.

A gorjeta que dão não ultrapassa jamais os 10% sobre a despesa feita:

— Minha mãe não me criou para enriquecer garçom.

Os donos da cidade têm uma autosuficiência que não incomoda. Em seus contatos menos cordiais com os outros homens, respondem à altura à clássica pergunta brasileira: "O senhor sabe com quem está falando?" Basta que alguém os interrogue assim, da torre de sua alta posição, para que venha a resposta mordaz e humilhante:

— Não me interessa o seu ganha-pão.

Muitos desses obscuros proprietários do Rio passam as tardes na Galeria Cruzeiro, acompanhando o movimento do mundo pelos jornais afixados nas bancas. Lêem apenas as manchetes, onde acham estar o miolo de tudo.

No concernente às mulheres, são depositários de verdadeiros romances. Porejam experiência:

— Não se iluda, meu filho, que ela não é loura. Não vê que o cabelo é oxigenado?

— Parece nova, mas já passou dos quarenta. Tipo balzaquiano. É casada com um calista.

Têm informação e crítica. Aliás, há uma linha psicológica que caracteriza admiravelmente bem os donos da cidade: o inatismo urbano. Não se espantam nem se deslumbram, apenas observam e comentam. Se bem exemplifiquem profusamente suas personalidades, exteriorizando-se num sem-número de ações, dedicam particular apreço à análise espectral da vida alheia, seja a de um ministro de Estado ou a de uma viúva. Suas línguas são ferinas, mas ferem com delicadeza. Se um cidadão enriqueceu em negócios escusos, os donos da cidade cingem-se apenas à informação do fato, narrando o itinerário do sujeito desde uma ignóbil pensão no Catete até o deslumbrante triplex de Copacabana.

O estudo aprofundado da psicologia dos donos da cidade demandaria muito papel. Diga-se, porém, que ninguém de Goiás ou Curitiba proclamaria, vendo em sua direção um automóvel em disparada, em marcha vocacional para os atropelamentos:
— Lá vem a morte de galochas!
Só mesmo os donos da cidade ou um poeta surrealista.
Às vezes, porém, eles são como os outros brasileiros. Se, no meio da rua, no rio do povo, alguém lhes pisa os sapatos, numa ofensa clamorosa aos calos mais estimáveis, eles explodem na pergunta clássica:
— Será o Benedito?
Sabem que, na fabulosa constelação que é o Brasil, não é o Benedito. Mas perguntam, e essa pergunta parece uma frase genial.

PRIMAVERA

Cronista, jamais celebrarás a primavera autêntica: todos os anos, por uma tentação de ofício, a bela quadra de agora te incita, e vais para a tua máquina portátil decidido a pôr as cartas na mesa, impor tua pequena verdade subjetiva, que se nutre da nostalgia dos dias iguais às noites, e de um veemente equinócio da primavera, quando o sol corta o equador. O fantasma da coerência, inimigo de sangue e fogo dos cronistas burocratizados hebdomadariamente, olha para o pedaço de papel onde rebenta, na primeira linha escrita, a luz de um azul sem rotina, e espalha em torno um riso sorrateiro.

Zomba desse tempo interior que é como as pequenas estações ferroviárias onde os trens não param para despejar passageiros, dessa quadra feita de disponibilidades psicológicas e de estilhaços românticos que vão procurar na paisagem um fogo alentador. E seu riso maior é para a criatura que, sentada a uma mesa, tenta ordenar a vertigem das tonalidades e dos sinais fragmentários do panorama, e assim fazer as horas, os meses, as estações. Mas o cronista, com sua miúda arte de tenacidade, insiste, evoca um instante em que tudo foi mudado, como se a brisa houvera polido um cristal, ressuscita árvores vigorosamente verdes, um domingo repetido todas os dias no ponto mais alto do céu, e prossegue em seu rito datilográfico.

Há primavera, mofina embora. Além do quarto do corifeu inconformado que a proclama, nesse universo chamado meio da rua, vai andando um homem.

De repente, ele entra numa loja, compra um aquário e resolve não ir trabalhar nesse dia. Fechado em casa, passa horas e horas diante do pequeno oceano particular adquirido num minuto de alumbramento em que concluiu que a vida não vale a pena e a dor de ser vivida se o degas não pode comprar um aquário. E, o dia inteiro, ele assiste às evoluções dos peixinhos vermelhos, oferece miolo de pão a duas piabinhas cinzentas, admira a escassa mas evidente vegetação de seu atlântico portátil.

E outro cidadão, que não se compraz com a fauna concentrada de um oceano, e sim com a visão total do melancólico planeta em que vivemos, compra um globo terrestre dotado de uma tomada elétrica que o torna iluminado. E, silencioso tirano dos mares, senhor dos continentes, a espelhar na fisionomia um judicioso fastio universal, ele gasta seu tempo, nababescamente, vendo como este mundo é grande e belo e colorido, verificando como esta joça é pequena.

EM QUALQUER SUBÚRBIO

    *P*rimo, vamos hoje a um subúrbio. E para quem não os conhece, todos os subúrbios são iguais. Que adianta chamá-los de Madureira, Méier ou Cascadura, se em todos a paisagem tem dois lados? Alma dos subúrbios, tessitura de mormaços, falai! Dos trens que param nas estações demorando-se apenas o tempo necessário a uma respiração sustida, saem, ainda tresandando a cidade, as pobres e anônimas criaturas que vão dispersar-se nos meandros dos casarios. À porta do bar visto de passagem está o malandro fanfarrão, arma branca escondida na roupa. Antes das refeições, toma sua cachaça. Pergunte-lhe por que assim procede, e sua resposta é uma fortuna léxica: "Bebo para educar a bóia." Pertence à legião da coragem, da festança e do amor, e perto do carnaval os compositores da cidade o assediam – certo luar que ele viu, certa dona que amou, uma afeição contrariada, uma saudade de infância, pungentemente arrumados em cantiga, são vendidos por uma ninharia aos que desconhecem a dor dos subúrbios.
    Primo, radiquemo-nos por um instante neste subúrbio que ora surge: todos os subúrbios se parecem como irmãos gêmeos. Subamos a escadaria da ponte que nos deixará na calçada daquela rua, junto ao ponto do bonde. O trem despeja na estação o seu fardo de notícias, e os circunstantes recebem, nas rações dos vespertinos, o espólio do Rio.

Os homens vivem numa persistência de hábitos fraternais. A vida lembra uma coisa antiga, aqui. Na barbearia, enquanto se deixa escanhoar, o senhor curioso percorre, como uma formiga, a vida alheia. Ao balcão da farmácia (que eles chamam botica) dois velhos discutem. Há os bares, com os refrigerantes e os pacotes de balas, o café requentado e os aperitivos; divertimentos maiores, há os bilhares e o cinema, ou então assistir ao movimento dos que chegam e dos que partem, vidas reguladas pelo fluxo e refluxo dos comboios. E este ir e vir de gente triste, carregando embrulhos e preocupações, moças em cujos olhos há a nostalgia de um noivo jamais visto, rapazes que olham para os lados da cidade certos de que jamais conquistarão a paisagem ingrata.

Ônibus e bondes trafegam, como que arrastados, pois é longe a cidade, e é longe o subúrbio. Onde durante tantos séculos foi uma áspera colina hoje existe um jardim, com o seu fotógrafo ambulante, suas brancas estátuas simbólicas, a grama rasa e os bancos. O lugar mais secreto é o mais alto, onde várias fileiras de bancos foram dispostas, talvez à espera dos músicos de uma retreta eventual.

Não, primo, certamente há música ali nas tardes de domingo, forçosamente haverá música em todos os subúrbios, para que as crianças a escutem com os lábios lambuzados de bala, e as moças a ouçam, romanticamente.

O pessoal desocupado senta-se ali, numa proximidade perversa, que parodia a das platéias de cinema. Contudo, embora quase se roçando, culpa da avareza do espaço, eles não se comunicam. O casal de namorados sussurra junto ao guarda-civil, o vagabundo junto ao bombeiro que veio espairecer um pouco. E se o casal faz como no cinema, o guarda nem liga: decerto está farto de seu poderio, e prefere sentir-se civil, espiando a queda eventual duma folha ou o caminhar arrastado de uma dessas velhas suburbanas que jamais morrem.

No banco fronteiro, duas moças conversam. Falam de uma terceira – no sábado de carnaval, ela tomou o trem, fantasiada de odalisca, levada por um namorado estranho ao subúrbio. Os trens voltaram, os dias passaram, e ela não voltou para casa.

As moças olham para os lados da cidade, que é cruel e longínqua, a cidade onde se perdem, fantasiadas de odalisca, as garotas dos subúrbios.

Uma delas tem os olhos rasos de água.

PALAVRAS CRUZADAS

– ... língua que se falava antigamente na França.
O contínuo da repartição não pestaneja. Sem a menor suficiência, exercitando uma faculdade rotineira, diz:
– Oc.
É possível que um ministro de Estado ignore isso. Mas os ministros, de ordinário, não cultivam as palavras cruzadas, e é destas que versamos aqui. A cena é uma repartição pública, e para que se não diga que os seus ocupantes, que tão pateticamente vivem a reclamar aumento de vencimentos, dissipam as horas devidas ao serviço em passatempos e banalidades, afirmamos que o quadro se desenrola na hora do lanche.

O pessoal não desceu para os bares próximos, não se entregou à faina de morder sanduíches e tomar médias. Agrupados em torno de alguns jornais da tarde, ficaram. Secretários de vespertinos, escravos da mais bela manchete e das mais emocionantes novidades, vosso labor foi perdido! Os leitores não as procuraram, famintos de atualidades. Todos foram ver, numa página interna, o desenho das palavras cruzadas. Por amor destas, foi suprimido o lanche, foram suspensos a meia hora ociosa nas ruas, o tempo de olhar uma vitrina ou conversar com um amigo.

E que admirável espetáculo! Diante da página do jornal, os funcionários pensam, discutem, sugerem. Vê-se que todos, ou quase todos, já têm sua fé de ofício na decoração das palavras cruzadas. Não são postulantes, não se revelam canhestros numa atividade que exige tantos conhecimentos díspares. Pelo contrário, exibem, em estudiosa postura, o seu tirocínio. Vão matando as palavras, o que é uma maneira amável de fazer com que outras nasçam, pairem alguns segundos no ar, sejam pesadas e medidas, até que a certeza da descoberta autêntica as confirme, e sejam escritas nos quadradrinhos do desenho. Aí, elas passam a morar numa residência de palavras, cedem suas letras a outras irmãs que surgem do limbo, é toda uma comunidade léxica que se agrupa, na mais perfeita convivência.

Mesmo na hora da merenda, o Estado lucra. Pois contínuos, datilógrafos, escriturários, oficiais administrativos enriquecem consideravelmente o vocabulário, autodidatas de um curso de especialização que lhes ensina a amar as palavras, a multiplicá-las de si mesmas, na maré fiel dos sinônimos.

– ... capital européia.

Há uma técnica de decifração, que se nutre não só dos conhecimentos particulares que possam elucidar os termos, mas também de uma intuição que melhor os ilumina.

Capital européia... É uma aula de Geografia; alguns recorrem à infância, mergulham nas águas salobras da meninice, e de lá retornam, trazendo a fria e convincente palavra Estocolmo.

– ... que sobeja.

– Excelente!

Os decifradores enfrentam nomes de homens, notas musicais, prefixos, sufixos, preposições. No íntimo, exigem que os organizadores do passatempo sejam mais austeros, avaliem melhor sua capacidade de mobilizar os pequenos dicionários subjetivos que cada criatura possui. A facilidade ocasional reduz o prazer da descoberta.

O exercício está no fim, como também está no fim a hora do lanche. Algo, porém, saiu errado, e cabe à datilógrafa loura (em todas as histórias burocráticas há sempre uma datilógrafa loura, que às vezes só serve para atrapalhar) fazer um reparo:

— Alguma coisa está errada. Devia ser "obsoleto" e a palavra que apareceu foi "absoleto".

O pessoal fica meio desapontado. Mas o contínuo encerra a cena com uma chave de ouro:

— "Absoleto" é a forma obsoleta da palavra "obsoleto".

O JOGO DOS TELEGRAMAS

Natal. João telegrafa a José e lhe deseja Feliz Natal e Próspero Ano Novo. Para economizar duas palavras, usa o número 1953, o que aliás confere mais objetividade ao despacho.

Antônio, seu humilde amigo de infância, é o signatário do primeiro telegrama que João recebe – este não esconde sua melancolia e uma pontinha de remorso ao verificar que não se lembrara daquele apagado pecúlio afetivo da meninice. Enquanto isso, o carteiro (tornado estafeta) vai entregando os telegramas, mera vítima impessoal de uma máquina burocrática que faz circular a moeda das felicitações. De rua em rua, medita sobre a carga que transporta e entrega. Os telegramas não lhe surgem como um estoque de afeições; recusa-se a aceitar a idéia de que essa troca de cumprimentos, que suscita filas diante dos guichês postais, corresponda a uma visão equilibrada e honesta dos cidadãos. Os carteiros não recebem telegramas de Natal e acham que atrás de tudo isso se espraia a sombra maliciosa dos afetos não correspondidos, das venerações incensadas a troco de favores, de uma irregular e esperta distribuição de considerações e estimas. Em cada telegrama ele suspeita um frio cálculo, uma ambição maldomada, um interesse qualquer.

Como o remorso de João aumenta com o cair da tarde, que lhe sugere imagens já subjugadas da meninice, ele põe o paletó e vai ao telégrafo. Passa um telegrama a Antônio, de agradecimento e retribuição. Tem vontade de encompridar o texto e convidá-lo para um ajantarado em sua casa, mas não se atreve. Como explicar à mulher a súbita efusão, expor-lhe a nomenclatura de uma coisa tão pré-histórica como é a infância?

Antônio recebe o telegrama de João e imediatamente se arrepende do momento em que desembolsou alguns cruzeiros para saudar um amigo que talvez nem o fosse, tão separados andavam. Relendo o texto, observa que João apenas agradece e retribui. Evidentemente, jamais lhe passaria pela cabeça dirigir-se primeiro a ele, amigo pobre e esquecido que de longe, da torrinha da obscuridade, lhe acompanhava o destino sem coragem de aproximar-se dele e evocar-lhe a infância partilhada, os banhos de rio, os quintais assaltados, os jogos de pião e as arraias nos céus altos.

Quanto a José, realmente não meditou o telegrama de João. A secretária veio trazer-lhe uma pasta: mensagens de Natal para agradecer. Ele mandou antes que se ligasse o ventilador. A secretária foi lendo apenas os nomes e o poderoso José ditava as fórmulas – ilustre patrício, caro amigo, estimado companheiro, caro patrício. Chegada a vez de Antônio, confundiu-o com um corretor de apartamentos, o farmacêutico do bairro e um dentista. Para sair da confusão, considerou-o caro patrício.

A secretária descobriu no catálogo telefônico o nome de João, que ficou bastante intrigado. Não lhe passava pelo espírito que José soubesse de seu endereço. E afastou como um pesadelo a lembrança de sua fraqueza quando, na agência telegráfica, desejara convidar Antônio para um ajantarado.

Diante do telegrama de agradecimento e retribuição de José, João sentia certo mal-estar. Era aquele "caro patrício". Não chegava a doer, mas que era um bocado impessoal, lá isso era, embora a palavra patrício tivesse uma dignidade que o acalmava.

A CIDADE E OS DIAS

Para um político, é o fim do ministério. Para um cronista, é o fim do inverno.
Para um político, o que vem por aí rebentando em flores e perfumes, em cores e em música, é o começo do novo ministério. Para um cronista, é o painel da primavera. Aquele espera pelo gabinete em flor; este aguarda o vento ou a nuvem para confiar-lhes, docemente, sua ode íntima.
Historiador das coisas que não entram para a História, o cronista escuta nos ônibus e nos bondes os filhos da Candinha:
– Está quase no fim.
– O quê? O inverno?
– Não, o ministério.
O homem que lê o jornal com a sofreguidão de quem assiste a uma corrida de motocicletas, descobre o que o devora: é o ministério, coleção de criaturas fadadas a desaparecer, como o frio.
O político coordena o novo ministério. O amoroso coordena seu novo amor. O entediado coordena o seu novo tédio.
Deixai o cronista coordenar a primavera.

* * *

É o último dia do ano. Os elevadores enguiçaram todos ao mesmo tempo, exceto os que já estavam enguiçados. Os habitantes do edifício sobem pela escada.

O cronista, que mora no último andar, sobe e conta: são duzentos e oitenta degraus, harmoniosamente divididos pela arquitetura funcional em vinte e oito lances. Chega enfim ao seu pavimento. Não há mais escadas. O tempo subiu também os degraus dos seus dias, e sinos anunciam o Ano Novo. O riso de uma mulher cruza o fino e frio ar noturno, é pássaro e flecha e voa. E assim começa mais um ano, mais uma escadaria para subir, jamais para descer: como um riso solto no mundo, entre dois pavimentos.

* * *

Um frêmito de frio percorreu a cidade inteira. O céu, escuro, cuspiu granizo sobre a paisagem acinzentada. E nos subúrbios houve neve. Ao meio-dia, o sol rompeu, forte, equatorial, desiludindo os repórteres.

No dia seguinte, a cidade estava dividida: uns tinham visto a neve e outros não. E havia ainda os que não acreditavam fosse neve.

Numa repartição pública, um chefe de seção perguntou ao contínuo, que faltara no dia anterior:

– Por que não veio ontem?

– A neve não deixou.

O FLAUTIM

Um cidadão em Santa Teresa possuía um país secreto que lhe consumia os melhores minutos da existência. Gostava de tocar flautim. Nos dias de trabalho, só pela manhã lhe era concedido colocar os dedos no sóbrio instrumento e soprá-lo. Mas havia os sábados e, mais que estes, os domingos. No quarto modesto, defronte à janela aberta, ele entoava a sua música, ora imitando composições alheias, ora deixando que uma nesga de céu o inspirasse e o fizesse compartir as sugestões da natureza. Músico de ouvido, tinha olhos de bom contemplador das obras de Deus e dos homens, e tanto isso era verdade que o flautim não silenciava.

Basta dizer que, no apartamento de lado, havia um advogado que se habituara a dormir embalado pelo doce refrigério musical, que amortecia os nervos como a flauta de um hindu.

O apartamento era pequeno. Solteiro, o cidadão tinha o flautim como outros têm mulher, filha, quadro abstrato ou coleção de selos. De tinta romântica, sonhava ser enterrado um dia juntamente com o instrumento, já tendo feito a recomendação cabível às pessoas mais íntimas.

À primeira vista, todos gostavam dele e do instrumento. Uma senhora do quarto pavimento chamava a atenção dos filhos para a música do flautim, e era de opinião que não havia melhor educação artística para os garotos, gratuitamente deslumbrados sem precisar sair do edifício. A cozinheira do apartamento dos fundos desde muito vivia entre dois fogos, pois não sabia o que mais amar no mundo, se as novelas de rádio ou a música do flautim. Uma solteirona do térreo, encontrando o flautinista à saída do elevador, lhe declarara que sua música possuía um sentido religioso. Tal opinião não era partilhada pela jovem casadoura do 807, que sublinhara: "Isso é música de quem teve um amor contrariado." E todo o edifício contava com a sua tarde de sábado e seu inteiro domingo consagrados às alegrias e pungências do flautim.

Certo domingo, no momento em que o músico procurava traduzir em sonoridades o vento que lhe entrava pelo quarto, a campainha soou. Foi abrir, e um homem gordo e suado se apresentou: viera ver o flautim.

Ante a surpresa e tartamudeio de nosso personagem, exibiu um jornal daquela manhã e um anúncio assinalado. Trêmulo, o flautinista leu: "Por motivo de viagem, vende-se um flautim completamente novo, marca inglesa, sonoridade magnífica. Preço: 100 cruzeiros. Ver e tratar à..." Seguiam-se nome e endereço.

Ele explicou a farsa que havia em tudo aquilo. Não tencionava vender o flautim, decerto fora alguma brincadeira de colegas.

Cinco minutos depois, era obrigado a dar a mesma explicação a outro senhor, desta vez esgalgo e irônico.

Voltou ao instrumento. Não decorrera ainda meia hora, e sua música se interrompia no momento em que ele ousava captar o pipilar de um passarinho no parapeito da janela. Como se fora um rito, realizou-se a mesma explicação, e as desculpas coincidiram com a decepção dos compradores interessados naquele negócio da China.

Até a noite, desfilaram pela porta do apartamento os inúmeros candidatos àquele flautim inglês, mágico de sons, a ser vendido por uma ninharia, o que não representaria uma venda, mas doação milagrosa.

Exausto, amargurado, o músico enfim compreendera que havia no edifício alguém que não suportava sua modesta e amorosa arte, e pusera o anúncio infamante. Sentiu-se rodeado de inimigos que queriam suprimir-lhe o único deleite da vida. Teve forças, contudo, para reagir ao anônimo desafio, e continuou a dedicar ao instrumento as suas horas feriadas. Sua música, porém, não festejava mais a alegria solar, a grandeza da paisagem, a doçura da manhã. De entusiástico, ele se tornou elegíaco. Todos, no edifício, sentiram a transformação do músico. A solteirona triunfava, pois o sentimento religioso suplantava a sugestão do amor. E a cozinheira, derramando furtivas lágrimas na macarronada, temperando-a com a sua emoção, exigia que se desligasse o rádio que transmitia, barulhento, um drama capaz de comover as pedras.

A FÁBULA DA CIDADE

Uma casa é muito pouco para um homem; sua verdadeira casa é a cidade. E os homens não amam as cidades que os humilham e sufocam, mas aquelas que parecem amoldadas às suas necessidades e desejos, humanizadas e oferecidas – uma cidade deve ter a medida do homem.

É possível que, pouco a pouco, os lugares cordiais da cidade estejam desaparecendo, desfigurados pelo progresso e pela técnica, tornados monstruosos pela conspiração dos elementos que obrigam as criaturas a viver como se estivessem lutando, jungidas a um certo número de rituais que as impedem de parar no meio de uma calçada para ver uma criança ou as levam a atravessar uma rua como se estivessem fugindo da morte.

Em cidades assim, a criatura humana pouco ou nada vale, porque não existe entre ela e a paisagem a harmonia necessária, que torna a vida uma coisa digna. E o habitante, escravizado pelo monstro, vai-se repetindo diariamente, correndo para as filas dos alimentos, dos transportes, do trabalho e das diversões, proibido de fazer algo que lhe dê a certeza da própria existência.

Não será excessivo dizer que o Rio está correndo o perigo de incluir-se no número das cidades desumanizadas, devoradas pela noção da pressa e do combate, sem rostos que se iluminem em sorrisos e lugares que convidem à permanência.

Mal os seus habitantes podem tomar cafezinho e conversar sentados; já não se pode passear nem sorrir nem sonhar, e as pessoas andam como se isso fosse um castigo, uma escravidão que as leva a imaginar o refúgio das casas onde as tardes de sábado e os domingos as insulam, num temor de visitas que escamoteiam o descanso e a intimidade familiar. E há mesmo gente que transfere os sonhos para a velhice, quando a aposentadoria, triunfante da morte, facultar dias inteiros numa casa de subúrbio, criando canários, decifrando palavras cruzadas, sonhando para jogar no bicho, num mister que justifique a existência. E outras pessoas há que esperam o dia em que poderão fugir da cidade de aranha-céus inamistosos, de atmosferas sufocantes, de censuras e exigências, humilhações e ameaças, para regressar aos lugares de onde vieram, iludidas por esse mito mundial das grandes cidades. E ainda existem as que, durante anos e anos, compram terrenos a prestações ou juntam dinheiro, à espera do dia em que se plantarão para sempre num lugar imaginário, sem base física, naquele sítio onde cada criatura é um Robinson atento às brisas e delícias de sua ilha, ou o síndico ciumento de um paraíso perdido.

Para que se ame uma cidade, é preciso que ela se amolde à imagem e semelhança dos seus munícipes, possua a dimensão das criaturas humanas. Isso não quer dizer que as cidades devam ser pequenas; significa apenas que, nas mudanças e transfigurações, elas crescerão pensando naqueles que as habitam e completam, e as tornam vivas. Pois o homem é para a cidade como o sangue para o corpo – fora disso, dessa harmoniosa circulação, há apenas cadáveres e ruínas.

O habitante deve sentir-se livre e solidário, e não um guerreiro sozinho, um terrorista em silêncio. Deve encontrar na paisagem os motivos que o entranham à vida e ao tempo. E ele não quer a paisagem dos turistas, onde se consegue a beleza infensa dos postais monumentalizados; reclama somente os lugares que lhe estimulem a fome de viver, sonegando-o aos cansaços e desencantos. Em termos de subúrbio, ele aspira ao bar debaixo de árvores, com cervejinha gelada e tiragosto, à praça com *playground* para crianças, à retreta coroada de valsas.

Suprimidas as relações entre o habitante e seu panorama, tornada incomunicável a paisagem, indiferente a cidade à fome de simpatia que faz alguém preferir uma rua a outra, um bonde a um ônibus, nada há mais que fazer senão alimentar-se a criatura de nostalgia e guardar no fundo do coração a imagem da cidade comunicante, o reino da comunhão humana onde se poderia dizer "bom dia" com a convicção de quem sabe o que isso significa.

E esse risco está correndo o Rio, cidade viva e cordial. Um carioca dos velhos tempos ia andando pela avenida, esbarrou num cidadão que vinha em sentido contrário e pediu desculpas. O outro, que estava transbordante de pressa, indignou-se:

– O senhor não tem o que fazer? Esbarra na gente e ainda se vira para pedir desculpas?

Era a fábula da cidade correndo para a desumanização.

O PAÍS DAS MOÇAS EM FLOR

Os poetas anônimos da raça, em suas cantigas de carnaval, dividiram o reino feminino em duas metades. De um lado, como depositárias da beleza e da juventude conjugadas, puseram os brotos, no mistério de sua humana primavera, e do outro situaram as balzaquianas, com a sua experiência e o seu amadurecimento, já libertas das ilusões, e solidamente efetivadas na sabedoria de um verão que possui a ciência de prolongar-se no tempo.

A dupla classificação, de teor malicioso, a primeira corporação baseada na fonte perene do mundo animado pelas metamorfoses das estações sucessivas, e a segunda colhida nas sugestões físicas e sentimentais de uma figura de romance, obteve a fortuna de um favor desmedido. Conúbio de natureza e de criação do espírito, nos exemplos da árvore que rebenta em novas direções e da personagem quase desprovida de mistério, mas tornada estranha pelos que não a conheceram em sua casa natural, as duas famílias femininas pertencem hoje ao cotidiano. Não bastasse isso, o Sr. José Lins do Rêgo houve por bem dividir os escritores em dois grupos, os balzaquianos e os brotinhos, colocando-se imediatamente ao lado dos primeiros, num orgulho sábio e amadurecido. E, em sua ilha, a Srª Rachel de Queiroz já se confessou balzaquiana.

Em todas as portas da cidade, trava-se o combate dos extremos, de atitudes que, sob a pátina da superficialidade, da imotivada alegria e da tensão carnavalesca, escondem, fixamente, duas posições do espírito humano, o qual, como o jumento da fábula, talvez morra, faminto, no drama da opção, ou fique eternamente perplexo, ora contemplando o verde broto que é como a primeira manhã da criação do mundo, ora o fruto estacionado no ponto final de seu secreto e profundo amadurecimento.

Dividem-se em querelas os letrados, proclamando-se balzaquianos, e chamando de brotinhos os postulantes que farejam os vexames da notoriedade como cães impacientes num domingo de caça. E tais foros de popularidade ganharam os tipos, oferecidos a varejo, que dois pedreiros, nos andaimes de um edifício em construção, citam fagueiramente Balzac e comentam os brotinhos, matilha celestial em demanda das praias.

De tudo quanto se tem cantado e proclamado aos quatro ventos, não sobra a poeira de nenhuma dúvida: vencestes, balzaquianas! A hora induz às buscas de estabilidade, à nitidez dos firmes horizontes, à precisão do meio-dia completo, sustentado pela glória de sua própria luz.

Venceu Balzac – o "Papai Balzac" que o povo brasileiro, no baile de máscaras das coincidências felizes, veio popularizar precisamente no ano do primeiro centenário de sua morte. Mas não é exagero imaginarmos para o próximo ano a revolta dos brotinhos. E se o prestígio das mulheres de trinta anos nasceu de um fato literário, nada nos autoriza a ir buscar em fontes menos letradas a futura vitória da imaturidade.

É nesse Proust tão falado nos últimos tempos, e citado até em câmaras legislativas municipais, que se irá colher a vingança admirável. Venha, traduzido, o episódio das moças em flor que pisavam as areias de Balbec, e dos cultos gabinetes onde a leitura se modela às vezes ao capricho das prestações editoriais se espalhará pelas ruas o sortilégio daquelas que estão completando os vinte anos de tal sorte que não parecem completá-los nunca.

E em breve a turba, que é alma dos carnavais, saberá, segundo a observação do menino Marcel Proust, que, por ser a adolescência anterior à solidificação completa, sentimos junto às moças em flor esse refrescamento oferecido pelo espetáculo das formas que incessantemente estão mudando.

Sim, virá a hora em que Proust suplantará as rainhas de hoje, com as suas moças em flor dando a impressão de que, nelas, a carne trabalha como se fosse preciosa massa. Proust virá com suas moças em flor que, na manhã clara, perto das falésias, lhe pareceram uma vaga de matéria dútil, petrificada a todo instante pela impressão passageira que as dominava. E, não contente em examinar a minúcia de cada uma, esse paraninfo incomparável sabia perfeitamente que amar ajuda a diferenciar, a discernir. E, a si mesmo se classificando de amador de moças em flor, chamava-nos a atenção para as variações de suas vozes, para as inflexões e os timbres que, versáteis como as linhas dos rostos, não estavam ainda fixados.

Sirva esta erudição rala, de membro relapso de um ilocalizável Proust Clube, para testemunhar as surpresas, as armadilhas, os encantos e as devoções de um reino onde cada imagem – estampa de carne e riso! – é um sedativo impossível. E para que não se diga haver aqui premeditada exploração dos benefícios de um autor, seja-nos lícito citar o que um poeta disse de outro romancista francês que, indo também pelo atalho das metamorfoses, fez de seus livros um panteão de brotos. Cante Jules Supervielle em memória de Jean Giraudoux, e vos diga que este dorme tranqüilo no seio da terra, pois, vigiado por suas próprias obras, dispõe de todas as suas moças em flor para formar seu único paraíso.

E a esse paraíso iremos todos em breve, fatigados da paisagem estável, do horizonte fecundo e maduro, fartos de pavimentos sumarentos; e, como as canoas que, em suas navegações, conhecem o domínio das águas velozes surtas na torrente, pisaremos de novo no infixo, no ondeante e secreto reino das moças em flor, onde a primavera muda de minuto a minuto, sem abrir mão, porém, de seus direitos de broto, de ser sempre primavera.

O SONO NA BIBLIOTECA

    O tipo não é raro. Na praça, no cinema, na conferência, na sala de espera de qualquer coisa, lá está ele, e não devemos censurá-lo, pois não incomoda, nem sequer nos olha. Isso porque suas pálpebras estão fechadas, e seu corpo, embalado pela sinfonia urbana, sonega-se ao rumor da cidade.
    A cidade é grande, os bancos das praças estão vazios, a primeira sessão dos cinemas não é muito freqüentada, não se disputam as cadeiras das salas de espera. Aproveitador cauto das circunstâncias, põe-se ele em campo.
    Talvez seja conveniente explicar que depois do almoço o referido tipo encontra oportunidade para caracterizar-se. Antes, ninguém conseguirá diferençá-lo de qualquer outro cidadão. Vem o repasto, no restaurante trafegado por gente inquieta e apressada. Inutilizado o palito, o "outro" faz sua aparição, ferido pela refração do mormaço carioca, estimulado pela indolência de após o almoço, quando abrolham os borborigmos cantados por Valery Larbaud, aqueles "grognements sourds de l'estomac et des entrailles".
    E que deseja ele, na cidade da correria e do trabalho? Quer apenas dormir, no dia claro e rumoroso. E, ou porque more muito longe, ou porque o sono só lhe venha em lugares públicos, o certo é que se acomoda no cinema, no banco de praça, ou em qualquer salão abandonado, e nenhum rumor o desperta da letargia que o domina até o entardecer.

Pouco importa que o movietone exiba, em seu efêmero e racionado milagre, a mais bela jovem do mundo; que o vendedor de loterias o ameace com o bilhete premiado; que um contínuo exigente fale bastante alto perto de sua poltrona; que todos os autos vindos da zona sul buzinem diante dele: nada o despertará.

Ao ruído, à pressa, à premência, ele obtempera com o silêncio de sua alma confiada a ninguém e a todos.

Como não poderia deixar de acontecer, esses aficionados do sono vesperal medem e julgam as possibilidades do conforto, numa avaliação de vantagens e conveniências. Os mais afortunados, depois de cruzar os diferentes logradouros da cidade, descobriram o paraíso terrestre. Ei-los acomodados nas confortáveis poltronas da Biblioteca Nacional, na egrégia companhia de mais de um milhão de livros. Lá, ninguém os incomodava, e eles se refestelavam no couro macio, protegidos pelo silêncio obrigatório. Cercavam-nos, num símbolo, milhares de volumes, o sonho de cada um racionalizado de acordo com as modernas normas de biblioteconomia, cruzado talvez por indiscretas e implacáveis traças que iam devorando a Mensagem formulada em letras e palavras, a confissão comprimida em parágrafo, a filáucia transfeita em defunta humildade.

Deve ser doce dormir numa biblioteca pública. É possível que um belo anjo surja das dobras do sono e confie ao adormecido um segredo que é uma reparação – o nome de um livro jamais consultado, no qual o maior poeta de todos os tempos entoou sua admirável canção que, durante séculos, ficou esperando por aquele comparsa de sono. E além do mais o ambiente de repouso, nesse cemitério de mortos que se levantam para os juízos finais das consultas, desliga o adormecido das relações com a atualidade que restringe e acorrenta, e o coloca numa perspectiva histórica de sublime extensão, na qual uma tradição espantosa – a tradição da palavra – se encadeia sem interrupções, desde os gregos aos existencialistas, do Rig-Veda a Clarice Lispector, dos chineses aos israelenses.

Bons ou maus, geniais ou medíocres, claros ou ilegíveis, milhões de volumes dormem, desafiando simultaneamente o instante encravado no século e os séculos resumidos no instante. Que melhor companhia para o homem que dorme senão a atmosfera dos que transmitiram a palavra, confiando-se ao acaso da glória e entregando-se em lombada à incerteza do futuro?

Eis, porém, que surge o diretor da Biblioteca e, ante o espetáculo de alguns senhores adormecidos à sombra dos clássicos, busca remédios administrativos para a anormalidade, partindo do princípio de que a função da livraria é abrir os olhos dos consulentes, ofuscá-los com as luzes da criação artística da humanidade, e não fechá-los para a escuridão inerte do sono.

As poltronas acolhedoras foram transferidas, ao mesmo tempo que os contínuos receberam ordens veementes para fiscalizar as pálpebras caídas, pouco importa o livro consultado.

Os cidadãos que, à tarde, se deixam habitar pelo sono, estão agora privados de seu mais confortável lugar de repouso. Nenhum banco de praça, nenhuma poltrona de cinema – nada, nada neste mundo pode substituir a delícia, a discrição e austera segurança da Biblioteca Nacional. Muitos deles, após o almoço, namoram de longe o paraíso livresco, suspirosos.

É admissível que a medida administrativa possua excelências. Contudo, como impedir que o homem que dorme, testemunho do presente, vá fazer companhia ao livro que dorme, ao homem morto dentro do livro, e que em suas páginas dorme postumamente? Melhor seria deixá-los dormir a ambos, enquanto fora a cidade se multiplica em rumores, gritos e risos e imprecações. Deixá-los dormir, a esses dois egressos do mundo, a esses admiráveis transfugas da vida mesquinha, até que uma trombeta celestial os acordasse para um mundo melhor.

O DOMINGO LONGE DE NÓS

Aos domingos a praça pública do centro da cidade é tão diferente que algum simplório temeria perder-se nela, nos espaços folgados que ninguém cruza.

E em torno circula uma sugestão de generosidade, como se as calçadas fossem horizontes abertos à fuga, livres das muralhas semanais das pernas que andam catando o preço da vida. As árvores tornam a ser vegetais e a irradiar no espaço uma suspeita de seiva e clorofila. E bem perto desse elemento natural, nos cartazes dos cinemas, belos rostos estrangeiros, mergulhados até a alma na tinta dos sortilégios, fitam a manhã com assombro. Dir-se-ia que o sol fere as cabeças de papel. E, numa vitrina, cabeças de manequins ostentam cabeleiras negras, castanhas e louras, de mulheres que, possivelmente, já morreram.

(Não, moça, não compre essas tranças. Quem lhe garantirá que a morta não virá alta noite buscar as madeixas que oscilarão, no baile, quando você dançar a última valsa rodopiante?)

As coisas se compõem de tessituras de repousos: não há ópera no Teatro, não existem olhos fitando os quadros do Museu, e na Biblioteca os livros guardam mais zelosamente os seus segredos. Os olhos sagazes das pombas empoleiradas entre ornatos de arquitetura lavada de pátina fitam a praça e decerto sabem que a moça de azul que aponta entre as árvores vai a um concerto.

Ó namorada de Mozart – a juventude que ela transporta é assim como um domingo volante, e seu busto respira a calma ainda não liberta do amanhecer.

Manhã de domingo numa praça, no coração da cidade – o ônibus, cinza e prata, mistura de lancha a vapor e dinossauro camuflado, estaciona e oferece à calçada três crianças e um pai. E os garotos, já em terra firme, exigem do pai que lhes mostre aviões, não os do capim, mas os que ficam dentro da água e só podem ser contemplados da plataforma dos hidros.

Bondes, ônibus, carros, gente, tudo desfila harmoniosamente na praça que suga a substância do domingo, com suas estátuas e seus bancos, suas esquinas e suas verduras.

Os edifícios altos, que a cercam, estão silenciosos, janelas fechadas. E diante do bar, posta-se o garçom, esperando fregueses. Vida de garçom é assim: grã-finos da miséria, têm de ficar de *summer* até que Deus os chame e lhes pergunte o destino das gorjetas recebidas.

No outro lado da rua, surge a velhinha imprescindível a qualquer decente paisagem de domingo; voltou da missa e suas mãos apertam um terço, que é seu cronômetro celeste, e seus olhos aceitam plenamente esta visão da cidade banhada pelo sol.

É lamentável que, nas manhãs de domingo, a praça não se encha de povo, e seu coração bata um pouco inutilmente. Muitos haveriam de presenciar o espetáculo do velho que estava andando pelo meio-fio e desapareceu misteriosamente; parece que a grande morte que ele trazia em si, como um sarcófago interior, o chamou entre dois postes, e sua alma subiu aos céus pavimentados de azul, e seu corpo se dissolveu no ar, poeira outrora humana misturada à fumaça dos ônibus que estão levando moças para a Tijuca.

Não, não desapareceu. Precisamente no momento em que ondas e ondas de ar sonoro invadiram a praça, subiram ao coreto improvisada, escalaram as fendas limosas das estátuas, ele apareceu do outro lado. Era Mozart que vinha de alguma paisagem lateral, do concerto inefável. E foi aí que o velhinho, aproximando-se do garçom, disse a profissão. Trapeiro, não trabalhava aos domingos. Podia ficar em casa, entre o mangue, o samba e o morro, mas gostava de vir passear pela cidade, vê-la brilhar, calma e limpa.

E o próprio velhinho se julgava uma imagem da cidade que ele conhecia nas profundezas, de tanto vasculhar despojos e refugos. Virando-se para o garçom, comentou:
– Veja como estou limpo!

Despediu-se, foi sentar-se no banco da praça, e ficou ouvindo a música voante no ar. Não sabia de quem era. Plantava-o na vida a consciência de que era domingo, e isto lhe bastava, como certo bastará a ti, ó leitor, a suspeita de que, agora, no centro da cidade, existe uma praça que jamais viste. Uma praça de onde o domingo jorra aos borbotões, como a água dos repuxos – esses repuxos que só costumam irromper aos domingos, quando estamos em casa e não os podemos ver.

PAI E FILHA NO ZÔO

*P*assa um pavão, e o pai pergunta à menina:
– O que é isto?
– É uma galinha.
(Jamais uma galinha foi tão bela.)
Os dois aproximam-se de uma jaula. No cárcere municipal, há um lôbo, andando surdamente de um lado para o outro como se esperasse um milagre que, de súbito, o devolvesse aos desfiladeiros de sua infância.
O pai pergunta à criança:
– O que é isto, minha filha?
– É um cachorro.
Vão ambos passeando, subindo ou descendo degraus, entre folhagens e pedras dispersas. Na manhã domingueira, as coisas se ordenam tranqüilamente, perto do Museu há famílias que trouxeram sanduíches e garrafas e comemoram o domingo. Em todos os rumos para onde se vá, cardumes de pessoas se voltam para a contemplação dos bichos. Há criaturas que sonham ter, em suas casas suburbanas, uma gaiola com um tiê-sangue. E outras que, contemplando um hipopótamo, ignoram a influência desse portento na poesia moderna, bicho t. s. eliotiano.
Dir-se-ia que o mundo, na manhã gloriosa, está em férias, festejando a reunião das pessoas e dos bichos numa comunhão geral de contemplados e contempladores. Jacarés dormem ao sol, com os dorsos enfeitados de folhas; outros

ainda estão escondidos em suas alcovas de lama. Longe, as girafas espreitam o azul.
Pai e filha param diante de uma população de macacos.
– O que é isto?
A criança, peremptória:
– É um homem feio.
O passeio continua, e vão os dois misturados ao desfile geral, seguindo outros pais que vieram de todos os lugares da cidade para oferecer à curiosidade das gentes de calças curtas ou de pequenas saias uma aula de História Natural. No campo faiscante, algumas zebras parecem confabular, os focinhos voltados para o chão.
– Que é isto?
– É um cavalo.
A mão da filha segura a mão do pai, e os dois prosseguem, admirando plumagens e crinas, jubas e patas. Não há temor nos olhos da criança quando ela fita o leão, o jaguar ou o urso polar que olha com ressentimento e desprezo alguns quilos de gelo jogados em sua jaula, num humilde simulacro de chão do pólo.
– Me dá pra mim esse leão.
Depois, estão ambos passeando pelo aquário, contemplando os peixes que transitam, serenos, nas galerias que imitam o fundo do mar.
Já viram tudo, vieram de manhãzinha e agora o sol está a pino, entre as palmeiras e o morro.
Com a sua sintaxe que faria inveja a toda uma corporação literária, a criança pergunta:
– Vamos ir para casa?
O pai concorda:
– Sim, vamos.
E depois, tocado pela sugestão de movimento da frase da filha, adianta imediatamente:
– Sim, vamos ir.

E os dois caminham silenciosamente pela alameda, vendo a montanha russa parada, os barcos infantis numa piscina redonda, as árvores que protegem bicicletas e automóveis.

Seguem tão penetrados do esplendor de domingo que a brisa cessa por um momento de soprar, a fim de que eles transponham o grande portão aberto e se percam para sempre no abismo da cidade.

LINGUAGEM NOVA

São reluzentes como jovens moedas. Chegam de um lugar ignorado, ainda tocadas pelo frêmito da alquimia popular que as inventou, e começam a empolgar.

A primeira vez que as ouvimos, elas nos insinuam que o idioma acabou de completar-se ali, naquele mesmo instante, em sua vitalidade saturada. E, semelhante às moedas novas, cintilam.

Poucos são os que resistem à atração dessas frases e palavras que, inopinadamente, perturbam a vida humilde e burocrática das outras, gastas pelo cotidiano, despojadas de brilho e contorno, objetos de uso rasteiro. Se estas justificam sua desimportância na sombra e água fresca dos dicionários, as primeiras trazem o desafio do inesperado.

Talvez as velhas palavras sorriam: as frases momentâneas guindadas à glória nascem, vivem e morrem à margem do velho hotel léxico, ou melhor, da aprazível pensão familiar onde moram as palavras de vida longa do idioma.

No chão popular, a frase aparece como uma flor ainda úmida de orvalho. Um engraxate divulga-a; seus fregueses levam-na para as repartições, aderida ao brilho dos sapatos, e a transmitem ao oficial-de-gabinete. Este, atento a estimular o bom humor do ministro como quem atiça uma lareira sem esperança, não vacila em incrustá-la em sua pasta, junto aos papéis para despacho.

O jornaleiro, o garrafeiro e o moço do bilhar também a escutam, sussurrada pela brisa do subúrbio após a parada do trem. É uma manchete no ar, todos a lêem. O leiteiro leva-a para passear na zona sul, apresenta-a às domésticas pela entrada de serviço. Alguns dias mais, e ninguém a ignora. Uma companhia de revistas a mistura a uma constelação de moças nuas. Muitos conversam de modo que possam empregar a frase, que vive o ponto mais alto de sua glória.

Diante da objeção da namorada, diz o namorado, num zombeteiro argumento sentimental:

– Acho-te uma graça!

E o mesmo diz o trocador de ônibus ao passageiro que espera troco para uma nota de cinqüenta cruzeiros.

Transforma-se a exclamação em mote carnavalesco, e todos a adotam, sem mesmo procurar saber em que esquina da gíria ela nasceu, onde foi empregada pela primeira vez, qual sua fonte sonora. O mistério circunstancial exaure-se na aplicação indeterminada, na sugestão de malícia que ela carrega, e até na possível raiva que a envolve em certas ocasiões.

Bandeira içada em qualquer mastro, a frase tremula em todas as frentes. Se a mulher sugere ao marido um piquenique em Paquetá, como nos tempos esponsalícios, ele, com sua psicologia recondicionada pela frase, retruca: – Acho-te uma graça! Ao crítico exigente, rosna o romancista telúrico a mesma coisa, sentindo-se um Balzac diante das bobagens de Sainte-Beuve. E o baile prossegue, num intercâmbio de desconversas, até que chega a vez do leitor, que, abandonando esta prosa vadia, devolve o mote ao cronista – e é uma frase em ritmo de samba, como a cidade, como o andar do povo que desce da favela nos dias de calor – e faz a pista.

O AMOR EM GRAJAÚ

Que uma empregada ame um guarda municipal nada mais simples e ligado à tradição da cidade. Em Grajaú, porém, esse fato se tornou romanesco, pois a ama era uma espécie de cria da casa, e a família a que servia estabeleceu contra ela uma cerrada vigilância, e não a deixava passar com as companheiras, nem ir aos mafuás, nem conversar com os homens de boa ou má conversa.

No seu uniforme cor de rato, o guarda municipal era todo ansiedade, e desejo de encontro em Paquetá, e propósito de passeio de mãos dadas em fabuloso crepúsculo, e vontade de levá-la ao cinema-poeira em noite de sábado. A patroa, porém, exigia que a empregada não se afastasse do portão à noite e se recolhesse bem cedo. Contra esses obstáculos cruelmente levantados entre dois humildes mas bem-intencionados corações eles não podiam lutar, e o amor de ambos não era senão uma seqüência de olhos compridos e gestos furtivos.

Há, na praça de Grajaú, vários postes. Nem todos foram necessários – apenas um. E nesse poste, até hoje, eles desabafam as suas mágoas. Ao amanhecer, quando sai para fazer compras, ela se dirige imediatamente para o poste, que é o jornal mural do seu grande amor, e lê o ardente bilhete ali escrito pelo seu eleito.

À noite, ao iniciar a vigilância em Grajaú, ele acende um fósforo de encontro ao poste, pois a iluminação não ajuda, e se informa dos movimentos do amor naquela que é, diga-se a verdade, a luz dos seus olhos.

Assim vivem os dois, entre bilhetes queixosos e esperança em dias melhores.

Ela vai fazer vinte anos, e veio da roça para servir a essa família tirânica. Ele já tem trinta e três anos e mora em Niterói – algumas pessoas dizem-no casado e com dois filhos, mas devem ser calúnias, caso contrário ele não afrontaria tão dignamente as atrozes exigências do amor platônico.

Hora existe em que o amanhecer rebenta em Grajaú. Ela sai para fazer compras no momento em que ele já deixou seu posto e viaja de bonde para as barcas. Parada diante do poste, ela sabe que é amada, e fica imóvel e próspera de amor, banhada pela aurora, cheia de eternamente como uma figura mitológica. E é assim que, em Grajaú, a aurora nasce clássica.

FREIO DE ARRUMAÇÃO

Se você viaja num ônibus, faça da humildade a sua bandeira, desfralde-a bem alto aos olhos do trocador e do motorista, para que ambos a conheçam e aprovem, e sua viagem seja tranqüila.

Muita gente ainda se julga com o direito de criar querelas com o pessoal que dirige os ônibus. Há mesmo aqueles que, no ponto terminal das linhas, quando surpreendem um veículo estacionado, se dão ao luxo de indagar os horários, compará-los com o tempo intransferível de seus relógios e depois interpelar os motoristas, como querendo obrigá-los a pisar o acelerador imediatamente. Existem também os que, recebendo o troco do bilhete, se põem a conferi-lo com sofreguidão, como se duvidassem da honestidade ou das virtudes contábeis dos trocadores. Nessa galeria de inadaptados figuram ainda os passageiros que reclamam porque, embora dêem o sinal de parada com antecedência, o ônibus só vai estacionar dois pontos depois, fornecendo-lhes o retalho duma paisagem nova que significa cinco minutos de caminho a pé.

Tais criaturas discutem, esbravejam, reclamam, por causa da parada, do horário, das fichas, do troco. Algumas são assassinadas por motoristas que, por precaução, andam armados. As mais afortunadas são apenas agredidas, levam somente um soco na cara. E aquelas que a faina dos horóscopos favorece recebem alguns insultos afetuosos, que não podem levar para casa, pois aí ninguém as receberia.

Num ônibus, devem os passageiros ser obrigatoriamente humildes, e ordena a sabedoria que eles tudo façam para que sua respiração não perturbe o estado de ânimo do trocador, e obtenham para o jornal lido aos solavancos a aprovação ideológica do motorista, de modo geral criatura de entranhadas convicções políticas.

Principalmente quem viaja em pé não pode deixar de curvar-se diante das ordens dos trocadores, que ora mandam recuar, ora avançar. E nada mais perigoso para tal categoria de passageiro do que um prurido de independência que o leve a adotar uma maneira própria de viajar, em detrimento do desenho de acomodação geral que os dirigentes dos ônibus possuem mentalmente.

É um hábito de quem viaja em pé agarrar-se sempre a algum lugar, ou para ter maior segurança, ou para conseguir o lugar ocupado por alguém que, eventualmente, desça no meio do caminho. Assim, o espaço da frente do veículo, que, embora mais amplo, tem os inconvenientes de uma segurança menor, fica em geral despovoado. Os em-pé atravancam o corredor do veículo, impedindo passagens e desiludindo o sonho de descongestionamento do trocador. E este, aborrecido com a teimosia, recomenda:

– Os passageiros querem avançar para a frente? Na frente tem lugar.

Insistido, o pessoal não se move, faz que vai mas não vai. O trocador dirige-se a cada cidadão em particular:

– O senhor aí, barbado, quer avançar um pouquinho para a frente?

– A senhora gorda aí...

– Nossa amizade, o senhor aí, sem gravata...

– Distinto, quer ir para a frente?

– Esse brotinho aí do meio, na frente há lugar.

Ninguém se movimenta, todos se apegam às suas posições, alguns zombam das aspirações do trocador. Mas este sorri, superiormente, e assevera:

– Todos para a frente. Quem avisa, amigo é. Continua a resistência. Então, o trocador grita bem alto para o motorista:
– Dá um de arrumação.

De súbito, o pé do chofer se desloca de sua rotina, pisa firmemente o acelerador, depois freia, e acelera de novo, dir-se-ia que o veículo vai ao mesmo tempo disparar e estacionar. Essa manobra tem o nome enérgico de freio de arrumação. E merece perfeitamente o judicioso título, pois, assim que é executada, os passageiros renitentes são projetados na dianteira do ônibus, atulhados como uma trouxa humana no espaço antes vazio, uns sobre os outros, sentados, em pé, acocorados, alguns infelizmente deitados e infelizmente esmagados pela avalancha.

Após o susto, não mais voltam aos seus primitivos lugares; arrumam-se ali mesmo, resignados. Nessa reacomodação, trocador e motorista não se metem – é ela da iniciativa e do instinto do freguês.

Esta é a finalidade do freio de arrumação. E por causa dele o escritor Marques Rebelo, carioca da gema, nascido em Vila Isabel, cantor insigne do lirismo da metrópole adorável, foi projetado ao chão dum ônibus, onde suportou o peso de vários de seus personagens, que o cobriram não de louros, mas de pés, mãos e barrigas; e a conselho médico teve de ir à Europa. E isto interrompeu a redação de um romance onde ele festeja, comovido, a poesia da Cidade Maravilhosa.

A PANTOMIMA E O TELÚRICO

Na Ladeira João Homem, a cinco minutos do palco onde Barrault exibe Kafka e Claudel, e da livraria onde rapazinhos de blusão se empanturram de Camus, começa o drama. E a quase simultaneidade de tempo e espaço dá tanto na vista, superpõe-se tão insidiosamente que o observador dos dois fatos estremece, sem poder discernir o sonho da realidade, como o sonâmbulo que, descendo uma escadaria, não sabe a que domínio pertence o corrimão que o ajuda. Enquanto entre homens de casaca e mulheres de vestidos tão românticos que correm o risco de misturar-se com as personagens de Feydeau, se desenrola o drama de paixão, angústia e amor, bem perto outra tragédia se desenvolve, em cenários tão mutáveis como os que nascem da feitiçaria dos bastidores, iguais a cartas saídas da sepultura do mesmo baralho.

Embora a proximidade dos dramas intrigue e choque, existe entre eles a linha divisória que separa o sonho da realidade e faz com que o mar jamais possa ser confundido com a terra. E apesar de o diário em língua inglesa que circula matinalmente na cidade falar em Pendura Saia Hill, em Encantado Hill, em Querosene Hill, e principalmente em *Dried Meat*, que ninguém se iluda – com a discrição e metamorfose das transposições idiomáticas, está a aludida gazeta a falar do Morro do Pendura-Saia, do Morro do Encantado, do Morro do Querosene e, por fim, do jovem e temível "Carne-Seca".

Entre a disciplina e a brutalidade, a Europa e a macumba, as viagens a Paris e a expedição Roncador-Xingu, o champanhe e a cachaça, sempre se desenvolveu o drama brasileiro, em sua marcha para o ecumênico e o ontológico que enformarão nosso país depois do ano 2000, quando todos os fatores culturais ora em crescimento ou no nascedouro se agruparem, ordenados e tranqüilos, numa civilização autônoma. Enquanto isso não se cumprir, haverá o drama das catequizações e antropofagias, e a solução estará tanto em escolher um dos rumos como em aguardar pacientemente a fusão conciliatória ou, como esta demora, em tentar o milagre de seguir os dois caminhos.

Durante semanas, a cidade que hospedava Jean-Louis Barrault e assistia às pantomimas mais feéricas da modernidade sofria, no seu coração latejante, na área urbana que começa na Praça Mauá, a investida autóctone e telúrica de "Carne-Seca". E no mesmo jornal em que o rapazinho matogrossense escrevia um erudito ensaio sobre o símbolo da terra estéril nos sistemas poéticos de T. S. Eliot, lá vinha, principal como um visto num passaporte, a história dramática de "Carne-Seca".

A própria topografia da cidade prodigaliza o contraste. Os edifícios de alto gabarito roçam com os barracões dos morros e, por mais longe que julgue estar do drama, o habitante supercivilizado se avizinha desse gangsterismo de alpinistas que torna mais ásperas as ladeiras dos morros cariocas.

Com seus pseudônimos que confinam com o carnaval e o presídio, os heróis dos morros galvanizam as curiosidades urbanas. Inimigos dos bandidos passam a morar nas delegacias de polícia, acobertados pela lei. Em certos casos, os *gangsters* das favelas ameaçam reduzir a pó as delegacias que lhes protegem os adversários. E a comédia prossegue sempre, sem que se possa saber qual o vencedor.

Em certos momentos, essas lutas lembram, pela sua crueza, os romances de Dashiell Hammett, e a endemoninhada Personville que uma distorção vocabular de seus habitantes terminou transformando, simbolicamente, em Poisonville. E o mocinho que leu nas folhas que os literatos nativos organizaram um Conan Doyle Clube, destinado ao estudo da estética e ética do romance policial estrangeiro, entra numa livraria e compra os mestres universais, dando um suspiro de descontentamento diante desta sáfara e contraditória civilização brasileira que ainda não o cumulou com um grande autor no gênero.

Não sabe ele, em sua credulidade de leitor que vai ser enganado em sucessivas pistas falsas até o último capítulo, que, como o samba, hoje universal, está nascendo nos morros cariocas o romance policial brasileiro, e nasce com a veemência e a decisão das grandes canções carnavalescas. E um dia, nas traduções norte-americanas, Pendura-Saia Hill será uma verdade.

EPISÓDIO

No ônibus, enquanto os outros passageiros consultavam de vez em quando os relógios ou recorriam à paisagem como se esperassem por súbito estacionamento do tempo, ia o casal distanciado da injúria das horas. Eram recém-casados, circunstância que o observador menos avisado adivinha, e o ar de noivado consumado que os envolvia chegava a irritar os demais viajantes, pausadamente solicitados para admirar aquelas duas juventudes conjugadas. E, ao lado de uma quase orgulhosa beleza nupcial, possuíam eles uma tocante humildade, tanto assim que iam de mãos dadas, e se miravam reciprocamente nos olhos, como espelhos que se mirassem noutros espelhos e lá se enxergassem e se completassem.
  O ônibus ia pela pista de sombra da praça cheia de amendoeiras, alameda tão idílica que, em certos momentos, era um túnel de sombras e folhagens. Então, olhando gravemente para os ponteiros do relógio da Glória, ela disse:
  – Hoje antigamente era feriado.
  Ó sabedoria das recém-casadas, ciência feminina, tecida de sutilezas! O que milhares de poetas tinham procurado exprimir, desde os tempos em que começara a descer sobre as humanas gargantas a dignidade da linguagem, estava ali, naquela frase, e cintilava como, em pleno meio-dia, haveria de cintilar uma baía de cristal.

Plantado nesse pátio de instantaneidade, o comentário sustentava o tempo perdido em suas colunas, reconquistando-o serenamente. Era a velha querela entre o ontem e o hoje, as consumações da ausência e os esforços da presença, ambos separados e contudo juntos na trama das mais ousadas ilações, unidos mas longínquos.

Inconscientemente, ela estava iluminando, com uma simples frase, o mar tenebroso de todos aqueles que, Ulisses do transitório, fizeram a bela viagem de quem busca o tempo perdido, e não o acha jamais, como se a razão da aventura estivesse na pesquisa, e nunca no reencontro.

E era tão decisiva e graciosa que, ante a inteligência da observação, o marido se inclinou carinhosamente para o seu rosto de lua e lhe perguntou:

– Por que, hem, meu amor?

Era preciso aprender – ele perguntava.

Em sua resposta, imediata mas dócil como se tivesse havido antes uma pausa reflexiva, ela não exibiu nenhum ar de vitória, antes revelou a convicção profunda de que a vida, tanto para os próximos como para os estranhos, é um comércio de diálogos. Disse:

– Tomada da Bastilha.

Ó sabedoria vocabular das recém-casadas, ó raro despojamento que não resvala em alçapões herméticos, antes se abre para os espaços, enquanto sua arquitetura de simplicidade inaudita resplende em força e equilíbrio! É uma voz de jovem há pouco ingressada no rol das senhoras, e contudo em três palavras ela edifica diante do mundo, em sua simplicidade substancial, um dos maiores acontecimentos da História, sem recorrer às multidões indóceis, sem falar nas fortalezas da opressão, sem se valer dos clássicos e de tochas de incêndio.

O marido não se amesquinhou diante da sabedoria daquela mulherzinha única no mundo, sagaz e providencial, que dominava historicamente o tempo e descobrira as minú-

cias da tarde vigente. "Tomada da Bastilha", pensou, sentindo que sua afeição se tornava maior, porque esgrimia com o infinito. Após esse pensamento, ele se revelou a par do assunto:
– Ah, Tomada da Bastilha! Eu já vi isso no cinema.

E não se viaje de ônibus, e não se ouça, embora involuntariamente, o que dizem as moças acabadas de casar, no momento em que meditam sobre as efemérides.

IMUNIDADES

Nenhum autolotação, por mais desengoçado que seja, e possua cadeirinhas que rasguem roupas, e motor cardíaco; nenhum ônibus que lembre trator em caminho de pedras, e oscile como veleiro e cerceie até o direito de respirar dos passageiros – nenhum desses transportes, por mais vexatório, pode equiparar-se ao bonde, que é como uma praça ambulante, entre a cidade e o subúrbio e vice-versa, com as suas paradas fixas e seus trilhos eternamente paralelos.

Nos autolotações e nos ônibus viajam pessoas. No bonde, viaja o povo, democraticamente triste, os funcionários sem promoção, os comerciários solteiros que esperam casar num sábado qualquer, os casais que entrelaçam as mãos como quem guarda duas riquezas gêmeas, os contínuos com os livros do protocolo, e outras corporações do sofrimento. Sentados nos bancos de cinco ou em pé nos estribos, tudo é povo, é o Brasil viajando de bonde.

Ora, aconteceu que, em pé diante do banco de detrás do veículo, encarando os passageiros que, pela sua localização, testemunham sempre os horizontes fugintes que o bonde vai deixando no compasso dos trilhos vencidos, ia um funcionário do Serviço Nacional de Malária do Ministério da Saúde.

A farda era nova, possivelmente se tratava de sua primeira tarefa em serviço, pois a satisfação da investidura recente porejava em cada minúcia de seu traje. Os vincos das calças eram ortodoxos. O quepe ostentava, orgulhosamente, as insígnias da repartição – legíveis! – e a aba era dura e brilhante, sinal de que não se curvara ainda ao peso das decepções funcionais.

Ele estava equipado; levava, seguros pela mão direita, os apetrechos de suas obrigações, com exceção da lanterna, ou melhor, da pilha elétrica posta a tiracolo.

Ia ele em pé no bonde, e seu perfil bastava para dignificar todos os funcionários públicos do país, tal a convicção que o iluminava, e a vontade de servir, e a decisão de lutar. Como os trabalhadores mais ou menos especializados, ele imaginava, no horizonte limitado de seu raciocínio, que todos os problemas do povo seriam resolvidos através de sua repartição. Malária, para ele, não era apenas uma palavra dura e amarela; exorbitava de tais sutilezas para representar um inimigo. Sentia-se como um guerreiro convocado. Ouvira falar em portentosos programas sanitários, em aviões que despejavam sobre as florestas do interior nuvens medicinais que exterminavam milhões de mosquitos. Coubera-lhe um encargo mais modesto – examinar águas estagnadas com a sua pilha elétrica, usar petróleo, efetuar fiscalizações em ambientes domésticos, mas, de qualquer modo, era um guerreiro.

Ia ele no devaneio salvador quando o cobrador do bonde o chamou à realidade pífia:

– Faz favor!

O funcionário fardado teve um ar de espanto:

– Que favor?

Agarrado ao estribo, suarento, barba por fazer, foi a vez de o cobrador ficar espantado:

– A passagem, ora essa!

Aí, o combatente da malária explodiu numa irritação de brios ofendidos:

– Mas eu não pago!

O outro, zombeteiro, retrucou:

— Mas se o senhor não pagou ainda, como é que não paga?
Sentindo subir-lhe ao rosto, junto ao sangue que o afogueava, uma maré de imunidades, o passageiro bradou:
— Sou funcionário do Serviço Nacional da Malária do Ministério da Saúde. Logo, não pago.
Os chefes do serviço não lhe haviam comunicado esse privilégio, mas era óbvio, tanto assim que não lhe tinham dado o dinheiro das passagens. Portanto, firmava-se no seu ponto de vista.
O cobrador esbravejou:
— Ora já se viu! Todos aqui pagam.
Ele, inflexível:
— Não pago. Já disse que não pago.
O diálogo atraiu curiosidades. O cobrador puxou o cordão da campainha, em pancadinhas de código, e o veículo parou.
— O corretor só continua se o senhor pagar.
Aí um corretor fez uma intimação:
— Não posso esperar, nem eu nem os outros passageiros. Nesse caso, o senhor devolve nossas passagens.
— Mas esse cavalheiro (o funcionário se sentiu mais importante ainda) não quer pagar a passagem.
— Não temos nada com isso. Nós é que não podemos ficar prejudicados. O bonde tem de seguir,
Houve puxões espontâneos na campainha, e o veículo continuou a viagem.
— Paga!
— Não pago!
O funcionário do SNM do MS explicou:
— Nós não pagamos passagem. Não vê que viajamos de bonde para acabar com a malária, para beneficiar vocês, o povo?
E, peremptório:
— É da lei. Não pago.

Não tinha bem certeza se era da lei. Contudo arriscara. Além do mais, o cobrador era português, não deveria entender muito de legislação brasileira.

Aí, um passageiro sentado, que não tinha nada com a história, resolveu improvisar-se jurisconsulto, e apoiou:

– O passageiro tem razão. É da lei.

Entretanto, a observação provocou os protestos de um cidadão que estava lendo o *Diário Oficial*:

– Desculpe eu lhe dizer, mas não há nenhuma lei a esse respeito.

O outro se exaltou:

– Como não há? Que autoridade tem o senhor para dizer que não há? Há e muito bem havida. O senhor sabe com quem está falando? O passageiro está prestando um serviço de utilidade pública, não tem obrigação de pagar. Viaja a serviço do Estado.

O leitor do *Diário Oficial* retorquiu:

– Nesse caso, o Estado que pague, para isso cobra impostos.

– O Estado tem regalias, tem imunidades.

O funcionário do SNM sentiu-se imponente, como se fosse o próprio Estado, tornado humano e contemplável por um momento.

O condutor via de longe aquele deblaterar, e o cobrador concluía que não podia discutir até o fim da linha. Vários passageiros, aproveitando-se do incidente, tinham desembarcado sem pagar. Aí ele reuniu todo o desprezo possível e o jogou no rosto do passageiro, aliás já sentado, que insistia em viajar de carona:

– Mata-mosquito!

O serventuário da Malária estremeceu, viu-se devassado, mas reagiu logo:

– Diga o que quiser, mas não sou escravo. Não ganho dinheiro andando em estribo. E viajo de graça, hem? É da lei.

Sentiu-se entusiasmado, dionisiacamente funcional:

— Está na Constituição, ouviu?

    E viajou feliz até o fim da linha, com a pilha elétrica, o quepe bem armado, a garrafinha de petróleo e seus futuros mosquitos mortos.

DECORADORES

Um pintor manda às favas a pintura abstrata; um taquígrafo vira uma esquina e não é mais visto; um orador popular foge dos comícios, que passam a suscitar-lhe considerável náusea; fulano forma-se, mas não milita no foro. O que lhes aconteceu, que conselhos os arrastariam dos caminhos deixados? Não te apoquentes, leitor, eles estão em melhor situação do que todos nós, foram ser decoradores.
Possivelmente, será uma conversão inefável. Dormem pintores, noivos, capixabas, e acordam decoradores, prontos para entrar em função. E o sortilégio que exercem é tão grande que nenhuma criatura, por mais humilde que seja, pode, ajuizadamente, prescindir de seus préstimos.
Suponhamos que um de nós vai mudar de casa. Um amigo aconselha: "Não leve esses móveis, que eles não se adaptam ao novo apartamento." A gente concorda, mesmo porque os móveis não guardam apenas objetos e alguma traça, conservam também lembranças, e estas, quando em aposentos em véspera de abandono, não são de todo graciosas. "Bem, irei a uma movelaria comprar uns novos". O amigo intervém horrorizado: "Não faça isso. Não se usa mais móvel feito. Chame um decorador."
O augusto personagem tem dia e hora marcados, muitas vezes só no mês seguinte (ou no ano seguinte, se estivermos em fins de novembro) encontra tempo para atender. Finalmente, ele vai visitar a casa nova, usa fita métrica, faz

esboços, consulta álbuns norte-americanos, discute, sugere, apresenta amostras de forros onde as cores se cruzam e se esvaem como a trama de um romance de Henry James, pede 50% adiantados, dá o nome das plantas que assentam bem no lado direito da varanda e das que só poderão ser colocadas no lado esquerdo, e assim mesmo em dia de sol temperado, aponta para as paredes ameaçando-as com xilogravuras, seu olhar cobre o assoalho de futuros tapetes, e assim por diante. É um técnico.

Desse dia em diante, o morador é um escravo da decoração. Uma simples mesa de cozinha converte-se num fabuloso problema que exige sete esboços, três cálculos de fita métrica, exibição de nove amostras de madeira. Um trecho branco de parede é excomungado pelo técnico, que termina sugerindo ao dono da casa a abertura de uma concorrência para a execução de um mural. Um vaso de plantas, antes abandonado, reclama a presença de decoradores especializados em jardinagem, que trazem na memória um herbário mais rico do que o Jardim Botânico.

No final das contas, a criatura que sonhava com o seu paraíso doméstico fica desiludida de tanto usar o aspirador, encerar, varrer, mandar consertar as cadeiras, que são belíssimas mas não resistem ao peso de uma criança, remover divãs que outro decorador, mais sábio ainda, decidiu não se adaptarem a residências localizadas no décimo quarto andar ou situadas a meio quilômetro da praia.

O mais triste, porém, não é a febre de decoração que ataca os vivos, sujeitos ainda capazes de reagir. É outra, de singular toque funerário. Contou alguém ao cronista que, semanas atrás, foi à casa de um amigo que morrera. Lá, havia uma estranha agitação, como se não fosse enterro comum, o morto não parecia inteiramente defunto, apenas uma vela fora posta junto ao cadáver. De súbito, a empregada perguntou à viúva onde colocaria as flores que o ministro da Agricultura mandara. E ela, esvaindo-se em lágrimas, retrucou:

– Não sei. Isto é com o rapaz da casa decoradora.

A ILHA DA TRINDADE

São gaivotas, fragatas, andorinhas, que passam velozmente sobre as pedras. É a solidão da ilha da Trindade, violada por uma expedição.

Durante séculos e séculos, houve estes altíssimos despenhadeiros, puros de suicídios instantâneos, oferecendo ao vento do mar a sua face sulcada. Algumas tentativas colonizadoras fracassaram; depois de uns tempos de sonho e insistência, renunciavam as criaturas continentais, embora navegadoras, aos seus desígnios de aproveitar uma ilha e incluí-la num rígido sistema de lucros e proveitos, contabilidade estatal e pesquisas científicas.

A tudo resistiam os rochedos e os abismos, as margens abruptas sem esperança de portos, e a distância. Contudo, houve decerto alguém que, debruçado sobre um mapa, se lembrou dela, descobriu-a de novo, e perguntou: "Para que serve esta ilha?" E resolveu aproveitar uma inútil entidade lírica, torná-la administrável e atrativa de tal maneira chã e graciosa que, em se plantando, nela desse tudo. E assim se fez.

Salve, pois, a ilha da Trindade, filha marítima do Brasil, que os navios, hoje, e os aviões, amanhã, vão manter perto do paterno regaço, base aeronaval, local de criação de gado e galinhas de raça, colônia de férias para funcionários públicos.

Sem dúvida, vários problemas vão ser vencidos para que a penhascosa se amolde às exigências técnicas e psicológicas da atualidade. Antes que seja possível ao brasileiro que sentiu, nas costas, esse grande vento das férias de que nos fala Jean Paulhan, beber um refrigerante na Enseada dos Portugueses, uma tropa de entendidos trabalhará dia e noite na insular região, adaptando-a às nossas conveniências, construindo ali um ancoradouro, um aeroporto e outras organizações indispensáveis ao entendimento e às combinações entre os homens e o espaço.

Ao que dizem os cronistas deste feito épico-marítimo da Idade Atômica, a fauna da ilha terá de ser suprimida rigorosamente. Em primeiro lugar, os habitantes privilegiados de Trindade são porcos ali deixados pelos portugueses, na bagatela histórica de bem duzentos anos. Os porcos, diga-se de passagem, prestaram, há cinqüenta anos, um grande serviço às tradições biológicas da ilha, pois exterminaram milhares de ratos que moravam nas fendas dos rochedos. Mortos os ratos, buscaram eles um novo alimento, e desde então se deleitam rotineiramente em devorar os ovos das tartarugas ali residentes, espreitando-lhes as posturas. Com o tempo, estão desfigurados, ameaçadores, selvagens, e, quanto às tartarugas, não passam de uma raça prestes a desaparecer, como os sonetistas em 1922.

Ficou determinado o sacrifício desses impenitentes fossadores, e a trilha da morte será também percorrida pelas cabras, que, ali morando, se divertem em comer a vegetação da ilha, isto é, em almoçar a paisagem. Aliás, é interessante observar que as solidões insulares influíram decerto no instinto dos bichos. Pois enquanto suas pacientes irmãs continentais se limitam a comer pedras em sítios de flora profusa, as cabras ilhoas praticam singularmente um sistema de alimentação vegetal numa zona composta de pedras e mais pedras.

Vencidos os obstáculos, Trindade será reflorestada, casas se erguerão perto dos rochedos de coral e das veredas entre despenhadeiros e abismos; uma população de três mil pessoas, vindas do Brasil continental, será acondicionada em belas habitações. E, assim, extingue-se o mistério cingido de águas encapeladas, de cardumes de peixes migradores.

Enquanto a ilha da Trindade é esquartejada viva nos noticiários, e seu pico de seiscentos metros se transforma em lugar de turismo, e suas aves de longas asas esvoaçam nas praias que vão ser transformadas em profícuas salinas, é possível que alguém, na turba ou fora dela, se lembre de sua infância morta como todas as coisas mortas, presa à eternidade dos dias sucessivos pela trama inexata da memória. E recorde, com toda a nostalgia do que não aconteceu, os ventos que não arrepiam cabelos já por si despenteados e as paisagens não devassadas pela ousadia tonta do olhar, a aventura guardada no fundo desta mala da memória que todos nós carregamos em nossos espíritos.

Houve um tempo em que existia, neste mar de espuma e andorinha, uma ilha da Trindade esquecida pelo governo, abandonada pelos ingleses, inabitável e áspera. Nessa ilha se escondera, em priscas eras, um tesouro, e descobri-la era nossa tarefa de navegadores das manhãs e das tardes.

Desse tesouro da ilha da Trindade já se fala como de coisa certa, capturável após consultas e decifrações de rotas enigmáticas.

Uns descobrem a ilha; outros descobrem o tesouro; e todos se regalam na festa. E, nessa marcha, em breve não haverá mais solidão no mundo, será proibido existir uma ilha perdida no meio do oceano, com os seus rochedos e seus porcos e cabras cuja carne lembra ao paladar a carne branca dos grandes peixes.

E é assim que comemoram o primeiro centenário do teu nascimento, ó meu pobre Robert Louis Stevenson: suprimindo essa ilha não descoberta que todo país deveria guardar para um futuro nunca presente, colonizando eficientemente a Ilha do Tesouro que a teu gênio soube iluminar para sempre.

Daqui a pouco, não haverá mais ilhas, mas algumas maravilhas da técnica e do progresso plantadas entre águas cruzadas por transatlânticos e torpedeiros, debaixo do céu de poucas gaivotas e muitos aviões. E como lembrança de um tempo geograficamente maravilhoso, ofertaremos às nossas filhas, quando elas completarem quinze anos, esse tratado da dignidade insular e da redenção humana que se chama *A ilha do tesouro*. E do novo haverá infância sobre a terra. E a verdadeira ilha da Trindade, inacessível e solitária, regressará ao Mar Oceano na hora admirável em que as meninas de 1965 sentirem, lendo um livro debaixo de uma árvore, que viver num continente às vezes é bem monótono.

O LENÇO

No começo de tarde, o calor era mais que o manto de uma estação. Era um estandarte, possuía a glória das flâmulas que em certos dias de festa ficam no topo dos mais altos mastros, convizinhos do céu.

Assim, no burburinho das consciências suadas que cruzavam a Cinelândia, chamava a atenção de alguns o casalzinho que, em sua auto-suficiência sem objetivo, ria da canícula, ignorando-a.

Entre ternos de linho, sujos da fuligem dos ônibus e marcados pelos contatos mais diversos, ele trajava casimira azul-marinho, e a espessura do tecido não o incomodava, era como se o envolvesse um desses costumes *night and day* cujas listas parecem miniaturas do couro das girafas.

Ela estava de azul, fabulosamente de azul-claro, a saia rodada guardava em sua fímbria a sugestão de valsas dançadas no subúrbio, nas noites alegres de domingo, quando o ar cheira a jasmim-do-cabo.

Iam os dois pelo passeio, indiferentes ao rebanho geral, as duas mãos unidas pareciam uma só, de dez dedos entrançados. E como pouca gente nesta cidade, sabiam a ciência de andar agarradinhos e ao mesmo tempo libertos, sem que o desejo de marcha compassada perturbasse o movimento dos pés.

Casimira azul-marinho em dia de calor sufocante! Estava explicado o mistério, nem era preciso recorrer ao vestido azul-claro. Eram recém-casados; daí o traje impecável, o clima de bem-querer que os seguia como um guarda-costas ideal, o contraste que faziam, colocados na encruzilhada de canícula e pressa.

Conversavam baixinho. Muito embora ninguém pudesse escutá-los, ele preferia sussurrar-lhe ao ouvido. Ela sorria, seu rosto se abria em felicidade e rubor como um girassol. Depois, chegava o momento de ele receber a confidência. Então, suas pálpebras desciam um pouco, o rosto adquiria uma seriedade inesperada, tudo em sua figura indicava uma compenetração de futuro pai de família. A austeridade durava pouco, nem chegava a ser um furtivo espinho num desperdício de rosas.

E os dois continuavam. De repente, pararam. Algo ia acontecer, mesmo porque o relógio geral do céu marcava uma e meia, hora em que os comerciários e a gente de escritório estão regressando para os seus lugares. Naturalmente ele lhe disse: "Bem, meu amor, tenho que ir trabalhar." Ela ficou pesarosa, mas uma vaga de orgulho a levantou ao imaginar o marido atarefado, eficiente, útil à coletividade.

As pestanas úmidas concordaram. Veio o momento dramático; ambos ficaram mais juntos, muito embora essa junção fosse uma aula de castidade ao alcance de todos os passantes, possuísse uma beleza e uma dignidade admiráveis.

Ela o beijou no rosto, com os lábios esticados como se fossem desenhar um muxoxo. Beijou-o, deixou-se beijar sem olhá-lo, e partiu de inopino. Ele ficou parado alguns instantes, assistindo ao seu apartamento. Depois se perfilou, sentindo que ia trabalhar. Lembrou-se do rosto onde ficara aquele fragmento da lua-de-mel interrompida, enfiou a mão no bolso e tirou o lenço para limpar a marca de sua glória íntima.

Algumas pessoas que estavam perto se assustaram. O lenço estava vermelhinho da silva. Era de batom, era de amor.

UMA PEQUENA SURPRESA

Há certos carteiros que ficam intrigados no momento em que entregam um envelope numa casa. Não acham explicação para o mistério de uma correspondência vinda do Canadá, da Holanda ou da Suíça, carimbada em dois continentes, excessivamente viajada para ser aberta num subúrbio. E se os carteiros têm boa memória, logo se lembram de que o destinatário é o mesmo, e os remetentes são muitos, distribuídos no universo, talvez desconhecidos entre si. E é carta para moça morena, sabido que certos endereços se consubstanciam no rosto das pessoas, e é muito fácil para a fé de ofício de um postalista gravar a fisionomia das criaturas que a mala postal distingue de uma maneira toda especial.

Um dia a carta vem dos Estados Unidos; passa-se uma semana em branco, e surge um postal da Suécia. Não bem descansa o carteiro de seu papel de arauto último de tão distante lugar, e é obrigado a entregar, no mesmo endereço, um envelope vindo de uma base aérea no Japão.

O postalista cumpre sua obrigação, mas entre cumpri-la e compreendê-la existe um abismo. Ele abana a cabeça e não entende, pois não consegue precisar as circunstâncias que fazem de uma certa casa no Méier ou em Catumbi o posto derradeiro de tantas mensagens mundiais.

É fácil, porém, a explicação do mistério, nesta época em que quase toda moça aprende inglês, ou por simples divertimento, ou numa habilidosa preparação para as vantagens das empresas estrangeiras cujos anúncios dominicais costumam deixar perplexos os rapazes.

Nesses cursos de inglês recomenda-se à aluna que não se limite apenas a decorar vocabulário e saber regra de gramática, e aprenda a ser sociável com lucro. Como na maioria dos países do mundo funcionam regularmente milhares de cursos idênticos, iguais conselhos são dados em todos os quadrantes. Está explicado o mistério. Em Amsterdã, um rapaz aprende inglês e quer ser sociável. Todos querem comunicar-se, moças e rapazes. Os endereços circulam, florescem clubes de adolescências famintas de distância, aptas para transformar o puro longe em rações hebdomadárias de familiaridades miúdas. E assim vão nascendo os contatos, que o tempo se encarrega de arrumar, selecionando. Nomes e países são permutados, na base das afinidades eletivas. Lucram os governos, vendendo selos; os países, captados nas descrições epistolares desses cônsules de boa vontade; e as criaturas, alargadas em afetividades transcontinentais, roubando pensamentos em Filadélfia e Belgrado.

Na maré das cartas, o coração humano se entremostra, denuncia predileções, traduz seus cuidados, expõe em terras estrangeiras os seus desejos totais. E assim se tecem os romances.

Foi assim que se cumpriu a história de uma jovem carioca que, para melhor cultivar o inglês, iniciou ativo movimento de intercâmbio e descobriu, na Holanda, um rapaz aviador. Carta vai, carta vem, os dois viram que tinham nascido um para o outro, dessa argila... Possuíam os mesmos gostos, pois se ele, louro, ansiava em seu país de tulipas e diques pelo inatingível de um amor moreno, ela lhe retribuía a aspiração pleiteando um par de olhos azuis. Artista de cinema, clima de romance, tipo de casa, forma de passeio, comportamento doméstico, pontos de vista políticos e sociais – tudo era igual, como se os espíritos, encontrados no acaso das malas postais, fossem gêmeos.

Depois de uma correspondência volumosa, decidiram ficar noivos, baseados em fotografias, estilhaços epistolares e outros elementos biográficos que, quando se ama, valem como carteira de identidade.

Um dia, contudo, em carta anunciadora de que estava prestes a ingressar numa companhia aérea que lhe facultaria descer no Galeão, o jovem pediu muito: queria conhecer a voz de sua bem-amada, falando português e inglês. Foi quando uma vizinha a tirou de sua perplexidade, assegurando-lhe haver na cidade casas especializadas em gravar discos desse gênero. "Grave sua voz", dizia o anúncio, numa promessa de posteridade. Depois, bastaria acomodar o disco em uma embalagem especial, e o moço ouviria pela primeira vez as palavras do seu amor.

O sugerido foi feito, e a moça leu, no idioma do seu país natal e no outro, o de sua paixão, várias frases escritas com a finalidade exclusiva de comunicar ao noivo holandês a inflexão cálida de sua voz amorosa.

Após alguns instantes de palestra bilíngüe, a moça disse, nos dois idiomas: "E agora, uma pequena surpresa."

Humildade da jovem! Era uma grande surpresa. Quando recebesse o disco e o pusesse na eletrola, o rapaz acompanharia, trêmulo, a fala de sua bem-amada, como se cada sílaba fosse uma palavra de amor. "E agora, uma pequena surpresa." Advertido também em inglês, o moço se prepararia, e a agulha, ferindo suavemente o disco, entregaria aos seus ouvidos os acordes do Hino Nacional Holandês.

E foi assim que a Holanda, que pouco antes nos mandara, gentileza suprema, a dália Rui Barbosa, que ora floresce em Botafogo, se ligou ainda mais ao Brasil, graças à pequena surpresa de uma moça de Catumbi que, nessa marcha, há de terminar indo trabalhar na Unesco ou na ONU, ou conquistando o Prêmio Nobel da Paz.

A SÚCIA E O COMANDANTE

Todo leitor é um viajante, e para que não haja entre ele e a viagem os mal-entendidos habituais de um panorama sucessivo, convém trocar a emoção pelo fato, mesmo que o valor nascido da permuta se encrave no capítulo dos bestiários.

Vamos supor que o viajante abandone os panoramas de almas e letras, histórias e desfechos, e esteja regressando de uma viagem autêntica, recolhendo a estes pagos de ninguém depois de ter ido beber nas fontes da província os segredos reencontrados da vida.

E mesmo do alto de um avião o viajante olha a frente do planeta que se estende embaixo e não pode deixar de abrir-se, cogitativamente, em adeuses e louvores. Adeus à ponte que esconde por um momento o fluir de águas pernambucanas entre ingazeiras; adeus ao cajueiro tão pesado de frutos amarelos que, da altura, parece a vadiagem de ouro de um ipê; adeus à fazenda perto da colina, com as vacas pastando docemente num curral sépia; adeus ao mar que os coqueiros não abandonam nem nas esquinas bravias dos arrecifes; adeus à terra que renasce a cada minuto de sua própria distância vencida; adeus a tudo.

Quem esteve em província, e muito se regalou em mesas fartas, e se deu a consideráveis intimidades de garfo e faca, pode, no aéreo dia de regresso, encarar com desdém o almocinho do avião, distintamente empacotado mas pouco aliciante.

Assim, nem todos os pacotes de refeições são utilizados, mesmo porque nem todos os dias os aparelhos viajam lotados. E é bom que assim seja, e é melhor ainda que também nós, viajantes, nos privemos de nossos almoços, em homenagem a uns amigos capixabas que são vistos sempre em grupo, ou melhor, em matula, focinhos inquisitivos, pêlos eriçados, caudas ora fagueiras ora inquietas.

Quem esteve no aeroporto de Vitória do Espírito Santo, e não viu uns cães, ou cachorros, em linguagem mais familiar, que da manhã à tarde farejam entre os aviões e a relva, não esteve no aeroporto de Vitória do Espírito Santo. Pois manda a verdade que se diga que os citados animais são, no dito lugar, coisas quase semafóricas. E, malta aeronáutica ausente em qualquer outra estação, do Amazonas ao Prata, eles terminam no repertório de nossa simpatia.

A alegria maior acontece quando o avião da gente aterrissa. Nem bem param as hélices e os passageiros descem, os cães se aproximam do aparelho como se, em comissão, estivessem ali para receber gratamente o presidente da Sociedade Protetora dos Animais, ou outra personalidade de igual porte. E estamos nós nessa perplexidade, suspeitando alguma inusitada homenagem canina, quando os tripulantes do bimotor começam a jogar sobre a relva as comidas padronizadas dos pacotes intatos (comida preparada no Recife, num hotel na praia de Boa Viagem, onde se hospedam tripulações bem voadas), ou os restos de refeição dos passageiros luxentos.

É uma festa para os cachorros, e seria mais gostosa a fruição do espetáculo se um passageiro pretensioso não chegasse a falar nos reflexos condicionados da súcia, no momento em que os aeroplanos perdem altura para descer.

O assombro, porém, não pára aí: a egrégia canzoada sabe distinguir, entre os numerosos bimotores vespertinos que vão descansar na terra capixaba, aquele que traz em seu bojo, num despautério de vitaminas, proteínas e sais minerais, a comidinha dos cachorros do aeroporto de Vitória.

E, para terminar, podemos contar que uma vez o avião da companhia X – a das citadas comidinhas caninas – se atrasou fabulosamente em Caravelas ou Canavieiras. Tantas horas se passaram no conserto do desarranjo do aparelho de rádio que só noite fechada pôde a viagem ser prosseguida, em vôo noturno. Pois bem, foi à meia-noite que o avião aterrissou em Vitória, no seu rumo para o Rio. Quase todo esse pessoal que a gente vê nos aeroportos tinha ido embora. Amigos tinham renunciado a receber amigos, porque aquilo não eram horas! Deputados estaduais também deixaram de saudar deputados federais, pelo mesmo motivo.

Entre as luzes do aeroporto noturno, estremecendo na fria escuridão, lá estavam, porém, os nossos cães amigos, depois de dez horas expectantes. E ainda bem as hélices não se tranqüilizaram, a corja se aproximou, festiva, do aparelho, para usufruir, esfaimada, o almoço transformado em ajantarado.

E foi tão belo e solene o episódio que o comandante do avião, ao ver em terra os bons amigos, diante daquela fidelidade tresnoitada, não resistiu à emoção. Ele, que vira Paris pela primeira vez com os olhos secos, e repetira essa aridez da vista em inúmeros momentos e lugares, não conseguiu enfrentar aquele momento em Vitória. E foi com os olhos cheios de lágrimas que começou a abrir os pacotes das comidinhas dos cachorros.

BORBOTÃO DE ABRIL

Arauto de horrores, chamou-lhe o grande romancista inglês, ao contemplá-lo na Índia. E o grande poeta naturalizado britânico disse que ele era o mais cruel dos meses. A versão inflexível, que o quer misturado aos mistérios sufocantes, às violências inauditas, aos túneis onde as criaturas vagueiam como numa sala de suplícios entre março e maio, vamos preferir a doçura brasileira, que não o martiriza, antes o chama das esquinas dos outros meses.

O poeta Mário de Andrade cantou: "E a fuga da hora me entregava abril". Na lírica brasileira, ninguém mais do que ele revelou tão fundo a necessidade desse mês apaziguante, rasgado pelas grandes claridades finais, sustendo no céu alto os primeiros fogos de um outono que cruza nossa atmosfera como se nos pedisse desculpas por ser também estação. Porque o outono, nos trópicos, é uma verdadeira sinecura, uma incorrigível vadiagem do tempo dentro do tempo.

Estação das colheitas, das poucas folhas que caem afirmativamente, dentro da quadra sedativa, o mês de abril se estira como um breve país. E dentro dele nos aquietamos, dir-se-ia que numa larga praça encontramos finalmente um banco vazio, de onde podemos contemplar, reunidos no espaço, o presente, o passado e o futuro.

Glória nas alturas ao tempo, que nos trouxe abril. Louvado seja ele, o indivisível sempre dividido, porque de suas fontes brotou novamente a restinga de paz chamada abril. De há muito estávamos vagando, atribulados; e nossas almas aspiravam ao borbotão de água fresca do mês quieto; e nossos corpos clamavam pela sugestão de repouso, de férias rodopiando no ar, que vem destes dias calmos.

Onde o tempo é cristal e cintila, brilhe mais abril, que é o maior. Nele estejam os mais eficazes remédios para os nossos cuidados, a ele pertençam as melhores ondas do mar, as estrelas mais nítidas do grande maquinismo celeste, as mais belas mulheres da terra. A ser eternamente abril deve aspirar o elenco dos outros meses, desarvorados terrenos baldios, onde ressoam nossos passos confusos, e ser uma complexa categoria de abril ambiciona a própria vida, cativada pelo mês que parece dissipar o sonho da paisagem que adormeceu após a vigília do verão.

Pertença a todos nós, e não apenas aos poetas fortalecidos em sua fé, este mês em que o vento canta de súbito, e as luzes se acendem de repente, e as águas rumorejam sem que a paisagem as solicite, e as moças, na penumbra, exibem rostos enfeitiçados, e os homens caminham vagarosamente, olhando para o chão como se esperassem encontrar no solo, em lugar do calhau que se oferece à primeira mão aventureira, a própria chave do tempo, o fundo segredo das ventanias que sabem a sal, dos instantes em que a indolência se exercita nos seres como se fossem um bálsamo.

Salve pois abril, o grande mês comum, partilhado por todos, bebido na harmonia dos ares. Salve este mês que lembra uma invasão espontânea de rosas brancas, e que se estende como um parapeito que nos protegesse da morte, do desespero e da rendição.

Porto seguro do tempo e enseada melhor do outono, mais uma vez abril floresce. Dentro da mentira do outono, sua verdade se estampa e dança, animada pelas veemências de uma paisagem liberta de possíveis clamores, amena como os caminhos que conduzem aos piqueniques.

Ilhas, botes que dispensam os remos na correnteza fiel, farnel usufruído num pedaço de papel, sobre a areia da praia, veleiros ao longe, andorinhas em rodízio no céu, a tudo nos leva abril, num desperdício de paisagens flexíveis, de pretextos de viver. E a tudo vamos, distribuídos, partidos mas confiantes. Não precisamos debater-nos, pois os dias de abril, embora possuam das ondas o embalo e o peso, não nos impelirão para os vórtices secretos. Abril é verde janela aberta para a vida.

PERTO DAS ILHAS

O rapaz vai de um lado para outro, aperta as mãos, aproxima-se da amurada e fita o mar. Não pretende suicidar-se; muito pelo contrário, uma insensata fome de vida o impele. Nas águas sujas e grossas ele se vê sozinho, observa que a sombra de seu ombro direito está incompleta, falta alguém ao seu lado.

O moço ouve apitos de rebocadores, pregões, rumor de hélices de barca manobrando para a atracação, gritos de crianças que vão deixar o continente. Na sala de espera estão mulheres tristes que, sentadas, parecem esperar alguém que não virá nunca. Essa humilde expectativa dá a impressão de colorir os minutos, espraiar-se ao sabor das ondas vagantes como coisas imprestáveis jogadas na água.

A tristeza do rapaz é diferente; é uma incerteza dinâmica, deambulatória, que o faz ir de um lado para outro, reler os horários das barcas, fitar a baía.

Ele gosta de uma moça da ilha, daí este esperar sem fim, os olhos pregados nas barcas. E enquanto elas não chegam para a repetição das partidas, os modestos viajantes conversam. Um conta que o mestre de sua lancha vira o corpo de uma moça boiando no meio da baía. Parada a embarcação, o corpo desapareceu. Então outro abre a cartilha do verossímil, narra coisa mais cotidiana: a moça ia sentadinha na barca, de olhos fechados parecia estar sonhando. De repente, abriu os olhos, levantou-se e saiu correndo para a amurada.

– Meninos, eu vi. Eu estava olhando o mar. Ela saltou como se tivesse pressa de morrer. Não me esqueço nunca. Ela caiu como cai uma estrela.

O narrador esperou que os interlocutores ficassem ansiosos, quis ouvir as exclamações de após as respirações suspensas, desejou ver dedos se apertarem. E continuou:
– Foi um verdadeiro rebuliço dentro da barca. Ela não morreu. Conseguiram salvá-la, e foi um custo, pois a mocinha não queria de jeito nenhum segurar-se nas cordas. Saiu o retrato dela nos jornais.
– E por que foi que ela quis morrer?
– Amor.

Por mais que os homens conheçam suas cidades, sempre restará algo que descobrir: um lugar onde os passageiros de embarcações que não chegam contam belas histórias de amor, e há barracas onde velhos armados de reluzentes facões descamam peixes, e outras onde crianças namoram balas.

Rua Clapp, Beco da Música, Cais Pharoux! Um homem gordo que mora em Niterói vê-se ali mesmo, retrato de um fluminense quando jovem. Mira-se no ar, na luz, no cheiro, em tudo o que o envolve, lembra o tempo em que a literatura e a boêmia confraternizavam à luz aventureira da madrugada, diante de uma mesa de ostras e vinhos, e a aurora, vinda do mar, iluminava grandes cestas de verduras e peixes e açougues transbordantes e tonéis: e ainda podiam ser vistas, balouçantes no cais, as barcaças, com seus noturnos carregamentos de farturas ilhéias.

O homem de Niterói olha o ambiente. É a hora da limpeza nesses restaurantes que têm portas para duas ruas e franqueiam a todas as contemplações os seus tonéis de vinhos portugueses, os seus grandes peixes frescos, as suas mangas maduras vindas de alguma ilha.

O rapaz que ama a jovem da ilha também mira tudo, mas seu coração está longe. No ponto de parada dos ônibus, criaturas tumultuosas se movimentam, gente pára diante da banca dos jornais, cidadãos engraxam os sapatos como reis sentados em tronos. Tudo é vestíbulo para a visão das barcas, cenário que antecede a travessia.

De súbito, com o seu tom plangente, a barca atraca, e uma avalancha precipita-se para terra.

Surgindo do labirinto de horários que regulam a diversidade das evasões, a moça da ilha aparece, e o rapaz, jogando fora o fardo agora inútil da expectativa, vai ao seu encontro.

E de mãos dadas os dois completam o mistério continental.

UMA CARTA PARA A CHINA

Quando estamos acordados, eles dormem; enquanto atravessamos uma campina de palavras, eles guerreiam, cavam trincheiras e matam-se. Assim são eles, os nossos antípodas, voltados para a lua quando o sol é resplendor em nossas janelas, mortos às centenas nas guerrilhas das montanhas enquanto o sinal de trânsito segura nossas vidas à beira de uma calçada. Assim são eles, que ora dormem em sobressalto, em suas cidades que são os últimos labirintos do mundo, junto às muralhas inacabadas, perto de rios e arrozais, e principalmente longe de nós, que os vemos como quem imagina o impossível, multiplicando o misterioso e o milenário.

E a eles foi destinada incrível gentileza autárquica. Em todos os jornais, a notícia apareceu, e foi lida e relida: "A diretoria dos Correios informa que é de absoluta necessidade para o perfeito encaminhamento das correspondências ordinárias e aéreas para a China que os remetentes indiquem no endereço o nome da província em que estiver situada a localidade do destino."

Cremos que o leitor pertencerá ao rebanho comum daqueles que jamais mantiveram correspondência com a China, não obstante terem sido traídos em distâncias menores, perdendo carinhos e notícias nos desencontros da mala postal. Contudo, acima dos mal-entendidos postais, criadores de embaraços entre remetentes e destinatários próximos, o

Departamento dos Correios se propõe a cumprir fielmente sua tarefa, indo entregar no outro lado do mundo alguns envelopes procedentes do Rio, desde que esteja neles bem legível o nome da província oriental.

E essa delicadeza nos comove, dando-nos a impressão de que, entre os milhares de cartas depositadas diariamente nas agências postais, aquelas que ostentam a lunar direção da China merecem um carinho especial, como se fossem amigos do peito de um maquinismo burocrático nem sempre atento às suas finalidades.

E na China somos os que dormem enquanto eles espreitam o futuro, os que trocam de governo no espaço de uma noite enquanto eles guerreiam cem anos para mudar de regime. E eles nos olham como os olhamos – assim como, em nossa fímbria de ocidente, somos de opinião de que um chinês se parece a outro chinês como dois olhos azuis num mesmo rosto, os habitantes do Celeste Império não conseguem guardar nossas fisionomias particulares, tal se fôssemos uma cara repetida em milhares de corpos.

Quanto mais a China é pobre, mais a China é rica, – diz Cocteau. À sua riqueza e à sua pobreza, que se confundem como duas paisagens sonhadas ao mesmo tempo, enviemos uma carta, que o acaso transformará as letras do nosso reduzido alfabeto em incalculável desenho. E ela seguirá o seu destino entre o sono e a vigília, descendo os degraus geográficos que vão do Ocidente ao Oriente. E bastará um nome de província, no simples rito de sua legibilidade, para que, no outro lado do mundo, um chinês receba a nossa missiva, leia-a, e pense em nós. Sutil e enigmaticamente pense em nós enquanto, com as nossas fisionomias jamais particulares, dormimos e sonhamos como todos os antípodas que se prezam.

NA PONTA DO ARPÃO

Cansados das misérias dos açougues e da batalha diária por uma fatia de carne, os cariocas voltam suas esperanças para a linha do horizonte marinho, atrás do qual, como um sonho retornado, navegam navios baleeiros, netos do alucinado *Pequod*, que atravessou todos os mares em busca da Fera do Mar.

Como sempre acontece, já começaram as glosas jornalísticas do acontecimento, que, apesar de comercial, possui uma sugestão aventureira.

E houve mesmo um repórter que, entrevistando a maior autoridade brasileira em cetologia, foi informado de que, nos tempos da colonização, centenas de baleias chegavam a aproximar-se das praias cariocas, tendo essa fartura de beira-mar propiciado a instituição dum comércio rendoso, o qual só terminou quando os cachalotes, rebelando-se contra a rotina que os transformava em azeite de iluminação, resolveram conformar-se ao ostracismo do mar alto.

Assim, escoaram-se séculos, e a carne da baleia, prato do dia no trivial da terra-colônia, acabou subtraída ao uso comum, embora o ilustre técnico em cetologia já citado nos assevere que a carne de um leviatã é tão gostosa e nutritiva como a dos melhores peixes. E não nos sobra razão alguma para suspeitar do depoimento de uma autoridade que, além de erudita, diz ter comido carne de tubarão.

Agora, numa tentativa de solucionar a crise alimentar do carioca, voltam os navios baleeiros à sua tarefa interrompida. As donas de casa já se movimentam, impelidas por uma brisa marinha que lhes promete o inédito. Às esquinas e nos ônibus, surgem os primeiros dietistas especializados que dissertam sobre a melhor maneira de preparar a carne de baleia, fornecendo assim um capítulo novo aos mais minuciosos manuais de cozinha, cujos autores jamais poderiam prever o retorno das imperatrizes do oceano à humildade fumegante das panelas.

Nos mares, principalmente os do Nordeste, os navios baleeiros não descansam, na redescoberta de uma faina maravilhosa. E muitos vão até Ponta d'Areia, ó finado João Alphonsus! Meio envergonhadas de sua função numérica, as estatísticas confessam que onze baleias, em média, podem ser diariamente requisitadas para as glórias da terra. E todas essas evidências conduzem a um fato consumado: baleia no prato.

Não resta a menor dúvida de que, muito em breve, a carne de baleia figurará nos cardápios da cidade. Contudo, é admissível que nem todas as criaturas adiram à nova moda, ou à nova precisão, como seria mais acertado dizer.

Certas pessoas eternamente fiéis ao deslumbramento de um romance, e que durante dias e dias seguiram a trilha simbólica de um barco e procuraram descortinar na lonjura dos mares o esguicho de *Moby Dick*, decerto se recusam a participar desse atentado, que reduz uma alegoria às proporções de uma moqueca.

Entre o garfo e o prato haveria de interpor-se, com a força mágica de sua aventura, o arpão que Herman Melville cravou na memória dos seus leitores, arpão bem mais poderoso e certeiro do que aquele que perseguiu, inutilmente, a bela baleia branca.

O DEFUNTO

O homem morreu. Então lhe compraram um ataúde, puseram-no de mãos postas, colocaram-no no centro de uma sala apertada, cercaram-no de flores e velas. Começaram a chorá-lo, os parentes próximos e os amigos distantes deploraram não o terem tratado melhor, quando vivo. Possivelmente alguém se arrependeu por não lhe ter pago uma rodada de cerveja, certa manhã de domingo; e outro lamentou uma pequena intriga, ou uma suspeita, ou uma informação desabonadora a respeito daquele que ali estava, reduzido ao silêncio, tornado mais severo e digno pela morte.

As velas derretiam-se, e o cheiro de cera e flores transmitia aos presentes o medo da morte. Horas antes, o cidadão estava mais do que vivo e sabia disputar a vida, mesmo lutando contra os parentes e amigos. Agora, era apenas silêncio, dir-se-ia que nada levava para a morte, a vida fugira dele como um sonho.

Caída a noite, a presença do morto ficou maior. Era num lugar pobre e sujo, e a alma do morto teria voado menos, rumo ao purgatório, se ele morasse na cidade. Pois era no lugar mais alto da favela, tão alto que, às vezes, se achava possível roubar uma das constelações do céu.

Agora, porém, os que velavam o morto olhavam o arruado tortuoso, espiavam as estrelas, e achavam que o céu estava mais alto do que em qualquer lugar do mundo, dir-se-ia que se afastara do morro. Um arrepio de frio os percorria –

os astros acentuavam a distância que a alma cruza, quando embalada, e eles se queriam vivos.

Lá para o meio da noite, quando alguma pinga fora consumida, e a dolência de um samba tornava mais incômodo, para a turma da favela, o silêncio dos espaços infinitos, os parentes do morto deixaram de chorar. Secaram os olhos, no sumiço das lágrimas.

Então, quando bateu meia-noite, ou uma hora, ou mesmo duas, o homem morto se mexeu, sentou-se no meio do caixão e perguntou:

– Que história é essa?

A pergunta era natural, desde que o perguntador, desperto, se via dentro de um ataúde, coberto de flores e rodeado de velas, e contemplava, nalguns rostos, furtivos resquícios de lágrimas. Mas os presentes não a acolheram com tranqüilidade: mesmo os parentes mais próximos fugiram aos gritos, perderam-se na escuridão. Ninguém ficou para recebê-lo.

O ex-defunto queria saber que história era aquela. Desceu do ataúde, num salto, encaminhou-se para a casa de uma vizinha. Bateu à porta, e quando esta se abriu a vizinha o olhou como se não acreditasse no que via – e realmente não acreditava. Antes que o visitante articulasse uma palavra, ela desmaiou.

O homem ficou triste, resolveu sair caminhando pelas ruelas em declive, à espera de que o dia raiasse e a claridade lhe permitisse reingressar no mundo que relutava em aceitá-lo de volta, como se ele fosse um refugo da morte.

E diante de seus olhos brilhavam, lá embaixo, as luzes da cidade. E a cada passo descido ele tinha medo de que seus pés amassassem uma dessas constelações pousadas na terra.

OS COMPARSAS DA MELODIA

Nos dias úteis, o amor carioca, em sua rudimentar, primitiva e não aperfeiçoada (embora manufaturada) forma de namoro, começa às duas da tarde. Como a cidade é grande, ele se divide em inúmeras áreas de aparição, mas parece que seu quartel-general é mesmo na Cinelândia. Um namoro nutre-se bastante da noite artificial dos cinemas. Talvez o fato se explique pela circunstância de o amador e a coisa amada necessitarem de regulares rações de imaginário. Ou talvez – hipótese que jamais deve ser considerada desprezível – porque eles absolutamente não se conformam com a clássica divisão do tempo, esta inflexível separação entre dia e noite que parece ter sido feita por algum burocrata do cosmo. Em sinal de protesto, e numa eficaz insurreição contra a rotina solar, refugiam-se num cinema e, longe da incômoda luz meridiana, entregam-se, em silêncio ou articulando arrulhos quase inaudíveis, às delícias do amor platônico. Às vezes, não muito platônico.

Num banco da Cinelândia, num ônibus, naquela sombra do oitão da Biblioteca Nacional que certas horas tem um sabor marajoara de mormaço paraense, na escadaria do Cristo do Corcovado, no maria-fumaça que sai do subúrbio com esperanças de alcançar o Rio naquele dia mesmo, sobre a relva arranhenta das colininhas da Urca, em Copacabana ou junto às últimas cutias que transitam pela Praça da República, na Quinta da Boa Vista – eles se amam, e às vezes suspiram.

Com o namoro, que é o primeiro pavimento do amor, respondem pela eternidade da cidade. Garantem, caminhantes ao sol, que novos arranha-céus rebentarão dos terrenos baldios e milhares de novas luzes se acenderão em casas que ainda nem sequer são o traço do lápis do arquiteto e vozes não nascidas gritarão um dia nos comícios.

Enquanto a cidade sua e trabalha, eles se limitam a namorar. Sentados no banco do jardim devastado, não olham o relógio da Central. Fitam a pertinaz cutia entre as raízes descobertas de uma árvore cujo nome ignoram. Ou então, descendo a calçada da Cinelândia, provocam a inveja dos que jamais dispuseram, num dia da semana, de uma tarde ociosa. Pois os pares das duas horas da tarde geralmente são os que não trabalham, por serem estudantes ou por outros motivos similares. Surgem ambos sempre arrumadinhos, com um ar de gente do interior, e ela cheira ainda ao sabonete do banho, e às vezes traz em seu vestido (um pouco rodado) toda a poesia de Madureira e Catumbi.

Os namorados que trabalham só podem encontrar-se depois das cinco. Aí, o namoro freqüentemente se liga à batalha do transporte, à espera dos ônibus. Na fila, o rapaz conta de seu trabalho, abre o jornal, assume um ar grave de futuro noivo. E a moça, vendo o seu eleito, baseado nas notícias dos vespertinos, falar em tanta coisa difícil, fica transbordante de orgulho, sentindo que a seu lado está alguém que saberá protegê-la nas adversidades.

Assim, o amor das cinco, exercido por criaturas diariamente utilizadas por uma feroz máquina de trabalho, já colocadas em face do problema do ganha-pão, tem um lado por assim dizer político.

Amar, o rapaz ama – porém sabe que lhe é preciso lutar para segurar esse amor, e diante dele a cidade aparece como uma deusa cega ou uma inimiga de cimento. O moço lê nos olhos dela o eterno pedido de uma casa no subúrbio ou um apartamento perto das praias, como se o amor e segurança fossem gêmeos. E sente que terá de lutar muito, dar muito murro em faca de ponta, para alcançar a área esponsalícia.

Há, ainda, o amor dos que vão de trem para casa, o patético namoro daqueles que quase nunca se encontram sozinhos. É no aperto de um vagão da Central, na espetacular hora do *rush* que essa categoria de amor floresce. O rapaz está na plataforma, figurinha da estatística ferroviária. Vem o trem, abrem-se as portas automáticas e a avalancha humana se precipita nos compartimentos; a matilha esfomeada quer, a qualquer preço, o seu quinhão de espaço. Cada um levanta o seu egoísmo como se fora uma bandeira – as mãos, os pés, as ancas, todo o corpo escava na maré hostil o seu escasso lugar, num bailado que é ao mesmo tempo cômico e grotesco.

Nesse mesquinho território que se arrasta pelos trilhos, cada criatura leva para casa a sua raiva, o seu pesadelo, o seu vômito guardado, o sentimento de que é um bicho num engradado infecto. Então o amor vem sem se fazer anunciar. Vem com a violência dos empurrões, da saliva escapada, da mão-boba, do ódio represado. O povo acabou de ocupar o vagão, sequioso, protegendo embrulhos e jornais amassados, e de súbito o rapaz vê que está diante da moça, tão juntos, no vaivém estratificado, que suas respirações se misturam.

Há os olhares, há a intimidade dos corpos situados perto. E é assim que ele a ama pela primeira vez, vendo-a com o nariz rorejado de suor, o penteado meio desfeito, o batom diluindo-se num filete de saliva.

E esse amor de trem da Central é um pouco triste; dir-se-ia que, no primeiro encontro, ambos se pedem perdão com os olhos por serem tão pateticamente pobres.

Todas as manhãs, eles pegam o trem da cidade, o trem que os devolve ao anoitecer, triturados de cansaço. Muitas vezes, quando o comboio começa a esvaziar-se, podem aproximar-se da janela do vagão. Da cidade impiedosa, ficou no céu um clarão. As luzes dos subúrbios desfilam, pequenas, esgueirando-se no escuro. De repente, é uma estação – Mangueira, Todos os Santos, Encantado, Madureira, Bento Ribeiro ou Méier – que se imobiliza, como uma grinalda de constelações caídas sobre a terra. Os dois olham, em silêncio, aquele pedaço de universo a que pertencem, tristes fatias de um mundo que vive à beira de dois trilhos, perto de dormentes às vezes podres e mortais. Sentem-se ao mesmo tempo nativos e estrangeiros, naquela atmosfera de poeira e fachadas humilhadas pelas chuvas fortes.

Aos domingos, viajarão horas para alcançar a praia, deitarem-se na areia, tomarem banho de mar. E para a pobreza que os une e iguala, têm apenas a resposta daquele amor eternamente marcado por dois trilhos paralelos.

E tudo é amor.

Há os que amam enquanto o ônibus não vem – ai, Avatlântica! – e continuam a amar-se quando o ônibus vai embora e os deixa, pedestres sem rumo, numa calçada.

Há os que amam na amurada das praias, e se beijam sem tomar conhecimento deste mundo sujo e mesquinho que os envolve, e se consomem todos na chama de uma pequena paixão.

Há os que só sabem namorar abraçados, como se amor e abraço fossem a mesma coisa, ou pegando nas mãos.

Há os que namoram estirados na praia, sombras sumárias ao sol, e associam o amor a calor e refrigerante, mergulho na água e sujeira de praia. E às vezes nem barraca têm, para protegê-los da canícula.

Há os que só sabem namorar sentados em banco de praça, principalmente diante dos cartazes da Cinelândia, mergulhados na paisagem sonora da cidade.

Há os que gostam de namorar civicamente no apertão dos comícios.

Há os que, para o amor, se refugiam no Passeio Público, sob as árvores de sombras fartas. Muitas vezes tiram um retrato no lambe-lambe.

Há os que, amando-se, trocam impressões de leitura, e sonham ter um dia uma biblioteca, e juram que lerão Dostoievski antes de dormir, cada noite um capítulo.

Há os que sabem namorar (ou amar) nas grandes altitudes e conferem à paixão que os devora (ou é por eles devorada) um ar vertiginoso, como se a gente sonhasse que está descendo num pára-quedas. São os fregueses dos bondinhos da Urca e do Pão-de-Açúcar, e do trole do Corcovado. Um dia casarão, comprarão um carrinho e serão vistos em direitura à Vista Chinesa ou à Mesa do Imperador, de qualquer modo circulando nesse labirinto que sobe, desce e se enrodilha entre o Leblon, Santa Teresa, Tijuca, Jacarepaguá e as praias loteadas.

Esse tipo de amoroso gosta de ver a cidade a seus pés, esparramada lá embaixo, como um grande bicho de pedra e cimento armado, folhagem e vidro inquebrável, e os aviões descendo no aeroporto.

E, debruçados na amurada do morro, esperam que o crepúsculo caia sobre a cidade nem sempre fiel à humana esperança.

Há os que, para amarem, precisam de uma mesa de bar, e toca a tomar café, a acender cigarros, a pedir refresco, a desejar ouvir disco de Carmen Costa.

E há os que se amam no oitão das igrejas, principalmente a da Candelária às seis horas da tarde; e há os que se amam no Cais Pharoux, diante do mar, as narinas abertas para o cheiro de peixe da cooperativa da Praça 15; e há também os que, para namorar, preferem ir sentar-se nas confortáveis poltronas do aeroporto Santos Dumont, o que lhes dá uma impressão de expectativa de viagem, como se já estivessem ali com toda a matalotagem da lua-de-mel.

Há os que preferem a praia, à noite, no rosto o vento do mar. Os soldados e as domésticas apreciam sobremodo esse amar na areia, longe da fumaça das cozinhas, do barulho das enceradeiras e das continências.

Há os que namoram passeando de automóvel ou de bonde, embora os melhores namoros sejam feitos a pé.

Tudo são maneiras de amar, na metrópole que o amor humano vai tornando mais densa. E graças a eles, a esses casais integrados na paisagem, o Rio é uma cidade que sabe amar.

Que sabe, sabe.

CÃES, ALGUNS FAREJADORES

Nos dias de hoje, os caprichos do câmbio foram tecendo entre nós outros e a Argentina uma teia cordial, um vaivém ininterrupto de viagens.

Os noivos já não querem as cataratas do Iguaçu; minutos após terem ouvido a marchinha nupcial, estão eles dentro de um avião em oaristos aéreos, rente à música das hélices que todavia demandam Buenos Aires. E mesmo os ensaístas brasileiros, tão numerosos, já não se abeberam com tanta cópia nos mestres de Paris. Escreveu não leu, lá vai o amoedado escritor ao Prata, de onde volta carregado de livros, baratos e eruditos, de filósofos alemães, transportando pelos ares uma biblioteca de Alexandria a preço convidativo. A bela senhora, que parece envolvida por uma luz de mormaço, em três dias platinos substitui e revolve o seu guarda-roupa como se sobre ele houvesse passado o mais encantador dos tufões; no mistério das grandes peles, na doçura arrepiante dos *visons* que à meia-noite dão às mulheres saídas dos teatros e das buates a frágil majestade das rainhas acordadas, exaure-se enfim o fascínio de Buenos Aires, onde um *baby beef* mataria até a fome de Hércules.

Peles argentinas, roupas argentinas, hotéis argentinos! Em cada família brasileira, há sempre alguém que esteve na vizinha república, sem se dar ao trabalho de cuidar dos papéis, pois aí estão as agências de viagens, prontas a encarregar-se de transportar nossa amizade de sua casa até o aero-

porto, até Buenos Aires, até as paisagens que merecem ser vistas, e vice-versa, fazê-lo percorrer as vitrinas dadivosas e os clubes noturnos e, uma semana depois, consumido o tíquete de bem-aventuranças, arrancá-la desse paraíso turístico por força do prazo vencido e obrigá-lo a voltar ao Brasil. As roupas, entre nós, custam os olhos da cara; o nosso companheiro de ônibus exibe o paletó e adverte: "Comprado em Buenos Aires. Cento e cinqüenta cruzeiros. Mais a calça, saiu por duzentos e dez. A camisa também é de lá. Custou vinte e sete cruzeiros, e é a melhor seda gema-de-ovo que se produz na América."
E há ainda outra novidade: os cães argentinos. Sim, o comandante do Batalhão Policial da Força Pública de São Paulo determinou, novamente, substituíssem eles o elemento humano no policiamento de sua cidade, principalmente nos bairros mais afastados. A providência era mais do que louvável, mas para ser concretizada constituiu verdadeiro desapreço aos cachorros brasileiros, uma terrível moção de desconfiança aos cães nacionais, que ficaram impedidos de participar do policiamento de seu país de origem. E é mais do que certo que, a estas horas, a canzoada nativa, os orgulhosos galgos de São Paulo, os esganiçados vira-latas de Niterói, os sarnentos mas excessivamente corajosos perdigueiros do Recife e outras raças e cruzamentos caninos devem estar ofendidos, com justa causa, pois foram preteridos no momento em que a ordem das cidades necessitava da contribuição da estirpe.
Já chegaram da Argentina os seis cães precursores. São ferozes e obedientes. Se o policial diz: "Ataquem", eles atacam; a uma voz de "solte", o criminoso atingido pela força propulsora desse faro platino é provisoriamente desgarrado. E não estaciona aí, nessa perseguição aos ladrões e assassinos, a tarefa das súcias vigilantes. O comandante anunciou que uma turma de cães farejadores será treinada especialmente para descobrir pessoas desaparecidas, sobretudo

crianças que, nos momentos de brinquedos, escapam da vigilância das amas-secas. E terminou dizendo que para esses cães do Prata já está sendo construído um canil no Canindé.

    Enquanto as autoridades retocam o plano de proteção às cidades brasileiras por esgalgos e amestrados cães platinos, num evidente e até ofensivo desinteresse pela prata de casa, há quem entre nós se arreceie, coberto de razões. Já imaginaram os leitores, numa esquina do Rio ou de São Paulo, uma briga de dois cachorros? Já figuraram um choque entre dois cães, um vindo de Buenos Aires e representando a ordem policial aborígine, e outro nascido em Catumbi e simbolizando a desordem? Já pensou o comandante nos protestos da Sociedade Protetora dos Animais cariocas e nas queixas amargas dos nacionalistas extremados, para os quais os cachorros também são nossos?

    Se os homens são separados diariamente pelas raças, pelas paixões, pelos partidos políticos, o mesmo acontece aos cães, fiéis companheiros dos seus donos, quando os têm, ou imitadores da humanidade em geral, quando livres e desimpedidos. Ainda é muito cedo, senhor comandante, para sonhar com uma república universal de cães e admitir que os cachorros do Brasil concordem com o estabelecimento de uma polícia técnica canina, que eles, maldosamente, em sua consciência de reflexos condicionados, considerarão como composta só de estrangeiros.

    A solução, portanto, estará em recorrer mesmo aos nossos cães, amestrando-os, se necessário, em cursos especiais, mandando-os estagiar no estrangeiro, a fim de prepará-los tecnicamente para o cumprimento de sua missão. Temos de prestigiar os nossos cães, incentivá-los, conferir-lhes graus técnicos de instrução. Mesmo porque, senhor comandante, por mais miserável que seja o assassino, ou por mais perigoso que seja o ladrão, ele sentirá certa vergonha nativa se for preso não por um investigador de sua terra, mas por um implacável e lúcido cão argentino.

UM LADRÃO NA PAISAGEM

*E*ra um ladrão. Não batia carteiras, não roubava bolsas de senhoras, não agia em cinema, não arrombava apartamentos. Era um ladrão de flor. Seu ofício era escalar morros, apossar-se do que encontrava de raro e de belo nas reservas florestais da cidade, ou entrar furtivamente nos jardins particulares. A nada buscava senão a flores, e folhas, e ramos.

A ocasião perfaz o ladrão. O rapaz não teria sido preso jamais nunca se as circunstâncias não o tivessem convocado para ser um soldado a serviço da decoração dos lares. Possivelmente, procuraria uma profissão mais honrada, e que não exigisse tantos conhecimentos de botânica. Acontece, porém, que no Rio há milhares de varandas, e há salas onde milhões de jarros têm que ser renovados todas as semanas, e vasos ávidos de antúrios.

Para abastecê-los, não se pode deixar de roubar a paisagem, ou porque é escassa e de preço exorbitante a flora das lojas de plantas, ou porque só nos sítios do governo se encontram os melhores exemplares.

E o moço roubava. Alpinista, escalava montanhas, arrancando plantas cujo nome ignorava, mas de cujo valor estava certo, pois nas feiras as senhoras as compravam sem regatear. Com os tempos, foi se afeiçoando à profissão. Já não assaltava apenas para roubar e vender. Veio-lhe o capricho do ofício, queria que seus tinhorões, gladíolos, cactos, avencas e espadas de S. Jorge fossem mais belos do que os outros, estabeleceu freguesia. E não tinha remorso de saquear as florestas, pois embora soubesse confusamente que isso era proibido, via que ninguém ligava. Muitas vezes, quando estava à beira duma estrada, procurando plantas, um carro parava perto e alguns grã-finos desciam, irmanando-se com ele naquela procura, de qualquer maneira numa concorrência desleal que o demitia de sua função de fornecedor exclusivo de plantas ornamentais.

E ia roubando e vendendo paisagens no varejo. Nas feiras, exibia suas mercadorias, que eram antúrios, gravatás, begônias, orquídeas. Ninguém lhe perguntava onde as arranjara, todos se limitavam a comprar e levar. Em certos olhares de senhoras, percebia a ambição da posse. Sentia que elas imaginavam um ramo num vaso, pré-orgulhosas, e aumentava o preço, ao mesmo tempo satisfeito de estar transacionando com entendidas.

Avenida Niemeyer, Corcovado, florestas da Tijuca, Vista Chinesa, era um escalar sem fim e um roubar metódico. Olhava a paisagem e sentia-se tranqüilo: as montanhas e matas davam-lhe, por toda a parte, a certeza de um tesouro inconsumível, pondo-o a salvo de dias incertos, prometendo-lhe sempre trabalho e dinheiro. Bastar-lhe-ia desguiar de uma estrada, e ir andando, e ir subindo, e as donas de casa poderiam dormir sem susto: em seus jardins de inverno, em seus jarros, em seus vasos, não faltaria flor, nem folha, nem ramo.

Uma vez, foi além. Roubou terras. Uma madama do Flamengo encomendou-lhe seiscentos cruzeiros de terra para um jardim que estava instalando em seu apartamento novo. Notou-se cheio de orgulho diante daquela encomenda: era um reconhecimento à sua ciência.

Assim, foram-se passando os tempos. O rapaz, já efetivado no ofício, ia roubando, ou melhor, ia decorando lares, contribuindo para a alegria dos apartamentos, a ternura dos maridos, a vaidade das mulheres. Trazia para as casas da cidade, onde geralmente moram criaturas presas da nostalgia da vida campestre, notícias de chão e troncos de árvores, insetos, opulência de verdes, perfumes resinosos, flores estranhas e delicadas, seivas, galhos caprichosos. Fornecia-lhes símbolos do universo escuro e úmido onde as plantas crescem, longe dos humanos murmúrios, íntimas de alguns animais temíveis, entre limosos pertos e azulados longes.

Um dia, quando preparava o seu sortimento, foi preso. Alguns guardas o cercaram: estava detido, ladrão, a alma na mão.

Entregou-se sem resistência. Não podia compreender por que o levavam, se ele roubava apenas flores e folhas, de um dono invisível. Olhava em torno, e via florestas, verduras, lonjuras, troncos de árvores; ouvia hordas de cigarras e passarinhos cantando. Era como se aquela prisão fosse um pesadelo: o pesadelo de um ladrão de flor.

Jogou ao chão os antúrios e gravatás que arrancara da terra, mas um dos guardas o intimou a apanhá-los, que eram a prova do crime.

Então ele se abaixou, agarrou os ramos, pô-los junto ao peito e começou a caminhar, como para um sacrifício. Queria explicar sua situação aos guardas; faltavam-lhe palavras. Sentia que seu coração jamais falaria, era silencioso como as flores e plantas que ia levando. E sentia que, por isso, por não poder falar e explicar e confessar-lhes seu grande amor pelas plantas e flores, sua devoção pelas paisagens saqueadas, seria castigado.

O RIO É UMA FESTA*

(*) Primeira parte de *O Rio, a cidade e os dias*. Crônicas e histórias. Rio de Janeiro: Tempo Brasileiro, 1965.

DE REPENTE NESTE VERÃO

"Pedaço de água quieta", assim chama Machado de Assis à enseada de Botafogo, tranqüila paisagem do louco Rubião, que adorava a bela Sofia. E ao astuto Brás Cubas aconteceu que, há mais de um século, indo uma vez a Botafogo, tropeçou num embrulho, na praia: eram nada menos de cinco contos de réis, em boas notas e moedas. O mesmo Brás Cubas que, dias antes, achara na rua uma simples moeda de ouro – meia-dobra, como se dizia na ditosa época – e a remetera ao chefe de polícia, para que lhe descobrisse o verdadeiro dono, ficou no momento sem saber o que fazer com aquele achado raro, e acabou tornando-o seu.

Deu-se o caso que essa praia, fitada pela insensato Rubião "com os polegares metidos no cordão do chambre" e onde Brás Cubas espairecia sua paixão pela florida Virgília, terminou sumindo, com o correr dos tempos e das ondas. Da curva da Amendoeira ao Mourisco, não havia uma nesga de areia onde o botafoguense pudesse colocar uma esteira para dar, depois, o seu mergulho. Pelo contrário: sólida amurada o separava das águas. E, além desse obstáculo, outros havia, como o amontoado de pedras habitadas por caranguejos, ratos e baratas do mar.

Mas, de repente, ainda este verão ia nascituro, a praia adormecida no fundo da enseada começou a surgir. Antes uma draga chamada Ester, estranho navio que mais parecia uma casa de tijolos vermelhos, ancorou na enseada, perto dos iates e dos barcos. A velha e nobre praia foi aparecendo, sob o olhar curioso de seus moradores que, debruçados à amurada, viam a areia sair, através de longas tubulações, da água sugada e cuspida pela draga. E ainda bem a Sursan não tinha acabado de fazer a praia, e as amuradas não haviam começado a ser destruídas, e a passagem subterrânea continuava intransitável, veio um botafoguense e lá plantou a sua barraca, que uma gaivota abelhuda sobrevoou, para saber o que era. Do apartamento grã-fino da Avenida Rui Barbosa a mocinha desceu, num maiô "engana-mamãe". E de repente a praia foi invadida por uma nação de gente vinda do bairro inteiro, e das Laranjeiras, Flamengo e Catete. E, em toda a extensão da praia femininamente curva, a areia escura e grossa se cobriu de banhistas, e as águas cor de chumbo, sem correntes, lamberam corpos de todos os feitios e idades. Houve meninos que, pela primeira vez, patinharam em água salgada – e serão fiéis, a vida toda, a esse mar maneiro, incapaz de uma falseta. De uma rua transversal, veio a mocinha, com o seu virginal corpo branco, cor de barata descascada ou de açucena, e pediu ao sol para dourá-lo, e pediu ao mar para salgá-lo. E o moço bancário a viu, casta e viçosa flor de Botafogo, e se caiu de amores por ela, e lhe ofereceu um "ki-dupla", que era a sua feição praieira e botafogueana de dar-lhe uma rosa. Ela aceitou, porque era coisa dada de coração; e já estão de namoro sério, no fim do ano ficarão noivos de anel, e esperam casar em 1964, Deus seja louvado – pois quem diz praia, diz amor.

 Destarte, na praia onde o sorrelfo Brás Cubas achou os cinco contos (que hoje dariam para comprar um iate!), o moço que mora perto do ópera também tropeçou num achado raro; e, bancário, depositou-o logo no lugar mais seguro do mundo, que é o seu coração.

 E, ao sol do verão, a clássica praia de Botafogo propala o amor dos seus nativos pelo mar. Pouco importa seja um cativo marzinho de enseada, abrigo de iates e barquinhos, um mar órfão de ondas e de espumas. Pouco importa que ainda possua o ar interino e mal-amanhado das coisas inacabadas, com as suas pedras, canos e degraus de madeira. O certo é que ela, a praia, voltou a existir, e os orgulhosos moradores do bairro não carecem mais de ir a Copacabana para tomar banho de mar, mesmo porque freqüentar a praia de Botafogo já começou a ter a sua franja de esnobismo. E aconteceu mesmo que, lá onde a praia se inicia, na Avenida Rui Barbosa – e onde antigamente se tomava banho de sol e se pescava um raríssimo peixe-porco – surgiu uma espécie de Arpoador, com a fina flor da brotolândia botafoguense lagartixando ao sol.

Às janelas dos edifícios que marginam a praia, da curva da Amendoeira às proximidades do Mourisco, os usuários da paisagem não cabem em si de orgulho e contentamento. Já lhes bastava o grande jardim, com os seus gordos fícus frondosos, seus bancos e repuxos – e agora, diante de tanto verde maravilhoso, de tanta areia fina de praça para não machucar pé de namorado, surge a praia, a praia gentil cheia de barracas e banhistas. E que praia! A única, no Rio, onde o banhista tem o Pão de Açúcar frente a frente, reto e maciço desenho de pedra. E, para mostrar que Deus escreve direito por praias tortas, uma maria-velha realiza, no ar azul da manhã, um vôo rasante, e bica as águas mansas da enseada. E quem diz maria-velha, diz gaivota.

ILHA RASA

No momento exato em que a tarde vai mudar-se em noite, o faroleiro sobe a escada em espiral. São cento e dez degraus de pedra. Ao chegar lá em cima, acende o farol, que começa a girar. Para os navios ainda em alto mar, entre a água inumerável e o céu curvo, a luz vermelha que aparece e some, seguida sempre por um branco resplendor, significa, na noite construída pelas constelações, a próxima presença da terra. É o farol da ilha Rasa que, sentinela das viagens, monta guarda na porta do mar, para que os navios encontrem, na escuridão, o caminho do porto.

Quando há cerração, e as brumas tapam o farol e impedem a luz vermelha de atingir a distância, nem assim cessa a vigília. Recorre o faroleiro à buzina de cerração – um apito parecido com o dos navios e que alcança oito milhas. E os navios guiam-se por esse som e, na noite cega, encontram porto e salvamento.

A ilha Rasa não é apenas a portaria do oceano. É também o guia dos aviões que, ao se aproximarem da baía da Guanabara, apanham no ar o prefixo do seu radiofarol e, fiados nesse sinal, rumam para o Santos Dumont ou o Galeão.

E, para os casais de namorados sentados nos bancos da Avenida Atlântica e da praia de Ipanema, é apenas um pequeno olho vermelho, que pisca na escuridão da baía, e nada mais. Ignoram eles que, no alto do farol, todo de pedra, há um homem que, a noite inteira, vigia o céu e o oceano.

Às vezes, ele vem para a varanda do farol a fim de assistir à passagem, pelo canal, dos transatlânticos iluminados e dos pequenos e gordos cargueiros que, na madrugada que apaga as ilhas do Pai e da Mãe, a Redonda, as Cagarras, encontraram aberta a porta da terra. Esse homem, que subiu até a torre antes que a primeira estrela tivesse surgido no pálido céu da tarde, não pode deixar que o farol se apague. Se, por qualquer circunstância, a grande lâmpada de mil velas se queima, cumpre-lhe substituí-la imediatamente. E se há um defeito nos geradores de energia elétrica ou na fiação, ele acende a sua lâmpada de Aladim, de querosene, e os dois focos vermelhos e os quatro focos brancos continuam orientando os navios. E de três em três horas aciona a máquina de rotação que faz girar o farol. Operário da noite, trabalha em silêncio, dentro da solidão. E, embora calado, conversa com as estrelas, os navios, o vento do mar, o universo.

Mas nem sempre é noite na ilha Rasa. O dia surge e a ilumina, e as vinte e sete pessoas que constituem as suas sete famílias começam a viver, a falar, a andar, a conversar. Embora seja uma repartição da Diretoria de Hidrografia e Navegação do Ministério da Marinha, a ilha não cheira a burocracia. Cheira a mar e sal, cheira a vento. Só uma vez por semana a lancha da Marinha ancora perto do seu perfil de pedra, no mar cheio de tubarões e cações – um bote é lançado, e um guindaste iça para a ilha as pessoas e os víveres. E essa visita semanal, que o mau tempo pode interromper, fazendo com que as comunicações da ilha com a terra se reduzam aos sinais de radiotelegrafia, quebra a rotina desse pequeno universo sobrevoado pelas gaivotas. Junto com os gêneros alimentícios que chegam para abastecer a ilha (que só dispõe da água da chuva guardada em cisterna, dos peixes pescados com linha e caniço, e de algumas criações de galinha), vêm também notícias. Os seus habitantes – as famílias dos três homens do farol, e dos dois telegrafistas e quatro motoristas encarregados do radiofarol

— sabem algo da terra, que a única televisão da ilha ainda não disse. E como, de acordo com o regulamento, estão embarcados, sentem nostalgia terrestre.

Apesar de seu nome, a ilha nada tem de rasa, e se ergue túmida entre ondas espumejantes. E, sendo pródiga em pedras, não é pobre de verdes. Milhares de pitangueiras cobrem-na e, no tempo de pitanga madura, ela fica toda lambuzada de vermelho. Há ainda coqueiros, goiabeiras, bananeiras — e sua flor mais encontradiça é a boa-noite, que a enfeita de branco. E, embora a cerque insóbrio oceano sem praias, a natureza improvisou uma piscina de pedra para que o pessoal da ilha pudesse tomar banho de mar. Peixe, há de sobra, basta pescá-lo, o que se faz tanto por precisão como por distração. E no trivial fino das nove casas da ilha figuram sempre as enchovas, as samendoaras, os marimbás, o sargo, o olho-de-boi. Ocorrem, porém, períodos em que os moradores são obrigados a matar uma das cabras que andam pelos rochedos e matos (e há mesmo uma, a branquinha, que é a favorita da meninada). É quando o mau tempo não deixa nenhuma embarcação aproximar-se da ilha. Mas isso não é coisa muito freqüente. E enquanto esse tempo de calamidade insular não acontece, elas pastam tranqüilas na paisagem, berram, somem entre pedras — vinte escrupulosas cabras ilhoas.

Não há escola na ilha. Por isso, os dezoito meninos não estudam, a não ser indo para casa de parentes, na terra. Mas, longe dos bancos escolares, eles aprendem muita coisa. O mar, o dia, a noite são os seus professores. Eles aprendem a distinguir da gaivota uma ave chamada tesoura, que traz o vento-sul, e cujo rabo se abre e se fecha como se estivesse cortando o ar. Eles aprendem a conhecer os sanhaços, os canários, os coleiros, as juritis, os bem-te-vis, os rabos-de-palha, os tizius e outros passarinhos que decidiram atravessar a baía e morar na ilha Rasa, onde o homem não os escraviza em gaiolas. E não há ali só voantes. Os meninos encontram lagartixas e coelhos, exatamente os bichinhos mais indispensáveis à infância. Não existe nenhum gato – decerto porque ninguém ainda se lembrou de trazê-lo: mas há um cachorro, o Peri, que não morde ninguém, nem sequer se levanta de sua fresca para vir cheirar os sapatos do estrangeiro que qualquer motivo idôneo trouxe à ilha.

E, como é dia, o faroleiro aproveita a claridade para limpar os papéis de cristal de rocha do farol – desse sólido e antigo farol que, projetado pelo eng. João de Sousa Pacheco Leitão, e mandado construir por D. João VI, se acendeu pela primeira vez a 31 de julho de 1829. (Antes, a Junta do Comércio, Agricultura, Fábricas e Navegação gastava um mil-réis por mês, mandando acender, todas as noites, uma fogueira na ilha, para orientar os navios). E uma placa em latim, à entrada do farol, lembra-nos que, a 31 de dezembro de 1883, no reinado de D. Pedro II, foi inaugurado um aparelho de luz produzida por uma máquina dínamo-elétrica, com dois lampejos brancos e um vermelho de 3m75s de duração, e com o alcance de 24 milhas em tempo claro. E, lendo e perguntando, ficamos sabendo que, em 1906, como o custeio e a conservação do farol estivessem saindo muito caro, o seu sistema elétrico foi substituído por uma iluminação incandescente menos dispendiosa: usou-se petróleo comprimido até 1909, quando se mudou o seu apareIho de luz, e o querosene foi admitido como combustível. Em 1909, foi instalada na ilha uma estação de telegrafia sem fio, sistema Marconi's. Em 1913, pôs-se a primitiva buzina de cerração. Em 1923, o Presidente Artur Bernardes transformou a ilha num presídio de presos políticos. E no dia 25 de maio de 1951 foi inaugurado no farol um novo sistema de luz elétrica, igual ao já existente em outros faróis do Brasil.

E, como ainda é dia, a mulher da ilha, que está esperando bebê, põe roupa para quarar. (Ela tem que fazer as suas contas bem direitinho, se não acontece o que já aconteceu uma vez: quando o helicóptero da Marinha chegou às pressas para levá-la, já era tarde, e o menino nasceu ilhéu, e só pensa em ser faroleiro quando ficar grande).

    Mas o dia acaba. Segurando a lanterna de guarda, o faroleiro, humilde serventuário do universo, atravessa a paisagem crepuscular, abre a porta do farol, sobe os cento e dez degraus que o levam à torre branca quadrangular, acende a luz giratória. E só então é que a noite cai.

NATAL CARIOCA

O homem zarolho, postado atrás do balcão da portaria do hotel, olhou para o ventre de Maria e disse, peremptório:
– Não há vagas. Os quartos estão todos tomados.
Ela e José desceram, em silêncio, a suja escada que rangia. Logo os envolveu, na noite nova, o rumor da cidade. O povo corria para os ônibus e trens, jornaleiros anunciavam o lançamento de uma bomba atômica no Pacífico – e tudo aquilo desnorteava ainda mais o casal que passara o dia procurando um quarto na grande cidade indiferente. Como dispunham de pouco dinheiro, subiam apenas as escadas das hospedarias que lhes pareciam acessíveis, mas em nenhuma delas haviam encontrado acolhida.
José e Maria continuaram perambulando, ora através de grandes avenidas, ora por estreitas ruas transversais. Estavam cansados, tinham vindo de longe, perseguidos por uma calamidade, e a ninguém conheciam. De vez em quando, Maria parava, queixando-se de seu doce fardo e das veias de suas pernas inchadas. E José erguia os olhos para os arranha-céus iluminados, via os aviões a jato que rumorejavam nas alturas, e esperava que sua mulher sorrisse – era o sinal para continuarem a caminhada.
Tanto andaram que se detiveram diante dos tapumes semiderruídos de um terreno baldio. José espiou, e viu ao longe, entre touças de capim, montes de tijolos e detritos, a sombra de um galpão. Entraram furtivamente, embora nin-

guém os estivesse observando. Tinham encontrado, afinal, um lugar para aquela noite. José acendeu um fogo de gravetos.

E foi ali que Maria deu à luz o seu filho. Perto, um jumento se agitava, incomodado pelos ratos e moscas que lhe importunavam o sono.

À luz vacilante do fogo de gravetos, José contemplou o recém-nascido: menino. E Maria, pálida, parecia sorrir.

De repente, ouviram rumores e se assustaram. Eram três pessoas que se aproximavam do galpão, atraídas decerto pela luz do pequeno fogo.

Os três visitantes se acercaram e, olhando para dentro do galpão, compreenderam que um menino havia nascido.

O primeiro deles, que carregava um saco, era lixeiro; o segundo, camelô; e o terceiro, um negro tocador de violão, trazia o seu instrumento.

O lixeiro abriu o saco e, escolhendo o trapo menos sujo que ali havia, deu-a a Maria, para que com ele envolvesse santamente o corpo do menino. O camelô depositou aos pés da criança um brinquedo de matéria plástica, coisa de contrabando. E, como o recém-nascido começasse a chorar, o terceiro visitante fez vibrarem as cordas do seu violão. E logo a criança se aquietou.

Então, o ar da noite estrelada encheu-se de sereias, toques de sinos, apitos de navios e de carros. E Maria perguntou:

– Que barulho é este?

Um dos visitantes respondeu:

– É noite de Natal. O povo está comemorando o nascimento de Jesus Cristo.

Maria olhou para o seu filho que, envolto em trapos, dormia inocente no improvisado berço de palha. E duas lágrimas, grossas e cristalinas, desceram lentamente pelo seu rosto.

VIAGEM EM TORNO
DE UMA COCOROCA

Domingo é dia de pescaria – mas, evidentemente, só para quem sabe pescar. E nem sempre o pescador, armado de anzol, e tendo ao lado uma latinha com iscas, pode desempenhar o seu ofício em isolamento semelhante ao daquele colega que, sentado a uma mesa, se dedica a capturar, no improfundável rio da vida, os fugidios peixes do espírito.

O curioso aproxima-se do pescador acomodado sobre as pedras, procura inteirar-se do seu sucesso, faz-lhe perguntas sobre o mar que, cativo de uma enseada, é apenas prateado pedaço de si mesmo, como uma pétala é flor. O homem que se desfatigara no silêncio e na espera sente-se, por sua vez, como um peixe que, no fundo das águas, resiste à investida de um anzol dotado de imperdoável engodo. Desejaria não ser agarrado, naquele momento, por voz nenhuma, não beber esse elixir de curiosidade, tédio e convivência que as criaturas servem umas às outras, quando conversam. Diz que o mar está parco, e mostra-lhe o que angariou: uma cocoroca, algumas finas piabinhas cor-de-chumbo, dois gordos peixes-porcos que agonizam estatelados dentro do vasilhame.

E, gratuitamente, ou porque se sentisse na obrigação de dar um esclarecimento suplementar, ou porque não desejasse que o interlocutor o comesse por estreante ou desafortunado, ajuntou:

– Domingo passado o mar estava melhor.

E dizia isto pelo belo dizer. Como toda criatura humana, habituara-se ao passado, gostava de cultivar a sua pequena nostalgia, enquanto as baratas do mar escalavam as pedras rugosas onde encrustações marinhas esplendiam como azuladas cicatrizes. E esperava que o curioso fosse embora, e o deixasse sozinho e talvez desajeitado pela intromissão. Seu ofício, como o dos poetas, pedia paciência, silêncio, solidão.

E se fosse dado aos pescadores o privilégio de um brasão ou escudo, nele poderiam ser gravados os versos daquele admirável pescador da inteligência cuja aventura começara e terminara à beira do mar.

Patience, patience
Patience dans l'azur!
Chaque atome de silence
Est la chance d'un fruit mûr.

Acontece, porém, que nem sempre o curioso surge só. Às vezes, segura a mão de uma criança que por um momento olha, como quem abre a porta das comparações, o pai passeador e espiador das artes alheias e o desconhecido sentado diante do mar e brandindo um molinete. E, findo o diálogo, recolhidos na bolsa invisível dos homens alguns fiapos do dia, olhados os peixes intumescidos que, no fundo da lata, esperam a morte inconcebível (a terrível morte das cocorocas e peixes-galos arrancados às águas), os bisbilhoteiros se afastam do pescador, à cata de novos divertimentos litorâneos. Então o pequeno pergunta ao grande:

— Papai, você também sabe pescar?

Tomado de chofre e não querendo correr o risco das avaliações desprestigiosas, o pai responde, sem olhar a inteira inocência que, melhor sol do domingo, se espelha no rosto do filho:

— Mais ou menos — E logo acode, plantando futuros: — Mas você vai aprender a pescar daqui a alguns anos. Vou fazer de você um pescador.

Conta-lhe que há casas especializadas em vender todas as tralhas da pescaria; que pescar é uma arte, uma técnica, e talvez mesmo uma filosofia de vida; que os pescadores, como os músicos, formam uma espécie de corporação. Alude a castas de peixe, de água doce e de água salgada, e ainda de águas comuns, gêmeas; finge-se versado em iscas e marés; faz apressado inventário do Oceano. E, falando, mascara os pequenos inconvenientes da realidade. A pergunta do filho dói-lhe. Realmente, jamais pescara em sua vida, pelo menos certos peixes ostensivos como as sardinhas e as cocorocas. Mas onde a coragem de confessar a verdade ao menino? E não é o não saber pescar que o punge. Sofre porque, na infância, nunca ficou segurando um caniço diante do mar ou dos rios. Talvez, outras águas o esperassem pela vida afora... Mas, pelo sim e pelo não, é pai de um futuro pescador que, silente, vai ao seu lado e contempla o piscoso mar de amanhã.

À SOMBRA DAS BANANEIRAS

*E*ra uma briga de família, não sonegada aos estranhos, mas exposta, com toda a sua cor, nas manchetes dos jornais. Motivavam-na desentendimentos sobre a partilha político-eleitoral de pequeno estado nordestino onde haviam nascido, no mesmo berço, os inflamados desafetos. O general-senador investia, com fúria trovejante, contra o senador-general, seu irmão. Por sua vez, o irmão-governador bramia e o irmão-banqueiro protestava. E a querela envolvia primos, cunhados e até elementos bem idosos da família. Era, realmente, uma briga feia que, não respeitando sexos ou parentescos, também não respeitava os domingos.

Ninguém sabia definir a explosão de ódios e desentendimentos dos furibundos comparsas que portavam o mesmo sobrenome guerreiro e cujas hirsutas fisionomias, de surpreendente semelhança, confundiam como se fossem de gêmeos. Foi quando certo homem fino e ilustrado, freqüentador vesperal do Jockey Club e observador sereno e malicioso das criaturas, teve a frase lapidar:

– É uma tragédia grega à sombra das bananeiras.

A frase feliz voou ditosamente no entardecer luminoso, ganhou as orelhas mais diversas, foi repetida na Câmara, no Senado, nos gabinetes ministeriais, nas redações e até nas praias. E, ou porque definisse a ocorrência, ou porque fosse um pingo de humor na rotina da vida, o certo é que aquele mutirão de desafeições domésticas terminou dissolvida. A frase ficou maior que o fato, engoliu-o, tornou-o um encabulado subalterno de sua grandeza.

Algum tempo depois, falava-se sobre a falta de diálogo dos políticos que, gastando sempre as mesmas palavras, vivem eternamente desentendidos. Então, o nosso personagem comentou:

– A crise não é de homens. É de dicionários.

Embora sibilina, a frase nova aumentou-lhe o crédito dos homens, as honrarias e vantagens. E, à sombra destas e de outras frases admiráveis, repetidas de boca em boca e glosadas nos jornais, nada lhe faltou no país das bananeiras. Solteirão, viveu bem, comeu bem, dormiu bem, ganhou comendas e embaixadas. E um dia morreu bem, no sono, e lá se foi rumo à Eternidade. Conquistou São Pedro, com uma boa frase sobre a alvura das asas dos anjos, e entrou no Paraíso.

O ESTRIBO PRATEADO

O sonho plagiava a infância sepulta: ele furtava gatos das vizinhanças para trocá-los por um ingresso no circo armado na praça da Cadeia. Mas, de repente, o leão saía mansamente da jaula e vinha lamber-lhe os pés. Acordado, procurou interpretar, à luz da lógica, a lição do sonho. A primazia do leão era evidente. Jogou no gato e no tigre por simples precaução, e carregou no rei dos animais, cercando-o de todos os lados. O anoitecer caiu sobre a cabeça de um milionário.

Com a bolada, resolveu promover à realidade um dos sonhos de sua vida: ser um piauiense de quatrocentos anos. O dinheiro dava folgadamente para enxotar os móveis comprados na rua do Catete e decorar a casa inteira. Discutiu com a mulher, fez planos, leu literatura especializada; aconselhou-se com amigos experientes, andou espiando casas de decoração de interiores e olhando reprovadoramente os móveis funcionais. Achava tudo demasiado moderno, e seu sonho era ser antigo, virar uma criatura de raízes. Mas onde encontrar antigüidade? Um conhecido advertiu-o de que tomasse cuidado com os antiquários – se alguém recenseasse todas as suas camas e arcos e canapés e mesas do século XVII chegaria à conclusão de que, naquele tempo, ocorrera uma explosão demográfica semelhante à de agora. Assim advertido, decidiu aproveitar a nova estrada e ir à Bahia onde, segundo confidência amiga, havia uma excelente fábrica de móveis antigos – bastava o freguês dar um pé de mesa para obter a reconstituição do mobiliário de toda a sua quantiosa árvore genealógica.

Um colega, carioca da gema, provou-lhe que os baianos não superavam os artesãos da Guanabara nos processos de envelhecimento da madeira que asseguram a uma cadeira já nascer arrolada no inventário do finado visconde de Itaboraí. Nosso amigo rendeu-se a esse argumento, e abasteceu-se no Rio. O decorador-artesão-gerente da fábrica de móveis antigos a que ele recorreu perguntou-lhe o estilo preferido: barroco, clássico, neoclássico, Invasão Holandesa, colonial brasileiro, Gabinete Zacarias, Segundo Império, República Velha? Mas sua mulher, sergipana de duzentos anos, foi taxativa: "Um estilo que seja bem antigo." E completou: "Século XVII ou XVIII."

No apartamento dos distintos respira-se agora o cheiro das coisas vetustas. Os cômodos recolheram uma arca de jacarandá, bancos de escravos, imponente cama marquesa, espelhos dourados, cadeiras com assentos de palhinha, bancos mais monásticos e duros que os das igrejas do Maranhão no tempo do padre Antônio Vieira, autênticas gravuras autênticas, três enferrujadíssimas bacamartes que ajudaram a expulsar Maurício de Nassau do Nordeste, a mesa redonda de jacarandá tipo medalhão de pé de cachimbo, onde o pessoal joga buraco, róseos e rechonchudos anjos barrocos, santos furtados, no duro, de uma igreja de Sabará, almofarizes, tocheiras, louças e pratarias portuguesas.

Mas, de todo esse inventário, o objeto de que mais se orgulha o ferrenho tradicionalista é certo estribo prateado, com que o seu tataravô, o indômito João da Silva, arreou o seu cavalo branco, ao desbravar o Piauí.

MORADIA ALÉM DA VIDA

*E*ra um anúncio como os outros, ou melhor, diferente de todos os outros. Assim dizia, ou rezava, para usarmos um verbo mais solene: "Sepultura – No Cemitério S. João Batista, ótima localização. Assunto urgente – tratar com Sousa." Havia ainda o número do telefone, que decerto perdeu toda a serventia, pois a transação, a esta altura, já foi fechada.

O anúncio, sumário e em negrito (que é um tipo aliás adequado a negócios dessa natureza), omitia um verbo. Mas o vivente, ou leitor, não sentiria qualquer dificuldade em adivinhá-lo, elíptico, nas entrelinhas. Tratava-se, evidentemente, de vender uma sepultura – não uma sepultura como as outras, mas perpétua e dotada de uma vantagem adicional, a ótima localização, embora não se soubesse ao certo se esse privilégio topográfico aproveitaria ao seu eventual habitante ou aos vivos.

Assunto urgente, repelia as demoras e delongas. Pois não só as casas e apartamentos andam difíceis; também outras moradias, incorretamente alcunhadas de eternas, tornaram-se escassas, e viraram vil comércio domingueiro, objeto de ofertas e procuras, matéria de regateio. Assim, domingo à tarde, um comprador menos atento farejou no jornal o negócio – aquele negócio da China! – e correu para o telefone. Atendeu-o o próprio Sousa, "Quem está falando aqui é uma pessoa que leu o seu anúncio e quer comprar a sepultura". Do outro lado da linha, uma voz tranqüila, com um certo frêmito de vitória, desiludiu-o: "Sinto muito, mas já foi vendida. O senhor chegou tarde."

E o afortunado particular que chegou cedo terá ficado radiante com a sua argúcia dominical, que lhe permitiu praticar a Operação Sepultura. Pernoitando na cama da vida, ele poderá esperar, sem aflição, a hora em que, noutro leito, de sua propriedade, haverá de dormir o sono eterno. E se se der o caso de o nossa-amizade não ter chegado ainda à idade inverniça, e ter comprado por comprar, acrescentará ao seu sentimento de calma terrestre e póstuma a convicção de que fez um bom negócio. Pois nestes dias de inflação, em que mesmo as sepulturas estão pela hora da morte, o segredo do negócio é comprar.

A TARDE OSTENSIVA

Nos dias correntes, tarde-de-autógrafo é rotina. Para que haja uma, os deuses exigem muito pouco: um autor, um livro e principalmente algumas garrafas de uísque. Estas são fornecidas pelos amigos do autor, que às vezes não passam de um: o próprio, que desvia da rala ou provida adega caseira o licor destinado a aquecer a goela dos confrades. E estes perdoam facilmente um mau livro, mas são implacáveis com um mau uísque. Contudo, a verdade é que, numa tarde-de-autógrafo, a ninguém ocorreria perguntar quem entrou com a bebezaina. O autor guarda segredo: a nenhum fôlego vivo, talvez nem mesmo à eventual dona de seus pensamentos, confessará que é sua fazenda que está escorrendo pela garganta seca dos confrades. E o mercador de livros, este, é um túmulo. Perguntai-lhe a quem coube prover o espírito que anima a festa. Ele responderá, os olhos baixos, a consciência tranquila e farta: "Os amigos do autor."

Estamos numa tarde-de-autógrafo. Um *flash* faz o autor piscar. Ele interrompe a dedicatória ao leitor desconhecido ("A José Maria da Silva, com a mais viva admiração de...") e levanta a cabeça, agradecido, refreando a delícia. O Carvalhais, da *Jornal do Rio*, mandou o fotógrafo prometido, é um homem de palavra! No dia seguinte, ele será, no mínimo, texto-legenda. E ser texto-legenda, nestes duros tempos, já é alguma coisa. Ele pisca de novo. É uma mocinha que lhe estende o volume já passado pelo crivo da máquina registradora.

– Seu nome?
– Maria de Nazaré Pereira dos Passos. Enquanto o autor escreve, ela vai seguindo a formação das letras e palavras, vê o começo de calvície na cabeça desse bicho chamado escritor. "A Maria de Nazaré Pereira dos Passos, com o mais alto apreço intelectual de..." Os minutos vão passando; e, com os ponteiros, passam o general, o oftalmologista, o cantor de óperas, a jovem que mora na filosofia. De vez em quando, o autor pára, por falta de matéria-prima pagante. E não sabe mais quantos autografou, se vinte ou trinta e oito, se doze ou setenta e cinco. Lembra-se de seu confrade, o Soares Tavares. Fora realmente muito bem bolado. Ora se deu que, no ano de Cristo de 1959, o romancista Soares Tavares, tendo publicado *O vento contra a noite*, combinou com o seu editor que os exemplares destinados à crítica e aos colunistas literários (quase duzentos, valha-nos Deus!) seriam autografados precisamente em sua tarde-de-autógrafos, para onde foram mandados, sigilosamente, com a competente lista. Foi um sucesso bárbaro. De saída, houve uma autografação de duzentos volumes, à qual se somou uma vintena (ou exageramos?) de leitores desconhecidos recrutados pelos anúncios nos quatro cantos da cidade. Enquanto Soares Tavares autografava o exemplar destinado a Eduardo Frieiro, a fila de caçadores de autógrafos ia até a porta da livraria. Como o uísque mantém os confrades separados do autor por um invisível biombo de âmbar, ninguém descobriu o artifício. Alguns confrades, desolados, não tinham imaginado que Soares Tavares tivesse tantos leitores! Mas dias depois ele, o autor de agora, soube da maroteira, ao descobrir, num canto da livraria, um monte de *O vento contra a noite* que estava sendo embrulhado.

Enquanto o novo leitor não aparece (onde estás, leitor meu? em que estrela, em que nuvem tu te escondes?) o autor olha, de viés, os circunstantes. A um canto, perora J. J. Bezerra, o Jack Kerouac da Paraíba, contando pela quinta vez aos seus fervorosos correligionários como será o romance que ele vai escrever, assim que arranjar tempo – será o primeiro romance sem personagens a sair no Brasil, e talvez no Ocidente, já que o processo não ocorreu a Nathalie Serraute, Robbe-Grillet, Butor e outros sequazes da bossa nova. E, se não encontrar editor, dará o livro ao Simeão!

Houve uma época em que não existia tarde-de-autógrafo. O leitor desejoso de ter um livro "oferecido", por admiração, vaidade ou qualquer outro humor lícito, era talvez o avô do caçador de autógrafos da atualidade. Passava pela livraria, comprava o volume, pedia ao caixeiro que lhe arrancasse uma dedicatória do autor. Isto acontecia nos velhos tempos em que o finado José Lins do Rêgo, à porta da Livraria José Olympio da rua do Ouvidor, fazia hora para almoçar na Colombo. Houve mesmo o caso daquele cidadão que, tendo convolado núpcias com uma instruída senhora que amava a ficção, comprou, cativo às disposições conjugais, um exemplar do *Fogo morto* e o deixou na caixa da livraria para autógrafo. No dia seguinte, queria por toda a lei ter um desforço pessoal com o grande romancista, só porque este, exuberante até nas dedicatórias às damas desconhecidas, pusera no volume o seguinte e encantador autógrafo: "A Maria José, com o afetuoso abraço do José Lins do Rêgo."

Mas isto era a pré-história de hoje. Nos dias fluentes, o anúncio gorjeia, mercadejando a obra-prima. O leitor compra no balcão o apreço e a reverência do autor; às vezes cheira, fareja, olha a fila escassa e nada compra. Uma fauna desconhecida, possivelmente não belo-letrada, mistura-se aos confrades de banca na praça. Ouvem-se os diálogos mais controversos; uns dizem que Joyce já é um escritor acadêmico e obsoleto, outros se orgulham de jamais ter lido um romance de Balzac. Os figurantes da festa são diversos, em unto e bestunto. Anima-os a esperança geral de ter – glória matinal e suprema! – os nomes nas folhas, ao café do outro dia. Há também um que outro embaixador aposentado, des-

ses que vivem tentando pescar antigos colegas de Faculdade para almoços no Jockey, foram poetas simbolistas e costumam dizer aos rapazes: "Quando eu tinha a sua idade, filho, o Símbolo era tudo!". E há ainda capitosas damas perfumadas que evocam Paul Valéry: "Qui se parfume, s'offre."
Outro intervalo na autografação, e o autor assiste à entrada do colunista literário Solidônio Tefé, que se encaminha ao seu encontro. Veio prestigiar-lhe a festa, com a sua presença faminta de *gossips*. Mas um braço, pressuroso, o detém. O obstáculo é o ensaísta Trajano, autor de vários ensaios sobre Heidegger, Holderlin e quejandos. À boca miúda, propala-se que Trajano não sabe alemão, só lê livro alemão que exista astecamente nas edições do Fundo de Cultura. E garantem as línguas sujas que ele só cita autor alemão em começo de parágrafo, após o cotejo tranqüilizador. Mas este e outros boquejos fazem parte das misérias da vida literária, manam daqueles que não aprenderam com Rilke (permita-nos Trajano!) que "Geduld ist alles!". E, depois, para liquidar a versão infamante, basta ver o ar de Trajano, saudando Solidônio: é de quem sabe tanto alemão como Augusto Meyer.
Acabaram-se os autógrafos. O último livro coube a um leitor que o encomendou pelo telefone. O autor levanta-se, aproxima-se de um grupo, suspira, na emoção do dia ganho:
– Estou com a mão cansada.
Um confrade de mau olho fita, com inveja, a mão exausta de correr após da glória iníqua que o fazia passar fomes de palmo.
O livreiro aproxima-se, consola-o:
– Esteve boa, a sua tarde-de-autógrafo. Vendi mais do que esperava – E completa: vendi mais de oitenta.
Retira-se, volta com um copo de uísque, oferece-o ao autor:
– Aceita um uísque?
E seu olhar é firme e puro, de quem está lhe dando o uísque devotamente fornecido pelos amigos.

INTERVALO*

(*) Publicadas em livros, revistas e jornais, de 1948 a 2003.

PASSAGEM DA LUA

Quem teve infância e não a esqueceu, e a incorporou à vida adulta, não pode ter ficado indiferente ao maior acontecimento da semana: a lua cheia.

Novidade do céu, ela despertou em inúmeros corações pisados pela vida um sentimento antigo, que se alumbra sempre, nesses momentos em que a noite é nova. O céu repetitivo parece retornar de muito longe, como se nos devolvesse a um universo perdido.

Em verdade, a aparição não deve ter posto todos os que a contemplaram na intimidade de harmonia das esferas. A mim, lembrou-me uma grande lua branca que vi nascer atrás de um vale, num crespúsculo bem remoto, quando eu era menino e voltava da escola.

Era uma lua extraordinariamente grande, tão grande que, evocando-a agora, chego a atribuir sua grandeza a esse poder de monumentalização que possuem as crianças. Era uma lua clara e grande como esta de agora, e de uma luz radiosa e serena. Estava perto e longe, antiga e presente.

É a essa lua perdida que recorro agora, ao vê-la novamente, como se outros fossem os céus, com a sensação de que achei em plena rua, ao voltar para casa, um objeto desaparecido. Não a esperava, ninguém a esperava, e contudo ela aí está, a grande, branca e monumental lua que nasce entre o mar e o céu. Dir-se-ia que mundo nenhum existe atrás dela. As estrelas fugiram para que ela imperasse, sozinha, na imensidade do céu.

Ao vê-la, formosa e clara, rendo-me ao sortilégio dos lugares-comuns. Ela não exige do cronista as acrobacias léxicas, as frases bem construídas, o apuro literário. Nascida para os instantes silenciosos, ilumina as almas simples, repudia as ternuras ávidas, nutre os que falam de amor e os colegiais, os pobres e as crianças. Não é um navio incendiado no mar. Não é uma fogueira na terra às avessas. É o clarão da lua, e muito mais que o clarão é a própria lua, tão leve e próxima que um menino na praia terá estendido a mão e tentado alcançá-la.

Que somos nós, diante dela? Espectadores aturdidos, almas tristes e solares que de repente se sentiram atingidas pelo encanto lunar. No ônibus, rente à enseada, invade-nos a certeza de que esta não é uma noite como as outras. Entre o Pão de Açúcar e o Morro da Urca – ditosos, mil vezes ditosos os que estão viajando no bondinho aéreo! – está a lua, cheia e branca, cheia e bela. Vemo-la erguer-se: o mais ambicioso balão do mundo não subiria assim, ao mesmo tempo tão airosamente perto da terra e tão librado às alturas. E a cada instante de sua subida, o céu se torna mais cheio de Deus, e as ondas se dobram, mais ondeantes do que nunca.

É justamente neste momento em que a lua começa a subir no céu, que acontecem as grandes coisas. O luar invade as casas de tal modo que os seus moradores se julgam em navios em alto mar. E há mais mistérios. Um homem ficou parado diante de uma mulher sentada num banco defronte ao mar. Não, ele não a estava olhando, ele não a queria ou desejava. Estava apenas olhando o luar que a banhava.

Correio da Manhã, Rio de Janeiro, 30 de maio de 1948.

A ÉTICA DA AVENTURA

As mãos dos marinheiros manejam as cordas, e o escaler começa a descer, atinge a água sempre inquieta do oceano, e mais uma vez se abre uma passagem para o homem e sua aventura. O presente se imobiliza, para que nele irrompa a lição da vida, que se nutre de si mesma, do catálogo incontável de seus caprichos e necessidades. No navio que atravessa calmarias e tempestades, os perigos e incertezas são os tributos habituais que se paga ao destino e à finalidade. A voz do capitão se alteia, e as imprecações dos marujos se tornam mais vivas que o canto dissonante dos pássaros em torno dos mastros. E agora, com a descida do escaler, a busca se converte em certeza. O olhar do homem avança sobre as águas. No outro lado da paisagem, algo espera a ação humana: um náufrago, uma ilha, um porto, outro navio.

Leitor infatigável dos romances da Coleção Terramarear, aprendi neles, e para sempre, que a aventura tem uma ética. Na superfície dos mares, o homem obedece a um código e luta não apenas contra os elementos desencadeados, mas também contra os seus semelhantes. O capitão do veleiro a quem foi confiada a entrega de riquezas no outro lado da Terra enfrenta os piratas empenhados em despojar os porões repletos. O sulco do trenó na noite branca conduz a uma fidelidade. A morte encalhada no rio Mississipi devolve o adolescente ao horizonte da vida. No último capítulo do romance bem-amado, a aposentadoria do velho lobo-do-mar tem o sabor de uma recompensa – e todas as noites ele voltará a sonhar com as gaivotas e a ilha trêmula vista da vigia do seu camarote, e sentirá nas narinas o cheiro podre das águas estagnadas de um porto oriental; e como na realidade, um rato atravessará a calçada entre a alfândega e o botequim rumoroso.

Nos romances de Emílio Salgari, Edgar Rice Burroughs, Mayne Reid e R. M. Ballantyne, surpreendi, desde o instante matinal, a figura do homem como um protagonista de caça e pesca, envolvido no processo da busca parcimoniosa ou insensata. Como ocorre no início de *A ilha de coral*, de Ballantyne, o moço deixa a sua casa e, novo filho pródigo, exige o mundo inteiro. E assim como um navio não tem na verdade nenhum local de nascimento (pois sua terra oficial é a sua bandeira e o livro de bordo), o rapaz corta as amarras com a paisagem nativa. O mundo vai ser a sua morada. O vento da aventura sopra nas velas palpitantes como pássaros. A vida de bordo, seja a de um navio mercante ou a de um barco de piratas, está sujeita a um rigoroso conjunto de regras. Na hierarquia e na submissão, na obediência às vozes e aos rituais, o rapaz irá aprendendo que a liberdade é uma trama caprichosa, um sinal matemático inscrito na parede do universo. A sucessão dos dias e das noites, a marcha das estrelas e dos ventos, a posição dos portos nos velhos mapas quase esfarelados, tudo lhe ensinará que uma grande ordem reina na máquina do mundo. E além dos desconsertos e solidões que, aparentemente, nutrem suspeitas de confusão e caos, a energia do universo jamais dispensa a disciplina que, pendularmente, por meio da repetição tornada ritmo, do fluxo e refluxo, assegura o equilíbrio da natureza e a liberdade do homem.

Para esse marinheiro de primeira viagem, que acompanha o vaivém das ondas e surpreende a primeira estrela além do tombadilho lavado, a liberdade haverá de possuir, sempre, o selo de um resultado. Subindo ao mastro para colher algum sinal na redondeza da terra, o jovem marinheiro soletra, no silêncio do seu coração, as palavras da cartilha do mundo. O sentimento da missão recebida confere uma súbita gravidade ao seu gesto. Mesmo que o tesouro não exista e a ilha afortunada seja apenas uma miragem, ele os procurará sempre. Perdidos numa ilha, ele e seus companheiros se aplicarão a construir um barco. Esta vai ser a lição de sua vida: a busca pelo caminho do trabalho repetido, dos gestos diariamente iguais, o mistério de um viver engastado na engrenagem do mundo.

Menino nascido junto ao mar, num horizonte de navios, entre ilhas e coqueirais, e habituado a subir a ladeira que levava ao farol iluminador, eu aprendia na Coleção Terramarear que o dever e a aventura não são dois caminhos contrários e colisivos, oferecidos à capacidade de opção humana, mas se fundem num caminho único. Um não saberia ir longe sem o outro. Os que aceitam o dever sem aceitar a aventura nele entranhada haverão de levar existências pálidas, vítimas da rotina. E os que julgam ser a aventura a porta da evasão que os sonega ao dever também estão antecipadamente condenados – e, após a fuga e a exaltação, a febre e o gasto, encontrarão o desencontro. O tédio do aventureiro é irmão colaço do tédio do burocrata. Na decepção de ambos, enraíza-se a evidência de que tanto um como outro andaram por um dos acostamentos do caminho da vida. E esta, que é aprendizagem e resultado, não dispensa o tributo do tirocínio pessoal para poder entregar a cada homem a soma de sua verdade. Esse apelo ético funda a madureza moral da Coleção Terramarear, que nada tinha de infantil. As fadas, os duendes e as mágicas passavam de largo. Nenhuma página estatuía o desejo de explorar a credulidade em flor dos jovens leitores. Muito pelo contrário, os grandes desacertos do mundo se estampavam nas narrativas. A evasão era uma advertência: seja qual for o caminho do homem, ele terá de se dobrar à verdade da vida. Ao náufrago, a construção do barco – assim o exige o regimento do universo. Em *Song-Kay, o pirata*, de Emílio Salgari, um albatroz é utilizado para pescar peixes para dois náufragos, e seu grasnido de pássaro anunciador de tempestade antecipa a tormenta. Na cena d'*A ilha de coral* em que o timoneiro é amarrado ao leme para não ser arrastado pela tempestade, como não enxergar uma fatia de Homero, uma reafirmação do dever humano de não se render ao sortilégio das sereias da morte?

Em cada livro da Coleção Terramarear a pedagogia da aventura iluminava como um sol alto. Eu sabia que a aparição da bandeira preta do navio pirata, com a sua caveira e tíbias cruzadas que são o emblema da morte, marcava o instante do saque e do desterro. No golfo de Bengala, o silêncio juncado de luz prenunciava a tempestade. E os navios corridos do tempo esperavam a bonança. E os cativos esperavam o resgate e a liberdade. E o dia esperava a noite. Nessas narrativas oceânicas e fluviais, às vezes transportadas para a nossa língua por Monteiro Lobato e Godofredo Rangel, nessas prosas obedientes ao fluxo e refluxo das águas, nessas aventuras desdobráveis, o menino ávido soletrava que a geografia é um álbum de esperança. Era a terra inteira que acorria ao seu encontro, bela e feminina como a proa de um navio; era o mar inteiro que avançava para a sua praia; era o ar inteiro que fazia pousar em seu ombro a gaivota gotejante.

Foi, pois, desses clássicos ignorados dos historiadores literários que ele recebeu o seu emblema planetário. Por mais distante que se situasse a intriga romanesca, nada era exótico nas páginas vividas, embora tudo fosse diverso, e o grito do canibal ferisse a tarde como uma antecipação de festins indesejáveis. O prestígio das paisagens percorridas não danificava o espetáculo das paixões humanas, como a ambição, o amor, o ódio e a sede de poder – e mesmo certas virtudes heróicas, como a coragem e a magnanimidade, a piedade e o devotamento, afloravam nas histórias como os recifes de coral no meio das navegações. Os aspirantes a romancistas das almas haveriam de aprender nas histórias da Coleção Terramarear o como praticar análises de caracteres e ouvir o bater de corações conflituosos. Esse lecionar sobre a condição humana desmentia, desde o início, e pela raiz, as versões que dividem o fazer romanesco em duas vertentes nítidas, uma tributária das exterioridades veementes e a outra voltada para a zona de sombra em que as criaturas se fragmentam em desacordos e aparências. As terras incógnitas que o homem esconde em sua geografia íntima também partilhavam da geologia dos romances de piratas e tempestades. No catálogo planetário de cada história, o homem ostentava as suas imperfeições, avançava para o leitor juvenil com seu rosto de animal incompleto, como se pretendesse antecipar-lhe as surpreendentes revelações que, muitos anos depois, haveriam de fazer-lhe os contadores de outras (e talvez as mesmas) histórias, como Flaubert, Thomas Hardy e Mauriac. E era como se o leitor em flor, em cujo silêncio vibrava a ambição de um dia alçar-se às alturas de Salgari e Ballantyne, estivesse ali a preparar o seu vestibular de observador ou escrivão das grandes misérias humanas.

Os enganos e perigos do mundo perpassavam as ficções de Robert Louis Stevenson e Jack London, de Salgari e desse Edgar Rice Burroughs, que, em sua série de Tarzan, suspendia as almas e as respirações. Nas peripécias intermináveis, o leitor da cidade peninsular recolhia um soberbo repertório de obstáculos e adversidades. Em cada passo do homem, na terra, no mar e no ar, surge o inimigo, que tanto pode ser a tempestade formidável e camoniana como a fera esgoelada ou o outro homem, este inimigo perpétuo e inarredável, prestes a provocar a perdição como um *iceberg* ou um rochedo oculto nas águas. Na floresta de Bornéu, na ilha dos mares do Sul ou sob a chuva diluvial na selva amazônica, a vida era um combate, um choque, uma colisão.

Se cada texto porta em si mesmo a promessa das plurissignificações, os romances da Coleção Terramarear não fugiam ao seu destino polissêmico. Hoje eles haveriam de doar-me uma nova retórica. Mas o leitor antigo jamais poderia cometer o ato de profanação que corresponderia a procurá-los num sebo e tornar a lê-los. Toda vez que ele entra numa loja de livros usados, o Anjo da Leitura lhe sussurra o lugar em que será possível encontrá-los, como restos de um portentoso naufrágio. É na última prateleira de um balcão, num sítio onde jazem os volumes caluniados, enxotados pelas ficções científicas e por essa insípida literatura de baixo ventre na qual o homem fala obsessivamente de seu estômago e de seu umbigo. Lá estão eles, os clássicos de minha infância, os meus autores seminais. Que me seja permitido compará-los aos meus antepassados que, na cidade nativa, repousam num cemitério junto ao mar, com os seus nomes roídos pela maresia. Os volumes dilacerados são iguais a túmulos. As lombadas ofendidas pela idade se assemelham a epitáfios ilegíveis. Entretanto, não preciso mais lê-los para os ter na memória, inclusive na memória criadora que parteja a mentira e a metáfora e tem o poder de ficcionar as ficções esvaídas, resgatando da morte tudo o que merece ter um lugar na mesa da vida.

 Ao contrário dos clássicos preclaros, estes Cervantes e Mallarmés de minha infância, estes fragmentários e desengonçados Shakespeares do meu tempo de ginasiano não necessitam reivindicar nenhum lugar nas minhas estantes. Não preciso de prateleiras para guardá-los, já que os guardei dentro de mim, na memória que os protege da intempérie e do olvido, da traça e da umidade. E, contagiada pelas páginas que retinham o rumor da viagem, a memória procede, na sombra recompensadora dos dias idos e vividos, à grande leitura crítica. Esta não é, porém, uma operação redutora. Todos os caminhos se abrem ao texto redimido. Os velhos personagens que atravessaram o tempo, saindo de paliçadas e nevoeiros, estalagens e bitáculas, ganham novos papéis. As intrigas consabidas são o enxerto generoso de peripécias forjadas pelo instante. As traições do leitor de agora, que opera na brisa, provam a sua fidelidade a esses textos que, como as ilhas, escondiam tesouros.

Agora, na luz crepuscular, começo a aprender que a ética dos romances da Coleção Terramarear, trabalhada pelos dias, se foi convertendo numa soberba estética da aventura. Todos os figurantes, episódios e enredos são possíveis no território aberto aos mais contundentes acasos e inverossimilhanças. Aqui o homem que cria é livre para impor a sua verdade, já que ela corresponde ao dever de confiar ao seu semelhante a ração de imaginário destinada a nutri-la. Na realidade mais chã e escoteira palpitam todas as possibilidades. Em suas bancas de escritor, R. L. Stevenson e Ballantyne, Mayne Reid e Emílio Salgari ratificaram a regra suprema que ilumina o caminho dos criadores mais exigentes. As inverossimilhanças e acasos que se acumulam em qualquer criação literária – seja ela *Song-Kay, o pirata* ou *Em busca do tempo perdido*, pertença ela a um Salgari ou a um Proust, a Melville ou Thomas Wolfe, Dickens ou Balzac – indicam ao aprendiz de romancista que só a fonte do romanesco está aparelhada para matar a sua sede, que é também a do leitor digno deste nome. O incêndio que clareia as páginas finais de *The spoils of Poynton*, de Henry James, consolida a receita de que, sem a chave do acaso em suas mãos, o romancista será sempre um peixe fora da água. Como Deus, ele necessitará sempre do arbítrio para estabelecer a sua lei e a sua verdade, compor a ordem do universo, e surpreender os espectadores com a morte e a fortuna, a paixão e a catástrofe, o tesouro e o naufrágio.

Um romancista que suspeite do inverossímil deve ser, por sua vez, colocado sob suspeita, pois parte do princípio perverso de que a realidade só é real quando não abre as suas portas para o inacreditável e o impossível, e ao criador é vedado proceder à economia dos destinos. Mesmo a felicidade tem o direito de habitar a página final de um romance.

Após as suas vicissitudes, o pirata Song-Kay termina como um grande de Espanha (isto é, como um grande de Pequim), num palácio rodeado de cerejeiras. Em *O fantasma de Sandokan*, o heróico Nandar morre docemente nos braços de sua filha adotiva. E até os saberes dispersos do mundo merecem acolhida nas páginas de um romance, que é arquivo e cartório. Em *Os negreiros de Jamaica*, de Mayne Reid, um negro tem a ciência das florestas, e faz um vagalume iluminar o rosto de um cadáver. As digressões de Ballantyne sobre a composição das ilhas de coral convertem a geologia numa poesia didática de muito boa tinta.

São histórias – isto é, são composições ordenadas pela paixão da fabulação. Como no verso de Auden sobre Melville,

And sat down at his desk and wrote a story

em sua mesa de fornecedores de histórias Salgari e Mayne Reid assumem com a maior lisura e claridade o dever essencial do romancista. Da experiência vivida, da nutrição literária, dos acasos anedóticos, das conversações e dos silêncios, do que é mais rumoroso ou mais reflexivo, eles extraem as suas intrigas e personagens. Qualquer um dos autores da Coleção Terramarear sabe que tem a obrigação de seduzir e encantar o leitor. A arte como uma sedução ou encantamento é um postulado que habita simultaneamente em sua ética e em sua estética. Romancistas profissionais e comerciais, dependentes do leitor, cativos de uma faina sucessiva iluminada pela auréola das solicitações e dos aplausos, como não louvá-los, se neles se engasta a glória do ofício? A ciência do narrar aflora em cada página. Não nos deixemos enganar – embora o desprezo e o esquecimento tenham varrido a quase totalidade desses livros, como uma onda raivosa cobre o convés de um navio, o julgamento torto da posteridade pede quarentena. Estas ficções expulsas são romances perfeitos, composições acabadas. Nelas, o pormenor vive de sua virtude clarificadora; e o capítulo final é sempre a hora do adeus, o ajuste de contas com o destino, a moralidade que emerge de toda uma situação ou existência vividas.

Que as histórias da literatura recusem aboletamento aos romancistas da Coleção Terramarear, ou se limitem a conceder-lhes, num gesto de tolerância ou piedade, esse último lugar só reservado aos de inferior condição, nada mais clamoroso. Mas essa expulsão de nomes, baseada em sinuosos e arbitrários critérios, ao extinguir biografias, cumpre, embora parcialmente, um ideal estético que flameja na consciência de muito autor requestado. Uma obra sem os resíduos biográficos do autor, tornado cinza e vento, há de constituir um objetivo supremo, como a casa que dispensa o nome do arquiteto ou a estátua que não conduz ao escultor. Na *História da literatura italiana* de Francesco Flora, não figura o nome de Emílio Salgari, muito embora eu saiba, por vias travessas, que ele, antigo oficial da Marinha, se suicidou em Turim em 1911, aos quarenta e oito anos de idade. As severas histórias da literatura inglesa que ora compulso, ouvindo sapos e grilos, se recusam a nomear Mayne Reid e Ballantyne. Poder-se-á argumentar que elas, ciosas dos dons pessoais dos escritores e sendo espelhos de valores, reverenciam R. L. Stevenson e Rudyard Kipling, Mark Twain, Jack London e Fenimore Cooper. Mas na verdade livros como *O canino branco, Mowgli, o menino lobo, A ilha do tesouro* e *As aventuras de Huckleberry Finn*, ou mesmo esse *O último dos moicanos* que tanto atiçou a imaginação romântica do nosso Alencar, não devem servir de referência para o louvor de agora. Na coleção Terramarear, eles sempre tinham o ar de convidados, de altas personalidades presentes num batizado de menino humilde. Que o farol da infância ilumine os desprezados e os esquecidos, e se reconheça que, com a sua estampilha de abrangência, a sua imposição de totalidade, a Coleção Terramarear merece alcançar, nas estantes imaginárias, a alta posição a que têm o direito de aspirar os mais eminentes tratados que teorizam o romance e esmiúçam os poderes da imaginação. Com as suas intrigas e figuras, esses romances de movimento, palcos de viagens e migrações, andanças e peregrinações, combates e nostalgias, surpresas encadeadas, degredos e castigos, espantos e desafios, tormentas e tormentos, são os portadores de uma lição estética que mereceria ficar a salvo dos ventos e das térmites.

Em muitos dos romances desprezados, os autores realizaram verdadeiras aventuras intertextuais, bebendo forte e fundo no *Moby Dick*, de Melville, o qual também, diga-se de passagem, não dispensava, em sua refeição de criador, a caneca transbordante dos viajantes dos mares do Sul e dos clássicos oceânicos. As caças às baleias que tisnam tantas páginas são, assim, ecos da Baleia Branca, sancionando a evidência de que os textos literários vivem (e morrem) emaranhados em genealogias e multiplicados em paródias graciosas e desajeitadas paráfrases. A originalidade de um autor tem sempre um pai escondido.

Clássicos da infância, clássicos claros, a que o tempo insidioso se permitiu tingir de obscuridade, e que vivem apenas de gratidões secretas e dispersas! Ninhos de flibusteiros e bucaneiros! Eles nos ensinam que a nossa missão, em prosa ou verso, ou na fronteira em que ambos se enlaçam, só tem sentido desde que nos disponhamos a lançar ao mar o escaler que vai resgatar o náufrago ou nos conduzir a nós mesmos à ilha afortunada. A leitura haverá de ser sempre uma ética. Incumbe-lhe ensinar o homem a viver e a respirar o universo.

In *A ética da aventura*. Rio de Janeiro:
Francisco Alves, 1982.

VIVA CLARICE VIVA

Conheci Clarice Lispector em 1944, no momento exato em que ela publicou *Perto do coração selvagem*. Com este pequeno romance híbrido e ambíguo, escrito numa prosa translúcida, densa como um diamante e leve como uma flor, ela iniciava um novo período estético e estilístico na literatura brasileira. Escrevi sobre ele um artigo entusiástico. E pouco depois nos conhecíamos pessoalmente.

O encontro foi num restaurante na Cinelândia. Almoçamos juntos e a nossa conversa não se limitou a matérias literárias. Falamos também do amor, das pequenas criaturas extravagantes, do mistério do mundo.

Esse encontro pessoal com Clarice Lispector foi para mim um acontecimento. O mínimo que posso dizer é que ela era deslumbrante. Como era outono, e as folhas da praça caíam, o dia cinzento contribuía para realçar a beleza e luminosidade de Clarice Lispector; e a esse clima estrangeiro se acrescia a sua própria voz, a dicção gutural que ainda hoje ressoa em meus ouvidos. Eu não tinha vinte anos – e, sob o império das leituras, sentia-me como se estivesse diante de Virgínia Woolf ou Rosamond Lehmann.

Clarice Lispector era uma estrangeira. Sempre foi uma estrangeira – um pássaro vindo de longe, um pássaro vindo das ilhas que estão além de todas as ilhas do mundo para nos intrigar a todos com o seu vôo e o frêmito das suas asas. E a língua em que ela escreveu atesta belamente esse insulamento: um estilo incomparável, um emblema radioso, uma maneira intransferível de ser e viver, ver e amar e sofrer. Enfim, uma linguagem dentro e além da linguagem, capaz de captar os menores movimentos do coração humano e as mais imperceptíveis mutações das paisagens e dos objetos do mundo.

A vida, que tem o terrível defeito de ser demasiadamente cotidiana, com o seu rito de servidões e repetições, não foi generosa em relação a Clarice Lispector. Magoou e humilhou aquela moça belíssima que, no dia cinzento, surgiu para mim como uma jovem rainha da vida, simultaneamente aquecida do frio outonal por um casaco elegante e pelo calor de sua espetacular glória nascente, que já a confrontava com os nomes mais prestigiosos de nossas letras.

Toda vez que eu a evoco, é essa Clarice viva e deslumbrante que surge diante de meus olhos. É outono. O vento sopra. Clarice ignora o que vai acontecer-lhe. E, de repente, ambos silenciamos, perto do coração selvagem da vida.

In *A república da desilusão*. Rio de Janeiro: Topbooks, 1994.

O MAR PERTO

Vou por uma rua torta. Sinto um cheiro de açúcar, juntamente com o do mar perto. Gaivotas voam sobre os negros trapiches fincados sobre as águas. O oceano que eu sempre via longe, quando o bonde dobrava a curva do farol, está agora perto de mim. Olho as fachadas dos sobrados, a pintura das janelas descascadas pela maresia e aguaceiros. Nos emblemas do pequeno mundo alfandegário, onde tantas criaturas trabalham em função das estivas e dos dinheiros trazidos pelos navios, minha cidade proclama a sua vocação oceânica. Os gordos e gosmentos sacos de açúcar à espera dos cargueiros anunciam uma viagem, indicam que Maceió é uma das incontáveis portas do universo.

Quem nasce aqui, e respira desde a infância um aroma de açúcar, vento, peixe e maresia, sente que o oceano próximo cola em todas as coisas e seres um transparente selo azul. Os que quiserem ficar passarão a vida inteira movendo-se nas ruas cegas de sol ou atrás dos balcões que guardam réstias de cebolas e fardos de algodão. Mas os que quiserem partir têm sempre, ao seu dispor, os navios e o vento do mar. E o mar, luminoso e sonoro, – o "surdo mar" cantado por Camões – inscreve no escudo invisível de cada vida o emblema da viagem e da aventura. E a língua do mar, grande e esponjosa, lambe todos os sonhos.

No alto da colina, o branco farol da minha terra vai iluminar a noite, quando esta vier esconder as aranhas e lacraias, e os sonhos e os segredos dos homens. Luz branca. Eclipse. Luz encarnada. Os feixes do farol clareiam os telhados enegrecidos pelas chuvas, as ladeiras, os coqueirais que cantam e dançam na noite longa, os mangues onde água e terra se dissolvem, os cajueiros floridos. No universo redondo, entre os goiamuns ocultos na lama negra das lagoas e as constelações, entre os fogos de santelmo e os cantos dos galos, o farol de Maceió guia os navios e os homens.

Lugar de permanência e de evasão, minha cidade surgiu dos maceiós. Por isso, ressoam em sua topografia os nomes de água: Levada, Trapiche da Barra, Ponta da Terra, Vergel do Lago, Bebedouro, Poço, Riacho Doce, Pontal da Barra, Bica da Pedra, Volta d'Água.

E, vencendo o sono e a distância, os sonhos e a desolação da noite, vem sempre úmida de orvalho, como um ramo de flor, a cantiga memorável:

A sempre-viva é uma fulô misteriosa,
ela é cheirosa, mas porém não tem perfume.
Mandei fazer um broqué pra minha amada,
mas sendo ele da bonina disfarçada
tinha o brilho da estrela matutina.
Adeus, menina, sereno da madrugada ...

O dia termina, apagando os homens que conversam no meio das ruas ou nas portas dos cartórios e das casas de ferragens. A noite se esvai, dissolvendo as dunas errantes. O trem da Great Western apita, perto e longe ao mesmo tempo. As tanajuras pousam docemente nas ilhas visguentas. O Tempo é um artesão: tece a sua própria toalha de renda de labirinto. E, embora forje novos desenhos da vida, que a memória infiel vai alterando através dos dias e das noites, jamais conseguirá separar o barulho do mar de todos esses incontáveis rumores terrestres. Em Maceió, entre as ilhas inacabadas e os navios enferrujados, nunca aprenderemos a separar o que é da água e o que é da terra.

Vou por uma rua torta. Venho por uma rua torta. Já não sei se é dia ou noite, se caminho junto ao mar odorante ou se afundo os pés na lama negra da lagoa devassada pelos pescadores de sururu. Acima e além da claridade solar e da luz do farol, num território intocável, Maceió é, ao mesmo tempo, porto e porta, permanência e travessia, lugar de partida e de chegada, silêncio e melodia.

In *Confissões de um poeta*. São Paulo: Difel, 1979.

NO DIA DOS MORTOS

Cemitério – lugar onde não estão os mortos. Pois eles não moram nas tumbas, nessa pátria de areia.

No Dia dos Mortos, quando vamos a um cemitério, não os encontramos lá; nós os levamos e trazemos, como se os passeássemos num domingo.

No regulamento dos edifícios, que alguns síndicos pregam habitualmente nos elevadores, para notificação compulsória dos condôminos, há quase sempre um item sobre os defuntos: os enterros não devem sair dos apartamentos. Assim, em caso de morte, as famílias se comprometem a transportar discretamente os corpos para as capelas mortuárias.

Essa regra de condomínio faz que o último encontro de um vivo com um morto seja longe da casa em que este morou, numa sala cujos inquilinos horizontais são industriosamente revezados, ao sabor do capricho das Parcas urbanas.

O amigo (ou conhecido, ou parente), informado de uma morte, encaminha-se para o edifício cujas salas foram divididas em capelas. Entra numa, olha os circunstantes, vê um cisco de lágrima num olho inchado, não reconhece ninguém; entra noutra, pergunta, sussurra, até encontrar o que procura. E diante do defunto, na sala cheirando a flor guardada e a cera, ele sente vagamente não ter encontrado aquele a quem procurava. A criatura que, morrendo no meio da rua, saiu do asfalto diretamente para o necrotério, e dali para a capela, perdeu-se nalgum lugar, e aos que ficaram deixou apenas uma imagem de cera, um simulacro de si mesma. Perdeu a vida, isto é, perdeu-se. E o vivente pergunta às frescas lágrimas: onde estão os mortos? Em que lugar se esconderam? Saindo do cemitério, o amigo é envolvido pelo pensamento de que o outro, deixado debaixo de uma laje de cimento, vai surgir à esquina, lendo um vespertino, desejoso de um bate-papo sobre os foguetes lunares.

Não é sem razão que as crianças e as mulheres têm medo de que os defuntos apareçam. Na realidade, eles se perderam aqui mesmo, e esse estar-aqui não foi inteiramente derruído pela morte, que apenas o danificou. Na sala do viúvo a morta poderá vir arranjar o jarro de dálias com as suas finas mãos invisíveis. O corretor trepidante que, todas as vezes que olhava um terreno baldio, era presa de uma alucinação imobiliária, mesmo depois de enterrado poderá telefonar para um conhecido e propor-lhe um negócio da China, ou das Arábias; e, de um aposento onde só cabe seu corpo, ele proporá salas de trinta metros quadrados. Principalmente os que morreram de repente e não deixaram seus negócios regularizados (e tinham uma transação a ultimar, um amor a amar, um ódio a odiar) parecem habitar a atmosfera tão vazia deles à primeira vista. E os vivos sentem que algo os rodeia, como o frêmito de um pássaro de invisível plumagem. E é como se a seus ouvidos estivesse chegando, de um perto enigmático, uma palavra de estima ou de raiva.

O importante não é que os mortos morram, despremiados, mesmo depois de sepultados, quando na maior de todas as solidões, que é a do corpo sem alma dentro da terra, o guerreiro sozinho não luta com o voraz adversário sempre vitorioso. Importa que eles não estejam nos cemitérios e nos acompanhem na pequena viagem de ida e volta que fazemos no Dia dos Mortos e se ofereçam mesmo para segurar o buquê de flores que levamos para as suas lápides.

Importa que os mortos estejam sepultados, dentro de nós, em nossa própria solidão, visitantes íntimos com quem conversamos, criaturas sentadas ao nosso lado, carentes de um Deus.

Que o homem de hoje saiba lembrar-se de sua infância e da morte que nela habitava, na pequena cidade onde todos os caminhos davam no oceano. E evoque o tempo em que, nas tardes de domingo, passeava com a sua namorada à beira de um mar azul, sem cores aguacentas. E se lembre, lúcido, límpido, leal, da sobremaravilha distanciada.

Mãos nas mãos, eles deixavam o mar, iam andando devagar e subiam a duna. No alto estava o cemitério, com o muro caiado de branco, correndo o risco de confundir-se com as nuvens cândidas.

Por um portão sempre aberto, entrava-se. A namorada se sentava belamente sobre um túmulo, tirava os sapatos, sacudia-os, libertando-os da areia. E ali, a cavaleiro do mar, eles ficavam até o anoitecer. Famílias vinham, domingueiras, passear entre as tumbas, visitar os que ali estavam, ou não estavam, pois que chegavam com os passeantes e com eles voltavam.

O amador e a coisa amada andavam por entre os túmulos – poucos mármores, talvez nenhuma escultura. O vento, salgadiço, derreava cruzes, a salsugem comia as letras de alguns nomes, as datas de vários sumiços terrestres. Das sepulturas rústicas, dos sete palmos de terra nutrida de humano, brotavam flores. Ali, como no mais ilustre dos cemitérios marinhos,

Le don de vivre a passé dans les fleurs!

Era um cemitério de cidade pequena, onde a morte é espaçosa, há lugares para todos, as vagas nos campos-santos não são disputadas a peso de ouro, nem os prefeitos cogitam de enterrar os defuntos em pé, como os egípcios, para economizar espaço. Era na província, onde os mortos, deitados em negros esquifes, saem de suas próprias casas de cortinas pretas nas janelas.

E era rente ao mar. A areia era fofa, macia, em suas profundezas deveria palpitar ainda alguma existência marinha. E aos ouvidos dos defuntos, se ainda tivessem o dom da escuta, poderiam perfeitamente chegar o barulho da onda estilhaçando-se na praia e o rumor surdo dos coqueirais iluminados à noite pelo sol amarelo da lua.

Poderiam ouvir esse barulho de águas já antigas, pois estavam perto. Rumor insistente e borbulhante, ele acompanha sempre os que o escutaram na infância; na sua úmida refluência, esse ritmo oceânico imita a visita dos mortos. E nós o guardamos. Os mortos, o mar, a poeira, o vento, nós os guardamos em nós, a todos, a esse suspiro imenso, inextinguível.

In *Ladrão de flor*. Rio de Janeiro: Elos, 1968.

O CASO LOU:
A VIDA COMO FICÇÃO

No caso Lou, a vida reivindica o direito de ser considerada uma ficção – isto é, uma criação autônoma e completa. A atitude assumida pelo leitor tornado espectador, graças ao poder de visualização criado por esse historiador anônimo que é o repórter, confirma o caráter romanesco. Os crimes da Barra ostentam o emblema de algo que, gerado pela vida, corre paralelo a esta, como um filme ou romance. Todos os episódios se juntam como se houvesse um plano de organização da realidade – mas de uma realidade separada das outras e dos outros, aquém ou além dos limites onde transcorre a vida cotidiana.

No processo de descotidianização da vida flui a fábula terrível do destino humano que, desde sua revelação, estarrece a comunidade, e mais uma vez incita o observador a refletir sobre os mistérios das ovelhas convertidas em lobos, e da verde pastagem mudada na dantesca *selva erronea di questa vida*. Julien Green registra o caso de uma jovem apunhalada no Central Park de Nova Iorque. Junto ao cadáver, a polícia encontrou um diário, no qual a moça se queixava de nada acontecer em sua vida. O acontecimento, que ela reclamava do fundo do coração, para mudar a sua existência solitária, foi a sua desgraça. O inconformismo com o caráter cotidiano da vida faz parte da tradição existencial da criatura humana. *"Que la vie est quotidienne!"* lamentava Jules Laforgue, cujo tédio tanto influenciou T. S. Eliot – o poeta do tédio moderno, e que enxergou a insônia dos homens nos sórdidos hotéis que alugam vagas para cavalheiros ("*restless nights in one-night cheap hotels*"). Mas quando a vida deixa de ser a rotina de todos os dias, a sucessão cinzenta de gestos e palavras que já não querem dizer nada ou deixaram de dizer tudo, nem sempre recompensa o reclamante com o resultado da loteria esportiva ou uma viagem à roda do mundo.

Uma jovem de lábios úmidos, um engenheiro lotado numa repartição incumbida da burocracia planetária, um senhor calvo afeito a periódicas viagens equatoriais, um vendedor de rádios e um rapaz dividido entre a rotina e a aventura saíram de repente de suas vidas anônimas para que os iluminassem as luzes da cidade. Revelados, foram erigidos à categoria excepcional de rostos na multidão. O surgir subitâneo nos leva a evocar o poema sumário em que outro grande poeta do nosso tempo, Ezra Pound (por sinal o descobridor de T. S. Eliot), viu a multidão solitária saindo de uma estação de metrô: "*The apparition of these faces in the crowd; Petals on a wet, black bough.*" Quando o ramalhete negro e úmido apareceu diante do observador, este verificou, estarrecido, que suas pétalas estavam manchadas de sangue. A vida, nas personagens dos crimes da Barra, deixava de ser cotidiana. Ou melhor, todos os seus elementos de rotina confluíam para organizar a nova realidade em que as criaturas humanas se fazem arquitetos de impiedades e catástrofes.

"Teme a obscuridade, Brás; foge do que é ínfimo. Olha que os homens valem por diferentes modos, e que o mais seguro de todos é valer pela opinião dos outros homens", recomendava a seu filho um astuto personagem machadiano. Nesse passo das *Memórias póstumas de Brás Cubas* vibram, decerto, os inconvenientes do anonimato, como se a vida dos que não têm nome, nem fama, nem obra, fosse um túmulo. Mas, no caso Lou, uma das singularidades é que a aparição dos rostos saídos da multidão se processou à revelia dos personagens. De dois corpos estendidos junto ao mar triunfante – naquela faixa litorânea que, com os seus túneis, hotéis e motéis, viadutos e mansões marinhas, vento e maresia, lembra a Califórnia enfeitiçada dos romances policiais de Raymond Chandler e Ross MacDonald – começou a vir a verdade, igual a um rastilho de onda que abre o seu caminho na areia da praia ou mesmo a um escuro filete de sangue. Veio da morte repetida junto às ondas a história terrível. O poeta Edgar Allan Poe, criador do romance policial moderno, escreveu em *Eureka*: "O universo é o enredo de Deus." Como as escolas de samba e os romances policiais, o mundo possui um enredo, uma história, uma trama urdida pelo Criador. Logo, tem um sentido; um começo, um meio, um fim, mesmo sendo incessante e infinito como o grande espaço planetário que, mudo testemunho, viu a mão assassina, no singular ou no plural, levantar-se entre o mar e as estrelas para, em nome do amor ou do ódio, do ciúme ou da paixão imoderada, eliminar dois jovens.

    O mesmo Poe estabelece a distinção entre o enredo urdido por Deus, ao criar o Universo, e o enredo engendrado pelo homem, ao criar uma obra de ficção. No caso de obra humana, a perfeição buscada é inatingível, por ser o construtor de uma inteligência finita. E, por sua vez, os enredos de Deus são perfeitos, porque produtos da própria Perfeição. Tendo em conta que o caso Lou se insere na categoria dos fatos-diversos, ou fatos-policiais, ostentando mesmo a condição de um rascunho de romance policial, quero crer que, na imperfeição de sua urdidura, sejam encontrados os elementos capazes de conduzir os outros (isto é, os detetives, os advogados, os juízes, os jurados, as opiniões públicas) à elucidação da verdade, condição essencial da aplicação da Justiça.

    Ficção completa, embora imperfeita, o caso Lou apresenta, ao arrepio de sua realidade, todos os ingredientes de uma história imaginária. Dir-se-ia que a própria realidade, a fim de quebrar a monotonia da vida, se dá ao luxo de escrever histórias – umas maravilhosas, como a vida silente da doutora Nise da Silveira, a piedosa mãe dos loucos, e outras horríveis e macabras, que é para nenhum Edgar Wallace botar defeito. Sendo ficção ainda não escrita, por que não transpô-la para o papel? eis a pergunta de algum leitor. Mas aí surge um outro drama: no Brasil não há romance policial. Considero um verdadeiro mistério a inexistência, entre nós, desse gênero preclaro. Tem, para mim, o mesmo grau de insondabilidade de certos aspectos do caso Lou: o verdadeiro motivo dos crimes, ou o perfil psicológico dos figurantes, nesta época em que personalidades várias e colisivas se multiplicam e até se estilhaçam nos seres mais humildes, seja um contínuo do Ministério da Agricultura ou uma massagista a domicílio. Quando a vida deixa de ser cotidiana, começa a pagar seus impostos nas repartições do mito. Mas esqueçamos por um momento o caso Lou, como ocorrência da vida e parto monstruoso da realidade, e voltemos a ele como abasto (velha palavra clássica, de onde nasceu a Sunab, isto é, o abastecimento) da ficção. No Brasil, dizia eu, não há romance policial. Não ponhamos, porém, essa falta na conta de nossa inoperância cultural. Na verdade, o gênero literário que fez a notoriedade de Maurice Leblanc e Conan Doyle, Simenon e Dashiell Hammett, não existe em língua portuguesa. Isto nos leva ao reconhecimento de que cada língua só permite a produção de determinados artefatos verbais. Todas as operações da inteligência são condicionadas por uma linguagem específica, que permite, favorece ou impede certos resultados.

Desde o dia em que Pero Vaz de Caminha viu, na praia, aquelas moças com "suas vergonhas tão nuas e com tanta inocência descobertas" até agora, o Brasil já importou e assimilou o barroco, o romantismo, o parnasianismo, o realismo, o naturalismo, o simbolismo, o vetusto modernismo de 22 e os modernos modernismos sem nome de agora. Tudo o que ocorre no Ocidente, e às vezes no Oriente, é transplantado para a nossa terra, fiel à dica do primeiro cronista. Aqui tem dado tudo, até mesmo os papagaios louros, de dourado bico estruturalista, que se empoleiram em nossas universidades. Por que, então, o romance policial não floresce entre nós? Estou que a língua portuguesa, como também a espanhola e a italiana, não se presta à fatura desse tipo de ficção. Observo, ainda, que o romance policial é, no fundo e no raso, o testemunho da eterna luta entre o Bem e o Mal. Ora, são raros entre nós os ficcionistas que, à semelhança de Machado de Assis e Raul Pompéia, tenham interrogado o Mal através de seus personagens. O nosso romance – produto permitido pelas virtudes, potencialidades e limitações de nossa língua – é, em sua quase totalidade, uma ficção costumista e epidérmica, matinal ou rural – uma fábula dos seres paisagísticos que somos quase todos nós. É um romance parado como anúncio em tapume; seus comparsas mal se mexem. Habitualmente, quando o personagem de um romance nativo sai à rua, logo se cansa (e o autor com ele), e o assalta uma bruta vontade de voltar para o seu quarto. E a mesma língua que nos sonega o privilégio de possuir um Raymond Chandler também não nos permite a glória de ter um Pascal. Pertencemos a uma cultura sem filósofos. Não temos o dom de interrogar as causas primeiras. Dir-se-ia que vivemos todos numa vasta comunidade inocente, sem a noção do pecado original. O Mal, para nós, seria um produto enlatado, como o caviar que muitos brasileiros gostam de degustar com coca-cola. Há, assim, um vínculo entre a ficção das histórias policiais e a soberba ficção que, em última análise, são os sistemas filosóficos, os quais não passam de vastos enredos urdidos pelos homens.

    Nesta linha em que, como certos detetives desorientados, me desvio um pouco de minha pista castiça, acode-me ainda a observação de que o romance policial se expandiu e se fez clássico em países onde existe a pena de morte, como a Inglaterra, a França e os Estados Unidos. Seria, assim, uma ficção típica das nações em que a forca, a cadeira elétrica e a guilhotina asseguram um *unhappy end* às sangrentas urdiduras dos homens, e tornam fulgente a verdade da Justiça e a falta de compensação do crime, com a punição implacável dos emissários do Mal.

As limitações da linguagem abastecedora do intelecto talvez expliquem o desdém com que os nossos letrados e ficcionistas encaram o caso Lou. Para eles, a Califórnia dos pobres que é a Barra da Tijuca está em outro planeta. Eles não lêem os fatos policiais nem acompanham os julgamentos nos tribunais do júri – e jamais se interessaram pela parte do *Diário Oficial* em que, sob a rubrica do Poder Judiciário, a vida desbarata diariamente um despropósito de enredos de romance. A esses hierofantes da ficção estagnada, não os perturba a lição clássica. Dostoievski, Balzac, Stendhal, Flaubert, Hawthorne, Jacob Wassermann e tantos outros mestres do romance foram buscar nas crônicas policiais das gazetas e nos processos judiciários as histórias de crime e castigo, culpa e inocência, que, mais e melhor do que os textos dos historiadores juramentados, contam a saga do homem e do mundo. Evoco especialmente o adolescente François Mauriac, que viu, na barra de um tribunal de Bordeus, o rosto daquela mulher acusada de ter envenenado o marido – e lhe bastou essa aparição para que a dor do mundo fosse recompensada com a figura e o romance *Thérèse Desqueyroux*.

Sucedem-se, entre nós, os casos tenebrosos: aquele fio de cabelo que ficou entre os dedos da francesa assassinada na Cinelândia: o grito que varou a noite; o crime-da-mala, o estrangulador da Lapa, o esquartejador de Nova Iguaçu. Na baixada fluminense, Caxias fulge como uma das capitais planetárias do crime. Mas, apesar de todas essas sinistras oferendas da realidade, o romancista aborígine permanece inapetente. A realidade não o abastece. Ele ainda não descobriu que, quando a vida deixa de ser cotidiana, e o rumor de tiros e gritos perturba o repouso dos fatigados hóspedes altamente rotativos dos hotéis da Barra, é a ficção que avança, *à pas de loup*, como dizem os franceses.

In Teoria da celebração. São Paulo: Duas Cidades, 1976.

O OUTRO OTTO

Para Otto Lara Resende se abriram muitas portas: as portas das redações dos grandes jornais e revistas, dos palácios presidenciais, das relações prestigiosas, dos salões mundanos, das adegas, do serviço público qualificado, dos gabinetes ministeriais, das adições culturais em embaixadas, dos bares mais conceituados do Baixo Leblon. As portas do jornalismo e da vida literária se escancararam para que ele se tornasse um dos membros da Academia Brasileira de Letras. E após 13 anos entre nós, ele transpôs uma última porta: a do Mausoléu que nos espera a todos, acadêmicos, com a paciência e a tolerância de todos os mausoléus.

Este instante de evocação me devolve à década de 40 do século passado, quando o Rio de Janeiro, que então vivia uma época de singular efervescência literária e artística, foi invadido por quatro jovens mineiros inquietos, envolventes e ambiciosos. Eram eles Otto Lara Resende, Fernando Sabino, Paulo Mendes Campos e Hélio Peregrino.

Hoje, podemos ter uma idéia nítida da trajetória de cada um desses notáveis e impetuosos invasores que, na diversidade de seus temperamentos, irradiavam inteligência e simpatia.

Paulo Mendes Campos e Fernando Sabino se notabilizaram na crônica, esse gênero anfíbio que, pertencendo simultaneamente ao jornalismo e à literatura, assegura a notoriedade e garante o esquecimento. A psicanálise desviou Hélio Peregrino do caminho literário. E Otto Lara Resende se tornou o Otto.

Este dissílabo dizia tudo, resumia o jornalista extraordinariamente competente que, em seus passos cotidianos, era sempre seguido, em seu borboletear triunfante, por um enxame de plumitivos boquiabertos e companheiros deslumbrados; o cronista irônico e desencantado; o *causeur* incomparável sempre cercado de satélites gulosos; o *phraseur* que, com o sal de algumas palavras, se transformava num respeitado ou temido La Rochefoucault tropical.

Otto era uma aura, um halo, a fugacidade de um resplendor. A reverência com que o seu nome era mencionado num coquetel ou numa mesa de bar, na redação da *Manchete* ou na Câmara dos Deputados, numa sala ministerial ou num táxi, remetia a uma entidade rara e misteriosa, ao patamar de um mito. Quando Otto Lara Resende entrava numa redação de jornal, os repórteres, aturdidos, exclamavam: "É o Otto!". E os estagiários mantinham um silêncio respeitoso, diante da aparição formidável.

Mas quem era o Otto? Hoje, transcorrido mais de meio século, e varridas tantas esperanças e ilusões, a pergunta não esvaeceu. Um livro já foi escrito sobre a amizade que unia Fernando Sabino, Paulo Mendes Campos, Hélio Peregrino e Otto Lara Resende, e suas existências rumorosas. E em crônicas, livros de memórias e em recente epistolografia, o zeloso Fernando Sabino, guardador emérito de tantos documentos juvenis, procura responder ao pequeno mistério que também o envolve.

Numa entrevista de 1979, ano de sua entrada para a Academia, e recolhida ao *Cartas na mesa*, de Fernando Sabino, diz Otto Lara Resende: "Agora, no que diz respeito a mim, pessoalmente, sou hoje uma pessoa desgostosa de ser quem eu sou. Eu não gostaria de conviver comigo. Sou um sujeito profundamente deprimido e, parodiando o Fernando

Sabino, não sou meu tipo. Inclusive o Otto dos 20 anos é uma figura que eu adoro. E quero fazer uma declaração: perdi totalmente a fé na literatura, no que diz respeito a mim. Não acredito mais que seja importante para mim exprimir-me literariamente".

Isto significa que, dentro do Otto que, com os seus ditos afortunados, deslumbrava contínuos e ministros, havia um outro Otto. Cuido que foi e era o Otto que escreveu *O lado humano* e *O braço direito* – o Otto secreto e inabordável que se debruçava sobre a miséria de condição humana e produzia pequenas histórias perversas e até irrespiráveis, nas quais transparecem, ostensivas, as influências de George Bernanos, Machado de Assis, Lúcio Cardoso, Nelson Rodrigues e Cornélio Penna.

Esse Otto não prosperou, como o comprova sua final confissão de perda e descrença no poder e na função da literatura.

Uma porta ficou fechada para Otto Lara Resende, daí o seu desconforto e depressão, e ainda a nostalgia de si mesmo, o sonho dos 20 anos que a idade madura não confirmou.

Foi a porta da realização literária plena e continuada, da solidão criadora, do sonho juvenil mudado em obra pertinaz, da promessa cumprida, que não se abriu para ele.

E é esse Otto irrealizado, esse Otto que o vento dispersou, que está no meu coração.

Revista Brasileira, Rio de Janeiro, ABL, nº 35, abril/maio de 2003.

A RETRETA

Grandes capitais do mundo, não vos invejam as pequenas cidades, e por um motivo muito simples: não tendes retretas. E estas, para os olhos que ignoram a linha vertiginosa dos arranha-céus, para os ouvidos que não captam os rumores dos trens elétricos e dos aviões acuados pela bruma, para as pernas que jamais trilharam as selvas urbanas, são como domingos projetados em almas claras.

Assim que a noite se fecha e as ruas se tornam escuras, eis que passa a banda de música. São trinta soldados que, do quartel até a praça, enchem o ar de música e de convite. E como não poderia deixar de acontecer, em breve se forma um outro cortejo que acompanha os soldados, composto por meninos que seguem a marcha desses arautos do som e admiram os instrumentos luzidos.

É estranho que, em plena noite de um domingo, haja soldados em serviço. Entretanto, não fosse isso, que seria da melhor noite da pequena cidade? Inefável obrigação, eles sabem cumpri-la, e em pouco avançam para a praça e instalam-se no coreto onde grandes bancos os esperam, com os seus mais atenciosos ouvintes, pois há gente que, antecedendo-os, se senta dentro do próprio coreto para melhor escutá-los.

A praça inteira começa a viver em função dos músicos que, uma vez sentados, começam a consultar as pautas de música. Quase todos limpam amorosamente os instrumentos, com lencinhos especiais, compatíveis com as possibilidades espelhantes das cornetas e das tubas.

Estudantes, caixeirinhos de loja, empregadas, soldados e namorados são o público mais ponderável da retreta. Velhos se sentam nos bancos, tragando cigarros que parecem não extinguir-se jamais. Dedos entrançados nas malhas do amor, desfilam os namorados, jurando pela lua inconstante.
De repente, tudo passa a viver na expectativa da música. As duas piscinas que têm repuxos luminosos e uma flor que, boiando, sonha ser uma vitória-régia, estancam o murmúrio de suas águas e penas de cristal. Duas palmeiras que sugerem naipes de escultura, e se espalmam como leques fincados na terra, ficam a esperar que o sargento-maestro comece. A igreja recolhe-se em sua escuridão como um santo em seu nicho, para que as cornetas da banda não chorem de profana humildade.
Dir-se-ia que o maestro espera. Os bondes chegam, descendo o aclive como brinquedos que as crianças jogassem ladeira abaixo, e um milagre iluminasse na trajetória inclinada. Salta gente, uns da praia outros da lagoa, uns de braços dados numa sugestão de afeto, outros guardando a distância do desconhecimento.
Meninos compram rolete de cana. O sargento se apresta, pois está na hora. Os músicos ficam em silêncio, cônscios de que nesta noite são o centro do mundo.
Quando as notas de música começam a apoderar-se da praça, saindo de trinta instrumentos sublimes, tudo adquire forma e movimento. As moças que passeiam não passeiam, antes escutam, donzelas dão passos de valsa lenta e esquiva. Estão tocando "Anatólia", e há crianças que ficam no coreto como se sorvessem a respiração dos músicos. Nesse momento, elas procuram adivinhar o mistério das semicolcheias que sobem para o céu, ou decifrar a harmonia que os diferentes acordes desenham. Dois soldados tocam tubas, cada um deles em um banco, e envolvidos pelos seus instrumentos monstruosos e cintilantes.

Gente granfina não gosta de retretas. Amam-nas as empregadinhas que fitam amorosamente os soldados, em uma noturna e musical encruzilhada. Admiram-nas as crianças carregadas de inocência, os homens simples que usufruem da aragem de seus domingos repousantes como de um gesto do mar, os que não carregam grandes pecados nas costas mortais.

Depois da valsa, um jazz e após este um samba, todos abrindo o caminho da marcha carnavalesca tocada exclusivamente para que as moças suspirem, ninguém sabe se com saudades do último carnaval ou na expectativa do próximo.

Quando a retreta termina e os músicos vão embora, a praça começa a despovoar-se. Vai ficando exatamente como nas praças das grandes cidades, onde o povo não transita para a fraternidade da música, mas para a dor silenciosa da solidão e dos desencontros.

Todos sentem que é muito tarde, porque a retreta já terminou, e o coreto está escuro. Então, as pálpebras das crianças começam a pesar de sono, e elas dormem, presumivelmente sonhando com os anjos, que ainda não abandonaram as pequenas cidades.

Correio da Manhã, Rio de Janeiro,
26 de outubro de 1947.

O NOME E A NOSTALGIA

Primeiro o nome – que me seja permitido louvar antes o seu nome, belo e airoso, aristocrático e ondeante: Onestaldo de Pennafort. O octassílabo, semelhante a uma sucessão de repuxos de jardim, já o predestinava desde o berço ao papel que ele exerceu em nossa Poesia como um dos principais protagonistas da travessia estética do Simbolismo.

Na poesia de Onestaldo de Pennafort, o timbre simbolista e impressionista, com algumas tintas parnasianas, está presente não só no elenco temático e imagístico, na utilização musical e até vaporosa das métricas e rimas ortodoxas e nas composições polimétricas, como ainda na apurada emoção pessoal, no claro-escuro das confidências, na longa e pudica reflexão amorosa. Sua dicção é um longo murmúrio; e esse tom langoroso é a sua forma de ser.

Tradutor insigne de Shakespeare e Verlaine, conhecedor da arte poética e de suas leis que são as chaves da verdadeira liberdade dos poetas, e cronista evocador da *bela época*, Onestaldo de Pennafort viveu em sua longa existência como um bicho-da-seda ou um bicho-de-concha, longe da fanfarra e das estrepitosas recompensas imaginárias, e mais voltado para o passado do que inclinado sobre o presente. O Modernismo não o feriu.

Evocando-o agora, punge-me que os nossos encontros tenham sido ocasionais encontros de transeuntes. Na verdade, nós, os poetas, vivemos contemporaneamente separados, cada um em sua solidão e incomunicabilidade. Ele desejou que a minha palavra estivesse associada a esta suma poética. E agora que a eternidade o mudou mallarmeanamente em si mesmo, podemos afinal reunir-nos. E à claridade do dia, ao vento da noite e às fontes formosas dos jardins floridos que ele tanto amava, repito o seu nome: Onestaldo de Pennafort. E atrás desse nome misterioso e desse poeta da mais bela água surge, como um luar, a sua poesia evasiva e volátil, furtiva e musical, e habitada pelos sussurros do sonho e frêmitos da nostalgia.

In PENNAFORT, Onestaldo. *Poesia*.
Rio de Janeiro: Record, 1987.

OS DIAS QUE PASSAM

Se, de acordo com a postulação de Mário de Andrade, conto é tudo aquilo que o autor assegura ser conto, a crônica assenta a sua verdade genérica não no território da emissão ou criação literária, mas no de sua usufruição ou consumo. Assim, é tudo aquilo que o leitor considera uma crônica um texto que, colhendo as luzes e os rumores do instante e da vida imediata, se investe do poder de refletir os dias que passam. Gênero híbrido, fronteiriço entre a literatura e o jornalismo, depende decisivamente da convicção do leitor, que a distingue com o seu sufrágio ou fervor. O poema, o conto e o romance, pertencendo ao repertório da criação artística mais nítida, podem esperar pelo dia seguinte, dispensar em sua aparição o aval do leitor indispensável. A crônica não autoriza essa operação a médio ou longo prazo: o hoje está entranhado à sua forma e substância.

O que é uma crônica? Presumimos todos saber, pela experiência direta e intransferível de leitor de jornal, o que é uma crônica, mesmo quando ela se mascara numa reflexão política ou crítica de costumes em João Francisco Lisboa e França Junior, numa anedotilha em Sérgio Porto (Stanislaw Ponte Preta), numa espécie de falso poema em prosa em Eneida, ou na incomparável prosa sem assunto que é, muitas vezes, o assunto da prosa de Rubem Braga. Mas todavia a identificação clara da crônica não deixa de sugerir algo de suspeito, já que vivemos um tempo literário em que dia a dia se alarga o predomínio do agenérico e são questionados os limites dos gêneros, aos quais se nega a pureza do código da antiga retórica, sob o fundamento de sua hibridez ou mestiçagem. Por que sabemos sempre o que é uma crônica, seja ela de Luís Martins ou Joel Silveira, Otto Lara Resende ou Paulo Mendes Campos, e a reconhecemos mesmo quando ela resvala para o ensaio ou o poema em prosa, ou se afeiçoa ao conto, se nem sempre sabemos o que é um romance ou um poema? Evidentemente, a nossa convicção do que é uma crônica se baseia na tradição com que ela faz surgir diante de nós um perfil tecnicamente discernível, dentro das composições verbais e estilísticas peculiares aos temperamentos que a praticam. Sabemos o que é uma crônica porque os cronistas a exercem de certo modo – e esse certo modo é a própria crônica, sua essência e feição.

Ao contrário do que sucede com os outros gêneros literários, a crônica, em seu fazer-se, não suscita dúvidas nem questiona sua identidade. Cabe admitir, pois, que uma das suas fraquezas reside em sua própria integridade – na fatalidade de ser si mesma e não se prestar às interrogações e refutações críticas que enriquecem a criação literária.

A crônica foi e continua sendo praticada por muitos dos nossos escritores representativos, de José de Alencar, Machado de Assis, Raul Pompéia, Olavo Bilac, João Ribeiro, João do Rio, Lima Barreto, Alcides Maya, Gonzaga Duque, Mário de Andrade, Oswald de Andrade, Ribeiro Couto, Graciliano Ramos e José Lins do Rego a Rachel de Queiroz, Dinah Silveira de Queiroz, Carlos Drummond de Andrade, Rubem Braga e Otto Lara Resende.

Muitas vezes, ela constitui uma atividade do escritor afirmado em gêneros preclaros, como a poesia e o romance, mas empenhado em assegurar certa renda mensal e em manter um contato assíduo com o público. Em outros casos, ela se cola de tal modo à sua personalidade literária que a palavra cronista passa a cunhá-la, como expressão identificadora. É o caso de escritores/jornalistas como João do Rio, Antônio Torres, Humberto de Campos, Sérgio Porto e, em nossos dias, Rubem Braga, Elsie Lessa, Luís Martins, Fernando Sabino – sendo que Rubem Braga, o patrono da moderna crônica brasileira, só tem publicado livros de crônica. Observe-se, aliás, que o livro de crônicas é uma seleção em que o próprio autor busca salvar-se do perecível e fornecer a um leitor mais atento (ou menos desatento) uma imagem mais durável de si mesmo. Em livro, o cronista deseja ser reconhecido menos como um cronista do que como prosador e escritor.

A aspiração do cronista à durabilidade, através do livro, conduz, todavia, ao reconhecimento da tendência que tem a crônica de envelhecer e perder a legibilidade, mesmo quando a praticam escritores de primeira água. As crônicas de José de Alencar e Machado de Assis, apesar da sedução estilística que ostentam, estão longe de contentar o leitor exigente e jamais saciado de *O guarani* e *Dom Casmurro*. Ao cronista João do Rio, que festejou "a alma encantadora das ruas" e glosou o início da transformação da antiga Capital Federal numa metrópole moderna e rumorosa, muitos preferem o contista que, numa admirável prosa impressionista, tão cambiante em seu sinuoso claro-escuro, devassou os vícios e mistérios da noite carioca. A mesma inclinação, que supõe um julgamento de valor, pode ser adotada em relação a Ribeiro Couto e Mário de Andrade. Isto é, o fato de serem ambos grandes cronistas – na medida em que um cronista tem a possibilidade estética de ser grande –, como o atestam *Conversa inocente* e *Os filhos da Candinha*, não nos impede de ancorar a nossa preferência nos outros gêneros que eles exerceram, como o romance, o conto e a poesia. E essa operação de escolha nos leva à conclusão de que a crônica é um gênero literário menor.

Chegamos, assim, a um dos problemas fundamentais da teoria estética: o da hierarquia dos gêneros literários. Segundo ela, a crônica está na base de uma pirâmide em cujo topo se acomoda a poesia, logo seguida pelo romance. Esta situação me faz lembrar um diálogo que mantive com o crítico Agrippino Grieco. Como eu louvasse certos cronistas brasileiros, mestres da prosa curta e vivaz, ele, com a sua rica experiência literária, assim os caracterizou: "São grandes nadadores de piscina." Com efeito, ser cronista é jamais aventurar-se no mar largo da literatura. A brevidade gráfica do gênero – cuja destinação básica é o jornal ou revista – supõe, aliás, a existência de um protocolo com o tempo do leitor.

A variedade dos nossos cronistas de ontem e de hoje, em vez de gerar dúvidas sobre a estrutura do gênero, como ocorre no romance ou na poesia, contribui para fortalecer a sua integridade, seja esta histórica ou estética. Sabemos onde ela, a crônica, freme ou habita: no comentário de um acontecimento, numa impressão ou confissão pessoal, num flagrante lírico, na crítica social ou política, numa história ou anedota, numa reflexão sobre a existência, num estado de espírito, num improviso afortunado de penas alegres. Do mais leve e fugaz, do que a realidade oferece de mais epidérmico, faz-se a crônica. É um artefato ambíguo, dotado de uma carga ao mesmo tempo informativa e literária que o perfila como literatura dentro do jornalismo e jornalismo dentro de literatura.

A confluência do literário e do jornalístico, que a atrela à urgência e à circunstância, constitui a grandeza e a miséria da crônica. Aí estão, para prová-lo, os exemplos de França Junior, Antônio Torres, Humberto de Campos, Berilo Neves, Benjamin Costallat, Henrique Pongetti, David Nasser e tantos outros, entre os quais o R. Magalhães Júnior de *Janela aberta* e o Franklin de Oliveira de *Sete dias*. A probidade do cronista, dentro desta perspectiva, está em saber-se e aceitar-se vinculado a uma estética do efêmero – ou melhor, em admitir em seu tirocínio um grau de perecibilidade ou deterioração que, diferenciando-o, o inferioriza diante do romancista, do poeta, do autor teatral. A evolução literária, ao alvejar um romance ou um poema, reconhece e proclama a sua transgeracionalidade, assegura-lhe um lugar glorioso ou modesto no elenco literário, revitaliza a teoria de que uma obra de arte é, ao mesmo tempo, um monumento e um documento, um hoje e um amanhã, uma criação capaz de atravessar épocas e ajustar-se às mais desvairadas mudanças de gosto estético. Na crônica, esta travessia estética não ocorre. E, quando ocorre, somos tentados a suspeitar de uma transgressão ao cunho fugaz do gênero, num ato em que o cronista foge de si mesmo, da fatalidade de seu compromisso com o instantâneo e o deteriorável, para se apoiar em elementos estilísticos e literários que contrariam a própria natureza de seu ofício. Será decerto o caso de Rubem Braga que, num horizonte criado pelo distanciamento, vai deixando de ser um cronista para se impor como um ensaísta informal dentro da tradição inglesa de Charles Lamb ou E.V. Lucas. As traduções das crônicas de Rubem Braga para o francês e o inglês comprovam essa mudança de gênero operada pelo tempo. Emigradas de sua condição jornalística original, elas passam a habitar e a respirar no território da literatura, conferindo-se a este termo a sua inconfundível nobreza estética.

A migração genérica, embora paradoxal à primeira vista, destina-se a preencher uma das lacunas de nossa literatura, que não reconhece a figura do ensaísta informal – à maneira de William Hazlitt, Robert Louis Stevenson, Chesterton, Hilaire Belloc, Virgínia Woolf ou Somerset Maugham – e, em seu fervor livresco, julga inconcebível um ensaio sobre o pôr-do-sol, as ruas tortas de uma cidade, um cemitério ou uma praia, só o aceitando sob o signo especioso do eruditismo.

O caso de Rubem Braga há de indicar que, numa crônica, quando a dimensão estilística representa um empenho de durabilidade, uma provisão de deleite futuro e inscrição numa tradição viva e permanente da Literatura, o oficiante está subtraindo-se à sua missão fundamental. A ortodoxia do gênero deve ser reconhecida e respeitada na desaparição e no soçobro, como sucede com João do Rio, especialmente nas referências de *A alma encantadora das ruas*, *Cinematógrafo* e *Os dias passam*, Humberto de Campos (*Destinos, Os párias, Notas de um diarista, Sombras que sofrem*) e ainda desse Benjamin Costallat que, hoje, nem sequer figura nas histórias da literatura brasileira, muito embora seja ele, além de cronista, o romancista de *Katucha, Guria, Mlle. Cinema* e *Loucura sentimental* – isto é, o autor de uma ficção sensacionalista que, num estilo nervoso e às vezes elíptico, se insurgiu contra o bucolismo e o marasmo do nosso romance e representa, de fato, uma das mais bizarras contribuições brasileiras a um conceito metropolitano e cosmopolita de literatura, dentro da linha frívola e aventureira dos franceses Kessel, Carco e Mac Orlan. Aliás, merece acolhida aqui, ao lado de Costallat, outro expoente desse tipo de literatura altamente deteriorável, e caído num esquecimento que é decerto o tributo pago ao culto de uma atualidade meramente epidérmica. Quero referir-me a Théo Filho, o romancista de *Ídolos de barro* e de tantos outros romances que, como os de Benjamin Costallat, se croniquizaram no afã de captar uma realidade reduzida a uma película dos universos da existência humana.

É, pois, no cemitério dos textos mortos que devemos visitar os cronistas, e não na permanência e na durabilidade. Quando uma crônica transgride a sua efemeridade, não é a sua razão de ser, a sua vocação profunda, que a faz viva ou deleitável. A sua licença para se libertar da morte nutre-se de elementos acrônicos ou extracrônicos. E um cronista que aspire a durar, a inserir-se na história literária nacional, graças aos seus dotes estilísticos e à sua habilidade em conferir aos textos certo grau de intemporalidade, não é realmente um cronista, pois está ferindo a lei de cronicidade do gênero. Dele se poderá dizer que tem uma estética, mas não tem ética.

Literatura do transitório e do circunstancial, literatura

dos dias que passam, como os viu João do Rio, a crônica bebe na fonte do tempo a água de sua própria vida – e de sua própria morte. Gênero condenado a não poder e a não saber aguardar uma ocasião – porque é a própria ocasião –, ostenta, em sua impossibilidade de adiamento, uma modernidade que não está nele, que respira o instante, mas no mundo que circunda e envolve o cronista. Como a sua modernidade é conteudística, e não formal, a crônica já nasce condenada ao perempto. Uma de suas evidências, no plano formal e estilístico, é a sua escassa capacidade de transformação. Através dos tempos e das escolas e movimentos culturais sucessivos, ela pouco tem mudado, apesar da pertinácia com que é exercida. Os modelos de crônicas instituídos por José de Alencar, Machado de Assis, João Francisco Lisboa, Raul Pompéia, Coelho Neto e João do Rio, dentro da tradição literária do século XIX e de uma perspectiva que faz da literatura brasileira um campo privilegiado de estudo da literatura comparada, estão longe de ter perdido a sua serventia. Dir-se-á que a necessidade de uma comunicação pronta com o leitor inumerável, pelo jornal e revista, impõe ao cronista – à sua capacidade de seduzir e divertir, fazer rir e chorar, propalar malícia ou indignação – o dever de respeitar certas salva-guardas estilísticas que, assegurando a adesão ou o interesse do público, elidem a aventura e a pesquisa. Note-se que os aforismos e paradoxos de Millôr Fernandes e Luís Fernando Veríssimo possuem a mesma cunhagem dos apotegmas que fizeram a celebridade dos hoje esquecidos Álvaro Moreyra e Berilo Neves. O lirismo magoado e machucado de José Carlos de Oliveira deflui de um Rubem Braga a quem os deuses houvessem conferido o dom da lamentação pertinaz. O fervilhante sentimento urbano de João do Rio, que já repercutira em Genolino Amado e no carioca paulistanizado que é Luís Martins, ressoa no metropolitanismo irônico de Carlos Eduardo Novaes e Luís Fernando Veríssimo. O pendor anedótico de Fernando Sabino revigora a lição de Humberto de Campos.

Há, assim, na crônica brasileira, um fluxo de tradicionalidade que testemunha, decerto, a sua fatalidade de produto simultaneamente jornalístico, literário, industrial e comercial. Ao lado de seus parceiros, como o poeta, o romancista, o contista ou o escritor teatral, o cronista se distingue pelo parco teor de inventividade. O seu produto, votado a uma aceitação pública imediata, desprovido da exigência da atenção, não lhe permite aventurar-se em paragens só trilháveis quando o autor se alimenta de sua própria solidão e singularidade, e se dispõe a dispensar o favor momentâneo do leitor. Nestas condições, a crônica brasileira, se pela sua destinação de urgência colhe no ar do tempo a respiração dos dias que passam, pela sua feição estrutural avulta como o gênero que menos evoluiu em nossa literatura, desde o Romantismo até agora, uma vez que, dada a sua natureza ortodoxa, lhe faltou a heterodoxia que, pelo caminho da negação e da contestação, favorece os desdobramentos criadores. Há, inclusive, em certos cronistas reiteradamente modernos, a tendência de encarar a crônica como uma paródia da egrégia crônica machadiana ou alencarina.

    Esta posição parodística da moderna crônica brasileira, aferrada ao costume, à tradição dos nossos cronistas realistas e impressionistas – que se abeberaram em Eça de Queiroz e Fialho de Almeida, Ramalho Ortigão e Albino Forjaz Sampaio, Villiers de l'Isle Adam e Anatole France, Oscar Wilde e Jean Lorrain –, não deixa de ser singular. Como se explica que os nossos cronistas atuais se retraiam às influências externas, quando nos demais gêneros prossegue a nossa insaciável busca de renovação, por meio da desenfreada exportação de modelos internacionais? Nesse quadro de desinteresse pelas experimentações de uma prática inserida em nossa tradição literária mais visível, excetua-se a influência do cronista norte-americano Art Buchwald nas crônicas dialogadas de Luís Fernando Veríssimo e Carlos Eduardo Novaes.

Sombras que sofrem – assim intitulou Humberto de Campos um de seus livros. Vítimas e beneficiários de uma estética do efêmero, hoje célebres e cumulados pelo favor do público e amanhã obscuros e esquecidos, os cronistas são sombras que sofrem, sepultados num cemitério semelhante ao da Misericórdia, que João Francisco Lisboa descreveu numa crônica magistral. Inexiste na literatura brasileira um dicionário dos nossos cronistas. Não possuímos nenhum levantamento bibliográfico sobre qualquer crônica regional. Como já acentuou Eduardo Portella, não há nenhuma Teoria da Crônica no aparelho crítico nacional. As influências externas que trabalharam a crônica brasileira, desde os folhetins românticos às eróticas revistas planetárias de agora, se limitam às referências notórias, como no caso do papel exercido por Eça ou Fialho, ou pelo folhetinista francês Alphonse Karr, que França Júnior considerava seu companheiro predileto. A produção de muitos cronistas requestados, e de que o exemplo mais considerável é Benjamin Costallat – cronista de um Rio frívolo, amoroso e aventureiro, da cidade sempre à beira do adultério e dos romances furtivos – amarelejou e perdeu-se nos chamados "jornais da época", habitualmente convertidos em poeira.

A atenção universitária aborígine não convocou ainda os formalistas russos para procederem à avaliação estética desse território em que o fazer literário, atiçado pelo uso do humor e da ironia, da malícia e do sarcasmo, vive e desvive do que é mortal e passageiro. Aliás, a curiosidade acadêmica se tem feito sentir numa área tão exígua que nem merece o nome de curiosidade. Fica sempre na praça tida como principal, celebrando os mesmos bustos, numa operação fastidiosa que, negando à Literatura o direito à aventura e à diversidade, ao caminho não batido e ao erro criador, termina por instituir, perante o aluno, o conceito de uma Literatura biônica. As prosas voláteis, despojadas da promessa ou ilusão da posteridade, que são as crônicas, estão a reclamar a devassa iluminadora. Como diz Machado de Assis, no fecho do *Dom Casmurro*: "Vamos à História dos Subúrbios"!

In *A ética da aventura*. Rio de Janeiro: Francisco Alves, 1982.

O MAR

A princípio o mar é um bicho sonoro, estirado em algum lugar, talvez entre penhascos. Aliciado pelas atmosferas que cantam, o homem logo o localiza. E diante de seus olhos ele aparece, com os seus ventos que abastecem as máquinas das viagens, cheiram a escama e falam de ictiologias inabordáveis. Uma gaivota desce do céu que é, por um momento, extraordinariamente azul e circular, como se quisesse abater-se sobre o homem. Mas é um desabamento ilusório; chegada perto, ela amiúda o rumo de seu vôo, alonga a sombra na areia úmida e se desvia, certeira, para perseguir promessas vogantes nas ondas. As gaivotas, o ar em conúbio de água e terra, as brisas tramadas de iodo, a incessante deflagração das ondas, a fusão de cores e rumores, o claro comércio de pertos e longes, tudo envolve o espectador. O mar está a seus pés como um cão meigo que, de momento, pode acender suas potências de fúrias. E é o mesmo oceano da Criação, belo, azulverde, gastando-se inconsumível. Esconde ele jazidas submarinas, empórios de cardumes e sargaços, floras de maravilhas, monstros lentos. E dá ao olhar humano apenas sua imensa porta horizontal. As ondas cantam, castiças, num cárcere de espumas. Diante delas, a criatura atraída sente que, nos vocábulos da água, nos suntuosos parágrafos da vazante, está uma linguagem que une todas as criaturas, em todas as praias. As terras separam, com a sua pletora de paisagens, mas o oceano aí está para unir todos os homens. Faina imensa de uma colméia de diamantes, o mar tece e destece, eternamente, a mesma tapeçaria.

Nesse deserto de águas, nesse jardim de sal, a presença de um navio ou de um nadador sugere andanças de intrusos. E qualquer sulco dura apenas um instante. As águas sepultam a marca das hélices e do nado, apagam os seios de sombra cavados pela devassa – seus campos não guardam a passagem de arados terrestres, são terras fechadas às lavranças dos homens. E, tal uma concha, o mar se fecha em si mesmo, com o seu acervo de límpidas mitologias, e em cada onda que se estilhaça, fluido espelho de azul e verde e branco, o ar recompõe formas de divindades.

Os pés n'água, o homem contempla os reinos marulhosos. No dia vogante, insinua-se a nostalgia daquele tempo anterior à separação das águas e das terras, quando ambas pertenciam ainda a um elemento primevo, para sempre esvaído.

E é assim, entre vagas rojantes, no grande ritmo essencial do fluxo e do refluxo que ele escuta as antigas vozes que o chamam. Perto do farol que o ilumina, dos navios que o cruzam, das ilhas penhascosas, dos barcos saqueadores, da assembléia de ventos que varre a crista das ondas mais altas, entre o arrecife e a duna, perto de tudo que o ornamenta e o acumplicia com as terras, o mar confia ao homem sua imagem exata: a de uma coleção de águas, com as suas leis e sua prosódia.

Sem praia, sem peixe ostensivo, sem concha que o reduza a uma ressonância, sem a pegajosa maravilha de uma alga, ele se impõe então, demitido de todas as paisagens que cingem, como uma figura total de água em movimento.

Uma estrela-do-mar, fugida talvez de uma constelação animal, é trazida pelas vagas até os pés do espectador. Na maresia, prosperam imagens de evasão, promessas de insulíndias. E o homem, sem sair de onde está, começa a viajar, seguindo a gaivota que o conduz a parte alguma – a outra parte do mar, que começa onde finda.

In *Ladrão de flor*. Rio de Janeiro: Elos, 1968.

A ILHA DA TRINDADE

De vez em quando, um dos marinheiros que servem no Posto Oceanográfico da ilha da Trindade encontra uma moeda antiga. E o achado parece confirmar a veracidade da lenda de que existe um tesouro ali enterrado. Na véspera da nossa chegada, um marujo apanhou do chão vulcânico uma moeda portuguesa de 1753 – bastante velha e enigmática para sugerir que caiu do bolso ou da arca do bucaneiro que fora ocultar, num cofre de pedra, a sua fortuna copiosa em ouro e prata.

E a própria ilha tem o aspecto de uma ilha do Tesouro. A 20 graus e 80 minutos de latitude sul e 29 graus e 20 minutos de latitude oeste, e distando 640 milhas da costa do Espírito Santo, ela se ergue solitária e longe da rota de qualquer navio ou avião. Seu mar tem uma profundidade de 5 mil metros; ela não está ligada à plataforma continental; e os bancos de coral que a cingem, na violenta linha da arrebentacão das vagas, impedem que as águas irritadas recolham o fruto de sua perpétua erosão.

Quando a ilha, na madrugada oscilante ao peso das estrelas, deixou de ser trêmula nódoa verde num radar e surgiu no mar imenso, um oficial nos disse: "Esta ilha é uma invenção do Demônio." Dois faróis, acionados a ampolas de gás, piscavam, o de luz branca na ponta do Valadão e o de luz vermelha na enseada dos Portugueses. Com os seus picos como que recortados pela tesoura de uma bruxa, a Trindade não desmentia a sua linhagem vulcânica, antes a proclamava, com impassível veemência, em seu perfil acidentado, na agressividade das rochas e penhascos, no contorno quebrado dos morros abruptos e ravinas tortas, na calva das crateras, na vertigem dos vales jamais femininos, nas cinéreas agulhas que roçavam as últimas estrelas. O tempo recuava como se estivéssemos na era dos navios piratas nos mares de ninguém, com a sua clássica bandeira – sobre um fundo negro, duas tíbias cruzadas e uma caveira, brancas. A ilha da Trindade, que nessa época defunta possuiria matas de pau-brasil, em contraste com as paisagens erodidas de agora, aflorava, na antemanhã, para guardar, no sigilo de suas rochas e crateras, os reluzentes proveitos das pilhagens. Com os picos vulcânicos onde se aninham aves marinhas, a ilha cor-de-rato, vestida de lavas, não exibia nenhum dos ingredientes paradisíacos da existência ilhoa. Quase mendiga em vegetação, pobre em pássaros – e um joão-grande sobrevoava o mastro do navio –, oferecia-nos só a sua vestimenta de cinzas.

E mesmo a sua abordagem não foi acolhedora. A uns 600 metros da praia, ancorou o navio que frenéticos cardumes de cangulos vieram cercar. Descemos por uma escada quebra-peito para a balsa (a chamada "cabrita") que, junto ao costado, dançava no abismo azul como um dado amarelo. Garantiram-nos que estávamos num mar de almirante, mas a nossa impressão, ante as vagas que, de vez em quando, nos cobriam da cabeça aos pés, e dos tubarões exageradamente dentuços, era de que sulcávamos um mar de marinheiro de terceira classe.

Assim, após três dias de viagem, no navio-escola "Custódio de Melo", chegamos à ilha que o navegador português João da Nova descobriu em 1501, batizando-a de Ascensão, apelido que só durou um ano, pois em 1502 outro português, Estêvão da Gama, a redescobriu e lhe chamou Trindade. E toda a história é, até o fim do século passado, curioso diz-que-vai-mas-não-vai, em que o insular vulcão aposentado passa de mão em mão, e às vezes por mão nenhuma – a não ser a leve mão dos esquecimentos e solitudes. Em 1539, D. João III doou a ilha, transformada em Capitania da Ascensão, ao fidalgo Belchior Camacho. Naturalmente, naqueles tempos venturosos, uma ilha era uma espécie de cartório do mar, mas não a da Trindade, com os seus estéreis 6 quilômetros de extensão e 2 de largura em lavas e cristais. Em abril de 1700, o astrônomo inglês Halley (o tal do cometa), ocupou-a em nome da Inglaterra, e teria introduzido os porcos que, com os tempos, se converteram em praga. O Rei de Portugal pôs a boca no mundo e obteve a ilha de volta; mas em 1781, durante a guerra com a Espanha, os ingleses voltaram a invadi-la. Para retomá-la, uma expedição, sob o comando do marechal-de-campo Chichorro, saiu do Rio de Janeiro, com 150 homens a bordo de uma nau de nome lindo: "Nossa Senhora dos Prazeres". Quando Chichorro chegou à ilha, os invasores já se haviam retirado, deixando ali os seus canhões; foi construído o Forte da Marinha e os 150 homens ficaram a guarnecê-la até 1797, quando os retiraram. Em 1895, os ingleses mostraram, pela terceira vez, o seu apreço pela ilha, ocupando-a sob a alegação de precisarem dela para a instalação do cabo submarino. O Presidente Prudente de Morais protestou; houve mediação do Rei de Portugal, e ela voltou a ser nossa. Dois anos depois, o navio-escola "Benjamin Constant" alcançou-a, numa viagem de instrução. A nação burocrática e tabelionácea lavrou então um termo de posse, deixou um marco com a palavra "Brasil" no Forte da Rainha e veio embora. Na Primeira Guerra Mundial, uma guarnição ocupou-a. Trouxe cabras e galinhas que viraram selvagens, e deixou instalados uma estação de comunicações e um farol. Em 1926, no governo Artur Bernardes, foi transformada em presídio, e lá passaram um ano e deixaram seus nomes inscritos numa gruta o Brigadeiro Eduardo Gomes, os Almirantes Ari Parreiras e Amorim do Vale, o General Falconieri, o Marechal

Juarez Távora, o General Valdomiro Lima e outros indóceis tenentes da época. Na Segunda Grande Guerra, tornamos a guarnecer a ilha. Em 1950, no governo Dutra, o Ministro João Alberto organizou uma expedição. Fizeram-se vários estudos e alvitraram-se algumas soluções, como a sua colonização, a exploração de uma indústria pesqueira (a qual, diga-se de passagem, esgotaria em quatro meses as reservas da região) e até a construção de uma colônia de férias para funcionários públicos. E o Brasil, o velho sonhador, imaginou logo uma população de três mil pessoas entre os rochedos e despenhadeiros; hotéis de turismo; salinas e o reflorestamento das paisagens. Depois, o relatório João Alberto sumiu; e uma gaveta enclausurou os itens do visionário. Além disso, diversas expedições científicas estiveram na ilha. Botânicos e geólogos chefiados pelo inglês Clarck Ross remexeram-na, em 1839. Bruno Lobo observou-lhe a fauna e flora em 1916. Em 1924, o inglês Simons examinou-lhe a vegetação. E em 1957, Ano Geofísico Internacional, foram ali feitos trabalhos e estudos oceanográficos, meteorológicos e hidrobiológicos.

E agora, com o seu chão pacificamente vulcânico, é Trindade, hoje e para sempre, uma expressão da soberania do Brasil nas solidões do Atlântico Sul – e a nossa bandeira, içada, lembra aos hipotéticos navios do mar sem rotas que é aqui, nesta sesmaria marítima do Ocidente, que o Brasil começa, um Brasil fiel à redondeza do mundo. A ilha adverte-nos de que o mar não pode ser omitido de nossa vocação de grandeza, e instiga-nos a não virar as costas para o oceano que é a porta do diálogo, da riqueza e da universalidade.

Nela, cumprem rotina e dever os 2 oficiais e 25 praças do Posto Oceanográfico da Ilha da Trindade – repartição da Diretoria de Hidrografia e Navegação – que efetua, todos os dias, rádio-sondagens que, transmitidas para o Rio, contribuem para a previsão do tempo, das costas da Bahia até o Rio Grande do Norte. O comprimento e a duração das ondas, a velocidade dos ventos, a umidade e a temperatura do ar – todos esses sibilinos pormenores da paisagem viram vibrações e números e, pelo rádio (PWH3 é o prefixo) orientam os navegantes.

A guarnição de marinheiros está instalada, diante da enseada dos Portugueses, em seis casas e alojamentos. Eles possuem uma criação de galinhas e patos, cultivam uma horta onde já há cebola, alface e pimentão, pescam garoupas e xaréus, tomam faustosamente a sua sopa de tartaruga (a praia das Tartarugas é cheia delas, que à noite vêm esconder os seus ovos na areia, e então basta virá-las de pernas para o ar e recolhê-las no dia seguinte). Todo mês um navio traz mantimentos e notícias, além do pessoal para rodízio.

Na ilha, começamos a pisar a areia cinzenta que se esboroa aos nossos pés: um chão de sequilhos. Bebemos a água puríssima vinda de um de seus cinco córregos. Diz a lenda que quem bebe a água da Trindade volta um dia – queremos dizer-te, ó casta água de fonte, que nossa intenção é voltar. Outra lenda assegura que, à noite, um pirata de mão de gancho passeia perto do cemitério; é talvez o dono do tesouro escondido na gruta de Nossa Senhora de Lourdes, no morro da Santa. E, numa roda, contam-nos a história do homem (um paisano) que ainda o ano passado veio de São Paulo com um mapa, para encontrar o tesouro. Saía de manhã, percorria a ilha em todas as direções, e só voltava à tardinha. Durante um mês o homem andou, subiu, rondou, com o seu silêncio e o mapa – que parecia coisa de pirata, planta de bucaneiro – o pico do Desejado, a praia do Príncipe, o morro e o túnel do Paredão, o pico da Trindade, o Pão de Açúcar, o pico do Vigia. Um dia, declarou que o tesouro estava enterrado debaixo do morro da Santa, e quis dinamitá-lo. Não logrou licença para tamanha explosão, mesmo porque, na ilha, só o vulcão é que pode mudar a topografia e não usa desse direito. Então o homem enrolou o seu mapa e disse adeus.

Do tesouro formidável, que muita gente já andou procurando, por ambição, desfastio ou espírito de aventura, só aparecem as migalhas bissextas das moedas antigas. E, enquanto isso, a gente da ilha vai vivendo. Já plantou coqueiros, mamoeiros, bananeiras, canas e amendoeiras no solo pobre, de vegetação parca e rasteira dizimada pela constante erosão (as matas do pico do Desejado e do pico da Trindade estão sumindo). Oito cachorros, um jerico e duas jumentas constituem o dócil bestiário que convive com os humanos, já que os porcos, cabritos, carneiros e galinhas-d'angola, trazidos em expedições antigas, tornaram-se selvagens, foram morar em picos pouco acessíveis e são enfrentados a espingarda. Quanto aos porcos selvagens (cuja carne tem gosto de peixe), habituaram-se a destruir, furiosamente, as quase duas mil posturas de tartarugas que, de abril a maio, chegam das profundezas do oceano para desovar nas praias, cada uma delas cavando buracos de quase dois metros de diâmetro para neles esconder às vezes mais de 200 ovos. Os cientistas já recomendaram a liquidação sumária dos porcos para evitar que as tartarugas desapareçam dali. E a liquidação implacável dos cabritos e carneiros selvagens que, nutrindo-se da vegetação rala, são os responsáveis pela sua erosão, foi também recomendada pelas sapiências.

 No cemitério da Trindade repousam os mais anônimos de todos os mortos. Datas várias: 1924, 1925, 1942, 1959. São, até agora, dez – e o pessoal da ilha costuma dizer, com uma tinta de malícia, que falta só um para completar o time. Alguns desses mortos do cemitério sobre o mar azul foram vítimas da erosão: quando subiam morros e picos, a argila ou rocha se esfarinhou, jogando-os nos abismos. E, entre os túmulos, floresce apenas uma planta espinhosa, que dá feias flores amarelas. Gafanhotos saltam, ao sol. Perto, o oceano fulge em toda a sua suntuosa dignidade, como uma perpétua celebração – o oceano eterno junto à morte efêmera.

 A 30 milhas a leste, recortam-se os picos do arquipélago de Martim Vaz, que não é parente da Trindade, pois a profundidade entre ambos supera dois mil metros. São rochedos de origem vulcânica, pertencentes ao Brasil, que não vai lá, limitando-se a olhá-los, da ilha da Trindade, com um bom binóculo. Trindade não tem cobras, urubus ou escorpiões. Sem falar nos porcos, cabritos ou capotes que se tornaram inamistosos, a bicharia da ilha compõe-se de insetos puladores, vermes, moluscos e de siris e caranguejos que comem algas e musgos e são encontrados às vezes nos cimos longe da praia. As baratas e ratos vieram nos caixões de materiais e mantimentos. Os gatos foram também trazidos do Continente, não são nativos como os pulgões, as formigas, as larvas e aranhas. Não há peixe de água doce em seus córregos, nem sapos. As aves são as de água salgada e praia, viciadas em comer peixe: andorinha e pombo do mar, atobá de cara preta e pé vermelho, grazina e joão-grande. E o mais gracioso bicho que há na natureza também não existe na ilha. Só o ano passado, uma moça da regata Buenos-Aires-Rio apareceu ali. Era uma holandesa, forte, loura, saudável, tão bonita quanto as artistas de cinema cujas fotografias, recortadas das revistas, os marinheiros colam nas paredes de seus alojamentos. E durante um dia a ilha do Tesouro se converteu na ilha do Paraíso. Mas, como todo paraíso autêntico, inacessível ao sinuoso desejo dos homens.

In *A ética da aventura*. Rio de Janeiro: Francisco Alves, 1982.

PROSA PERDIDA*

(*) Publicadas em livros, revistas e jornais, de 1953 a 1999.

O FARDÃO E O FIO-DENTAL

Os lustres veneráveis da Academia Brasileira de Letras estão iluminando, com seu fulgor prestigioso, o território mais escuro da nossa poesia. Tudo são perguntas. A poesia pornô é poesia? Vanguarda ou lixo cultural? O jovem poeta licencioso de hoje pode ser o austero acadêmico de amanhã ou seu nome execrável já entrou na lista negra de algum computador, para o ajuste de contas futuro? Em nossa civilização permissiva há incompatibilidade entre o fardão e o fio-dental ou ambos são graciosas vestimentas da modernidade?

Os poetas pudicos olham com desprezo ou fastio a buliçosa fauna pornográfica. Os professores de Literatura torcem o nariz, já que esse lirismo facecioso não foi influenciado pelas traduções de T. S. Eliot. E quanto ao público, nada se pode dizer, pois esses poetas escorraçados não o têm. Para dizer a verdade, nem sequer têm nome. E, não sendo conhecidos, não podem ser conhecidos, pois esta é a lei de cão do universo da comunicação social: para você ser célebre e sair na televisão, é preciso que você já seja célebre e já tenha saído na televisão.

Falou-se até, no Piauí (ou foi em São Paulo?), que o inesperado defensor do direito à vida da poesia pornô – que reclama apenas um espaço no terreno baldio da poesia – resolveu dar uma de Graça Aranha, como nos tempos vetustos do Modernismo. É um engano ledo e cego.

A verdade é mais simples e comporta uma singela explicação dominical.

Vivemos todos uma época em que tudo é moderno. No grande e fundo estuário da modernidade, cabem todos os navios e tremulam todas as bandeiras. A arte de vanguarda perdeu o privilégio das fronteiras demarcadas. A sopa acabou. O sonho terminou. A suntuosa procissão dos *ismos* já voltou para as suas igrejas crepusculares. Hoje não sabemos mais o que é e onde está a vanguarda. Ela não se localiza numa eletrificada zona exemplar, e talvez ou decerto não existe mais. Em nossa época cumulativa, herdeira de tudo, tudo é moderno, de Homero ao Geraldinho Carneiro, de Joyce ao besteirol, de Apollinaire às novelas da TV, de Baudelaire às histórias em quadrinhos. A estética da totalidade que domina o nosso tempo liquidou os feudos dos menestréis nascidos do coito danado de Oswald de Andrade com Ezra Pound. E os seus guarda-costas, os papagaios pedagógicos empoleirados nas universidades, vão terminar desempregados, pois a Teoria Literária não é uma ciência, mas um ganha-pão de monótonos tocadores de realejo.

Na paisagem estética em que tudo vale tudo, e nada vale nada, os *puetas* pornôs, que andaram desfilando nus pela praia de Ipanema, num protesto contra a impostura de um mundo vestido de pano, retórica e mentira, balançam o coreto. Diferenciando-se da poesia erótica – uma celebração austera e reverencial –, a debochada e lúdica poesia pornô reivindica e proclama a liberdade total ("todo mundo nu") repele as opressões e escarnece de todos os poderes, exceto o poder da licença absoluta. Seus versos desengonçados, que matam de inveja muita inscrição de mictório, apontam para uma utopia além de todas as utopias. E, em suas metáforas (se é que eles usam metáforas), os corpos são usinas de prazer e deleitosos esconderijos da alegria e da chacota.

Mas o vento de Ipanema se esqueceu de dizer-lhes que a poesia, reino que guarda todos os segredos da vida, tem suas leis. Os poetas se vestem de palavras, e não da brisa do mar. Na rumorosa festa da modernidade, um fardão é e será sempre mais moderno que um escasso fio-dental. Nus e sozinhos na praia, os poetas pornôs vão sentir frio quando a noite misteriosa descer.

Jornal do Brasil, Rio de Janeiro, 19 de abril de 1987.

MORTE E RESSURREIÇÃO DE PC

*E*u estava em Maceió, entre os alagoanos que não emigram, e amam a terra natal como as cobras amam os seus ninhos de pedra, no domingo em que uma das maiores obsessões nacionais, o empresário Paulo César Farias, estarreceu o Brasil com a sua morte rodeada de mistério. Crime político, para queimar um arquivo hermeticamente fechado e silenciar um silêncio temeroso, atemorizador e sibilino? Crime passional, com um colchão prematuramente queimado? Pouco importa, no desfecho de cinza, a conclusão final e talvez definitiva da polícia, ou da polícia que vigia a polícia. Na verdade, Paulo César Farias morreu de sua própria morte – isto é, de sua própria vida.

O fim trágico do ex-tesoureiro do ex-presidente Fernando Collor de Mello é transbordante como a sua própria e faustosa existência, a que não faltaram o véu do sumiço e o sal da aventura. Os braços abertos do defunto, estendidos em uma crucificação profana e indébita, apontam para duas direções contrárias. Quem seguir um dos caminhos perderá o outro, e a verdade jamais será desvelada. A hitchcokiana casa branca da praia, com as janelas verdes cerradas para o fluir dos dias, haverá de guardar o segredo e mistério de uma vida, mudada em morte e em vento e em barulho do mar; uma vida a que os outros seres, sempre zelosos de si mesmos, recusam o dom da semelhança, como se neles não estivesse inserido o emblema da condição humana, que é ao mesmo tempo igualdade e diferença.

Criador dos fantasmas inumeráveis que só respiravam o ar dos depósitos bancários em todas as Suíças do mundo, inclusive as tropicais, e detentor de uma riqueza extraordinariamente dilatada em um bilhão de dólares por uma campanha presidencial que o medo das elites predatórias convertera numa vertiginosa mentira eletrônica, Paulo César Farias vivia, como um gordo rajá indiano, o drama de sua diferença.

A sua casa de madeira, na praia de Guaxuma, é pintada de branco, e branca é também a sua mansão em Maceió, no alto de uma pequena colina – uma ilha rodeada pela miséria circundante, numa convivência paisagística desmentida pelo impávido isolamento dos altos muros. Por que tanta cor branca? Talvez o antigo seminarista, que aprendera latim antes de aprender a língua monetária dos negócios, fosse perseguido pela nostalgia de algo puro e imaculado, por uma brancura capaz de apagar todas as vilezas da vida. Ele amava ouvir óperas e, ouvindo-as, sentia-se transportado ao céu – evidentemente, ao céu dos que ouvem óperas, ou ao purgatório de neoliberalismo aborígine, que pagava qualquer preço pela derrota de Lula.

A insularidade física e moral de Paulo César Farias promulgou a convicção generalizada, nos meios de comunicação, de que o seu lugar de nascimento era também uma ilha. República das Alagoas. Ao longo de minha vida, a condição de alagoano emigrado tem suscitado a insinuação de que sou um estranho no ninho; e por toda parte se ouvem vozes e se lêem letras e palavras que proclamam a autonomia e a vexatória singularidade de minha terra natal – como se ela, com a sua orla oceânica que tenta plagiar Miami, as ruas degradadas do centro de Maceió congestionadas pelos mendigos e camelôs, e o verde oceano dos canaviais hereditários, fosse uma exceção exótica ou sanguinária num Brasil regido pelos mais rigorosos princípios éticos e pelo mais irrepreensível senso de justiça.

É um engano ledo e cego. O radioso e incômodo Estado de Alagoas, berço de Tavares Bastos, que pensou o Brasil e denunciou magistralmente os nossos vivos e males políticos e administrativos, de Deodoro da Fonseca, que proclamou a República, e Floriano Peixoto que, como um caudilho taciturno, a consolidou nos dias sombrios da guerra civil; de Jorge de Lima, Pontes de Miranda, Graciliano Ramos e Aurélio Buarque de Holanda Ferreira, não é uma ilha desgarrada de uma continentalidade austera. É o Brasil. É o mais seminalmente brasileiro dos nossos estados, não sendo de estranhar a teoria de Humboldt, segundo a qual as terras alagoanas foram as primeiras vistas pela frota de Cabral. E, como os braços estendidos de seu defunto descomunal, a brasileira Alagoas aponta para as duas direções deste país: a das bocas famintas e a das bocas livres e até repletas.

No ano de 1556 o primeiro bispo do Brasil, dom Pero Fernandes Sardinha, alarmado e indignado com a corrupção que grassava na Bahia, decidiu denunciá-la e suplicar providências ao Rei de Portugal. A nau em que viajava para Lisboa com uma comitiva de cem pessoas, naufragou na costa alagoana de São Miguel – precisamente no lugar em que recebi a notícia da morte de Paulo César Farias. Todos os náufragos, inclusive duas mulheres honradas, foram feitos prisioneiros, assados e devorados pelos índios caetés. O ato de antropofagia estarreceu a Colônia do Reino de Portugal e repercutiu até em Roma. Uma bula papal excomungou, para sempre, os gulosos caetés que, aliás, são meus antepassados.

A denúncia de corrupção generalizada de dom Pero Fernandes Sardinha não chegou a Portugal. E as que se lhe seguiram, até hoje, também se perderam e se perdem no caminho. As mortes individuais, que cessam as punibilidades, não têm o poder de extinguir o que jamais foi punido. A morte de PC não acaba com PC – e a morte é a sua ressurreição.

Jornal do Brasil, Rio de Janeiro, 30 de junho de 1996.

O CARIOCA MARQUES REBELO

Marques Rebelo cometeu a imprudência de nascer no Rio de Janeiro. Resultado: a posteridade deu seu nome a um beco. E não um beco familiar e pequeno-burguês, mas um vexatório beco na Lapa. Como ele foi o romancista de *Marafa*, é possível que tenha acudido à Prefeitura Municipal homenageá-lo perto das prostitutas, boêmios e marginais de sua ficção cruel e fagueira. Se tivesse nascido no Ceará, como José de Alencar, teria ganho uma estátua. Gaúcho, como Érico Veríssimo, haveria de abrir-se para ele a glória de uma avenida de primeira água, na Barra. Mas Edy Dias da Cruz – este era o seu nome de certidão, desativado para dar nova oportunidade a um obscuro clássico português – nasceu em Vila Isabel.

Assim, ocorreu com ele o mesmo que sucedera a Machado de Assis e Lima Barreto. O autor de *Dom Casmurro* tornou-se nome de uma ruazinha enjoada do Catete que, atravancada de carros estacionados, é diariamente encarnecida pelos motoristas desejosos de alcançar o Largo do Machado... de um machado que, pintado por um açougueiro na porta de seu estabelecimento, nada tem a ver com o nosso grande romancista. E, quanto a Lima Barreto, a rua com o seu nome se esconde no formigueiro suburbano: ninguém sabe, ninguém viu. Só existe no catálogo telefônico.

Poderíamos ainda citar o exemplo da Praça Olavo Bilac, a única praça do mundo que não existe, pois a ocupa um sinistro mercado de flores que mal deixa lugar para a passagem dos pedestres. Ah, se Olavo Bilac tivesse nascido no Piauí! O Rio haveria de dar-lhe uma praça maior do que a destinada ao português Antero de Quental.

Essa ingratidão póstuma da cidade a um dos seus três maiores escritores ilumina um dos aspectos mais curiosos da história cultural brasileira, depois de Machado de Assis, que é a solidão dos poetas e prosadores cariocas. Eles surgem sem companheiros e, para sobreviver, têm que se atrelar a uma máfia (máfia no bom sentido) intelectual proveniente da vastíssima região da Sudene que também inclui Minas Gerais. Foi entre pernambucanos, alagoanos, mineiros, sergipanos e baianos que transcorreu a existência literária de Marques Rebelo. Ele vivia imprensado e com a sensação de que o seu espaço intelectual nativo fora ocupado por invasores ambiciosos ou esfaimados.

A sua ficção de miniaturista pode parecer uma criação menor, ao lado da obra impetuosa daqueles que o ressentido Oswald de Andrade chamava de "os búfalos do Nordeste". Mas não o é: é uma grandeza escondida, um tesouro guardado. Em suas prosas belas, o Rio de sua vida, recriado pelo conúbio da memória com a imaginação, emerge atravessado de vozes, rumores, cores, humores, aromas, dores anônimas, luminosidades, escuridões; com o movimento de seus corpos e as aflições de suas almas; cidade tornada a alegria de uma linguagem.

Esse prosador que pertencia à linhagem privilegiada (e tão invejada pelos sorumbáticos!) dos artistas literários que sabem rir e sorrir, esse carioca que vivia se coçando e trajava roupas bizarras compradas nos departamentos infantis das grandes lojas de Buenos Aires; esse míope que sabia enxergar as paisagens e as misérias humanas mais do que muitos dos seus confrades de olhos arregalados; esse sarcástico e todavia meigo e amoroso Marques Rebelo ostentava em seu brasão o mesmo lema de Noel Rosa: "Modéstia à parte, eu sou da Vila."

E era. Morando em Botafogo ou Laranjeiras, e vagueando pela Cinelândia, o criador de Leniza sentia a nostalgia de Vila Isabel. Era um carioca da gema, típico da Zona Norte, e para o qual os túneis são divisas com outros países. Tinha horror a Copacabana: achava que ela deveria ser bombardeada todos os sábados. Havia um Rio, um certo Rio, que ele amava, e tornou perene em sua obra. Em retribuição, a cidade o converteu num nome de beco estreito e escuso. Mas por esse beco passam diariamente os cariocas sem nome que costumamos identificar como "personagens de Marques Rebelo". E isto, e só isto, é a glória.

Jornal do Brasil, Rio de Janeiro, 20 de agosto de 1983.

LÁGRIMA E ADULTÉRIO

A vida moderna matou a morte. Ninguém chora mais nos enterros. Lembro as cerimônias fúnebres a que assisti na infância, com os seus lamentos e imprecações. Retorna à minha recordação, como uma vaga tardia que se esbate ao crepúsculo, o enterro daquele homem pequeno e delicado, e sempre alegre, casado com uma mulher alta e bela, cujos adultérios eram glosados pela boca miúda da cidade que, levando na devida conta as suas vicissitudes conjugais, por ele suportadas com exemplar mansidão, o tratava pelo seu sobrenome afetuosamente rebaixado à proporção de um diminutivo. E quando ela passava pela rua do Comércio, olhos ociosos se alongavam na contemplação de suas ancas esplêndidas que tinham algo do movimento cadenciado das ondas do mar alagoano.

Volto a ouvir a sua exclamação de viúva varada pela dor no instante em que mãos piedosas fechavam o ataúde: "Meu Deus, nunca mais terei um marido como este!" Ao que um dos curiosos, postado na calçada, e olhando a cena por uma das janelas guarnecidas de cortinas negras, comentou, gaiato: "Como este, não."

Adúlteras de Maceió! Adúlteras de minha infância! Voltais a debruçar-vos nas varandas dos sobrados antigos e a caminhar, altaneiras, pelas ruas calçadas de inveja e desejo. E o meu fiel olhar de menino vos segue – a vós, rivais ditosas das ondas inconstantes.

In *O aluno relapso*. São Paulo: Massao Ohno, 1991.

LUCAS, O BARBEIRO

Um dia, meu pai anunciou que iríamos receber a visita de um personagem chamado Lucas. Era um barbeiro que, depois de alguns anos de permanência no Recife, voltara à terra natal. Ignoro que incidente encrespara as relações entre esse Lucas e o conjunto familiar formado por minha avó, Tia Flora e talvez os tios Zeca e Quincas, mas meu pai fez uma recomendação especial, para que as cinzas de uma intriga ou mal-entendido, já dispersas pela ventania, não tornassem a ajuntar-se.
Num domingo de sol, Lucas veio cortar o cabelo de toda a família. Uma cadeira foi colocada debaixo de uma mangueira, e foi assim, ao ar livre, que ele exercitou o seu ofício, que meu pai considerava impecável, tanto que, na noite de segunda-feira, ao voltar do trabalho, contou à família reunida em torno à mesa que, tendo passado por uma barbearia, um barbeiro havia concentrado em seu corte de cabelo – obra prodigiosa do misterioso Lucas, que era baixinho e sarcástico, e se abria num riso escarninho de consumado intrigante – um olhar cheio de espanto e inveja.
– Nenhum barbeiro em Maceió corta tão bem como o Lucas – asseverava meu pai que, aliás, já nesse tempo era meio calvo.
Desse Lucas que, numa grande fieira de domingos, vinha cortar os nossos cabelos, sob as mangueiras sombrosas, guardei uma observação surpreendente. De uma vez, apli-

cando em minha cabeça os seus profundos e inigualáveis conhecimentos capilares, fez uma observação que ao mesmo tempo me envaideceu e preocupou:
– Esse menino já teve mais cabelo.
Eu poderia ter, no máximo, seis anos. Alvejado pelo reparo daquele invejado e invejável fígaro de província, temi ficar inteiramente calvo antes da adolescência.

Mas um dia o fabuloso Lucas deixou de cortar os nossos cabelos. Decerto nos cansou a sua perfeição; ou ele terá voltado a emigrar, em busca de novos triunfos em longes terras, ou o engoliu o nevoeiro de alguma escura intriga.

In *10 contos escolhidos*. Brasília: Horizonte Editora Ltda., 1987.

VISITA A UM CASTELO

Visito um castelo. Após a muralha e fosso, eis-me sob uma abóbada. Sete séculos me contemplam. E não é apenas este universo de tempo: a história guarda histórias; datas e fábulas cruzam-se, sobem pelas paredes enegrecidas, desaparecem nos lances das escadarias. Piso em séculos. Aqui, neste castelo de Vincennes, moravam reis, e um deles chegou a casar-se com brotinho de treze anos. E os reis viviam, caçavam, guerreavam, participavam das velhas artes da intriga e da injustiça, da perseguição e do encarceramento. O guia, que acompanha os turistas, fiscalizando cautamente se todos compraram os bilhetes de entrada e estão aptos para ouvir o seu apressado monólogo, conta a história do prisioneiro que, enclausurado durante mais de trinta anos no torreão do castelo, furava os dedos e escrevia com o seu próprio sangue. Chamava-se Latude, e durante anos viveu em silêncio, sem ninguém que pudesse receber suas palavras, e devolvê-las.
 O guia conduz os turistas, e estes por um momento assumem o ar de um bando de colegiais. Histórias civis e militares, arquitetura, vida social, costumes – o guia fala, e aparecem barões, cardeais, os reis e suas esposas e amantes.
 Estamos no torreão do castelo. Aqui estiveram presos Diderot, Mirabeau e o marquês de Sade. O sofrimento dos homens parece que não terminou. Ainda escorre das paredes onde eles deixaram escassas marcas, sulcos esquivos de

sua passagem, signos da longa paciência das esperas e das solidões. Um duque foi executado, por ordem de Napoleão, e seu corpo jogado ao fosso. De tantos séculos acumulados, vem uma lição opressiva. É como se os homens jamais tivessem aprendido a viver. Em cada dia, uma intriga. Em cada semana, uma prisão. Em cada mês, uma existência que se perde, uma criatura que é desligada de tudo, equiparada a si mesma, transformada num fabuloso monólogo sem ressonância, que as paredes do castelo são grossas, dir-se-ia que se tornavam mais surdas e espessas ao ritmo dos calendários. Passados séculos, sofridos tantos sofrimentos, choradas tantas lágrimas, consumidas tantas vidas ao impulso da coragem e da aventura, da luta contra a opressão e a crueldade, que resta de tudo isto? A voz de um guia, e as orelhas internacionais de um punhado de turistas, entre espantados e indiferentes, que decerto já se cansaram de ouvir tantas narrações de infortúnios.

A desgraça dos séculos converte-se em turismo, e aqui está um castelo com os seus arquiduques e os seus prisioneiros.

Deixo os salões de altos tetos, as inscrições, as miniaturas, as estampas, as pinturas, os oratórios; desfaço-me, num átimo, de tempos e tempos acumulados e incômodos; liberto-me desse frio que há sempre nos castelos, impertinente e imemorial.

Ao ar livre, o guia participa que uma nova desgraça nos espera a todos. Há pouco tempo, numa tarde de agosto de 1940, os alemães fuzilaram ali trinta reféns, e jogaram seus corpos no fosso. O guia já se desprendeu do passado. O que ele nos mostra agora são cicatrizes recentes, marcas de bombardeios e explosões, quase atualidades.

A visita está terminada, e nova edição de turistas espera, do lado de fora. Estão todos impacientes. Os homens de sobretudo exibem uma fisionomia respeitosa, cônscios de que vão ter uma aula de cultura geral. As mulheres decerto pensam em rainhas e princesas. E as crianças, em quê ou em quem pensarão elas? Talvez nos fantasmas, que habitam nessas casas tão vetustas e não pagam aluguel, e a ninguém mais assustam, respeitáveis assombrações enfastiadas dos homens e entregues a uma vida de evanescência e recolhimento.

Atravesso o portão do castelo como quem joga fora um jornal lido. Tua história de sete séculos, ó castelo de Vincennes, pode ser contada em meia hora por um guia experiente, que fala de Mirabeau e de Diderot, de Luís XIII e de Felipe o Belo com a maior intimidade. O que guardas em sofrimento e morte e amor e solidão é uma síntese miúda de alguns minutos. De tudo, só uma coisa fica: o frio, o frio dos castelos. E o guia, o guia dos castelos.

Devolvido à avenida cheia de ciclistas, vejo os casais que passam, felizes e indiferentes, pelas muralhas do castelo, e se encaminham para o bosque, onde já caiu a semente da primavera. Nenhum guia os conduz, sabem ir sozinhos. Para eles, a História não existe; existe apenas um dia, o "século de um longo dia" de que nos fala o poeta Saint-John Perse. Ambos em face da eternidade, qual deles valerá mais, o dia dos namorados ou os séculos dos castelos?

Na esquina, uma mulher vende flores. As mais belas são flores amarelas.

Correio da Manhã, Rio de Janeiro, 11 de abril de 1953.

O CULPADO

Dos fatos da semana oferecidos à curiosidade ou à pena do cronista, nenhum mais carregado da substância dos nossos dias do que a história do cidadão que, indo tratar de uns papéis numa repartição judiciária, ouviu de repente que o chamavam. Apresentou-se e um oficial da Justiça o conduziu ao banco dos réus, onde ele se sentou.

Ouviu então o sumário da culpa e o depoimento de duas testemunhas (desconhecidas como as testemunhas de boa água, que costumam presenciar, invisíveis, todos os acontecimentos) que lhe fizeram fortes acusações.

O acusado a tudo escutou, sem nenhum protesto, e ainda assinou os depoimentos das testemunhas sob o olhar do juiz para quem o mundo é um interminável processo, com o seu ritual e incisos, estampilhas e prazos.

De repente, outro cidadão entrou esbaforido no cartório e reclamou seu lugar, pois era ele o réu, ele é que tinha o direito de ser julgado.

O juiz restabeleceu a Justiça, dando ao réu o que a este pertencia, e enxotou nossa-amizade daquele lugar que arrebatara indevidamente, expulsando-o dali como um intruso.

Franz Kafka não é o criador do processo – é apenas seu moderno codificador, tendo escrito, para o nosso tempo, a história de perseguição que o leitor encontra esparsamente na vida de Maria e José e Jesus, na saga de Ulisses, em Melville, em tantos outros.

Nada mais natural que o cidadão anônimo, que vive no mundo de Franz Kafka, ou melhor, no universo cotidiano, sabendo portanto que deve ser julgado a qualquer momento, se apresente diante do juiz e ouça, sem protestos inúteis, as vozes da acusação.

Mesmo enxotado pelo juiz, após se ter esclarecido a confusão dos nomes, nosso personagem não saiu tranqüilo do recinto. Desta vez fora um equívoco. Mas que é um equívoco, senão uma advertência que não ousa dizer seu nome?

Hoje, amanhã, depois, no dia de São Nunca, de tarde, a qualquer hora, diurna ou noturna, seu julgamento começará. Ele ouvirá chamarem seu nome, e não será mais rebate falso. O juiz iniciará o sumário da culpa, as duas testemunhas serão ouvidas e lhe farão fortes acusações e ninguém virá, esbaforido, reivindicar-lhe o lugar.

O Estado de S. Paulo, São Paulo, 14 de dezembro de 1957.

ADEUS A AUSTREGÉSILO DE ATHAYDE

Austregésilo de Athayde, que anteontem fomos levar ao glorioso mausoléu que ele mesmo, com o seu pragmatismo e vocação de grandeza, construiu para a nossa tranqüilidade pessoal, foi o acadêmico perfeito.

Para ele, o ato de morrer deve ter sido uma desagradável surpresa, já que só acreditava na morte dos outros, especialmente na dos seus pares. Tempos atrás, um grupo de companheiros o procurou, reivindicando um seguro-saúde que pusesse os integrantes da instituição que se dizem pobres ou remediados a salvo dos vexames monetários gerados pelas enfermidades. Sua mão-de-boneca, responsável pelo fulgor material da Academia Brasileira de Letras, enxotou a pretensão descabida ao mesmo tempo que ele os tranqüilizou, dizendo-lhes: "Não se preocupem, vocês são os meus filhos bem-amados e haverão todos de morrer nos meus braços."

A previsão afetuosa não se confirmou, e agora estamos aqui, nesta sessão de saudade, que é, antes de mais nada, uma sessão de orfandade.

Austregésilo de Athayde se julgava eterno e imortal e, pela primeira vez, nos desaponta e nos decepciona, não se sentando naquela cadeira que, vazia, nos adverte para a herança formidável amealhada em 35 anos de exercício de uma presidência que se distinguiu principalmente pela sua capacidade de acumular atribuições regimentais.

Numa paródia a frase lapidar de Flaubert, o presidente Austregésilo de Athayde podia dizer: "A Academia sou eu." E o era de tal modo que, ao sair dela, a levava consigo. Deixava as paredes e os livros, as cadeiras que seduzem tão variegadas ambições e vaidades e a mesa do chá, e a carregava, ritualmente, para onde fosse.

Dizia-se que ele não se permitia que a surpresa de um desenlace inesperado atropelasse o seu dever presidencial de oferecer ao companheiro recrutado pela morte uma despedida estilisticamente perfeita e com a dose certa de afeto. Espírito frugal, habituado pela contabilidade da vida a somar e a amealhar, Austregésilo de Athayde, pelo que se confiava a boca miúda, entesourava em sua gaveta uma média de 17 discursos de despedidas aos futuros companheiros mortos. Presumo, porém, que há grande exagero nesse cálculo. Talvez ele se limitasse a algumas e poucas produções de oratória fúnebre, e assim mesmo para exprimir o seu zelo, ou cautela, ou talvez por motivo meramente estilístico, para exercitar a pena – essa pena admirável que, durante 76 anos, em prosa rija e persuasiva, e quase sempre visitada por uma aragem oratória, foi produzindo diariamente uma verdadeira galáxia de artigos de jornal que o colocam no primeiro plano da imprensa brasileira de todos os tempos.

O antigo seminarista que deixou o seminário porque não acreditava em Deus, e talvez nem sequer acreditasse nos homens, propalava em sua atuação jornalística uma continuada lição de solidariedade, culto à liberdade, confiança no futuro nacional e defesa dos direitos humanos. Nesse sentido, o seu trabalho na imprensa correspondeu a uma longa e luminosa pedagogia cívica.

Conhecedor profundo da Bíblia, dos trágicos gregos e de Shakespeare, versado em grego, latim e aramaico e em várias línguas modernas, Austregésilo de Athayde trouxera do seminário a vasta cultura humanística que lhe dava autoridade e representava uma das seduções de seu convívio de grande letrado. Mas não eram apenas os seus amigos e companheiros de Academia que tinham acesso a esse rico e vistoso patrimônio espiritual. Em seus artigos de jornal, espelhos incontáveis dos dias que passam, das nossas perplexidades intestinas e das inquietações e esperanças do universo, Austregésilo de Athayde sabia utilizar-se, no instante certo, dessa larga experiência de leitura que compendiava a experiência e a imaginação dos séculos e dos milênios. O antigo seminarista se aproveitava das ocorrências mais efêmeras para difundir verdades ou ficções eternas.

Diante da morte de Austregésilo de Athayde salteia-me um sentimento de orfandade – e estou certo de que esse desconforto é comum na Casa que se habituou a respirar a sua presença imperiosa, que se manifestava de forma tão determinada e mesmo autoritária.

Ainda estou a vê-lo na pequena sala do andar térreo, na gruta sempre escurecida, vestido no vetusto terno azul que era a referência mais visível do seu espírito frugal mesmo nos banquetes mais fartos, e de seu fervor pelas operações de amealhamento e poupança. O grande jornalista e cidadão eminente, que possuía duas ilhas, transitava no mundo com uma roupa só comparável ao burel de um franciscano. Aliás, antes de assumir a presidência desta Casa, o grão-senhor que sempre foi Austregésilo de Athayde costumava andar de sandálias.

Estou a vê-lo, na sua cautelosa entre-sombra, e me detenho diante de sua figura para mim sempre misteriosa, como se guardasse um segredo que não quisesse revelar a ninguém.

Foi à minha revelia que entrei no seu coração – no seu coração desiludido, pelo qual passara o seu grande amor por uma mulher, a sua mulher, Dona Jujuca, e as sombras fugazes de tantas paixões menores. E a esse amor de homem, cabe acrescer o seu amor pela ABL: um shakespeariano amor de Otelo, que o induzia, às vezes, nas periódicas operações eleitorais que tanto desmentem a nossa imortalidade, a praticar metamorfoses que muitos alquimistas da Idade Média haveriam de invejar.

Numa carta a sua filha, madame de Grignan, dizia a essa Madame de Sevigné que leio e releio desde a infância: "il vaut mieux reverdir que d'être toujours vert."

Que a Academia, terminada agora a longa, verde e viçosa primavera da administração do Presidente Austregésilo de Athayde – que todos nós julgávamos eterno – volte a reverdecer, são os meus votos.

Jornal do Commércio, Rio de Janeiro, 21 de setembro de 1993.

ENTRE A LUZ E A SOMBRA

*E*u estava entre a luz e a sombra. Menino, costumava acompanhar meu pai em suas peregrinações pelos cartórios e outros lugares de sua faina forense ou cotidiana. Mas, de todos os lugares visitados, os que mais me atraíam eram as lojas de ferragens, na rua do Comércio. Eram espaços habitados pela solidez e materialidade da vida: lâmpadas, chaves-de-fenda, martelos, roscas, baldes, comutadores elétricos. Nos balcões e prateleiras, uma galáxia de instrumentos e objetos estava à espera da necessidade dos homens. E, cegos e expectantes, eles me seduziam: coisas espessas, impenetráveis. Por mais que eu interrogasse a sua mudez, não respondiam. Eram formas silenciosas. Uma escuridão as envolvia, abrangendo toda a loja mergulhada na penumbra.

As visitas às lojas de ferragens eram quase sempre ao entardecer, quando meu pai fechava a porta do seu escritório de bacharel e, guardando no bolso uma chave que parecia ser a dona de numerosos pequenos destinos, descia comigo a escada rangente e começava a cumprir as últimas obrigações miúdas.

Chegávamos enfim à loja de ferragens. Eu deixava a luminosidade do dia carregado de maresia e mormaço e penetrava no mundo da sombra. Antes de se abater sobre as proas dos navios ancorados, as estacas negras dos trapiches, os telhados das casas e as pedras das ruas, a noite começava nos armazéns. Fora, imperava a luz do dia, como uma corola ainda aberta; e, dentro, entre chaves-de-fenda, cadeados, porcas e alicates, a escuridão avançava. Enquanto meu pai conversava com um desembargador ou trocava impressões com o caixeiro a respeito da mercadoria a ser adquirida, eu sentia travar-se em mim o litígio que haveria de seguir-me a vida inteira: estar sempre entre a sombra e a luz, o mundo aberto que o olhar mais distraído tem o poder de conquistar e a região escura e indevassável que sempre resiste – numa resistência que é, na verdade, uma recusa – às incursões mais sinuosas e atrevidas dos homens.

A noite ainda não começara a descer sobre Maceió e as dunas que caminham imperceptivelmente na treva, sobre os currais de peixe plantados entre as ondas, o sinal semafórico da Capitania dos Portos, e o farol que vigiava o Mar Oceano, e todavia já era noite dentro da loja de ferragens. E aquela noite prematura, entre objetos heteróclitos, envolvia-me e estabelecia comigo um pacto, como se desde a infância eu estivesse condenado à sua respiração.

Ao longo de minha vida e da prática de um ofício decidido naquele momento em que a luminosidade da tarde e a treva da noite escolhiam o balcão de uma loja de ferragens para o seu combate imemorial, não têm sido poucas as vozes curiosas ou austeras que me interrogam a respeito do instante em que a experiência vivida (que é uma experiência da imaginação) se converte em linguagem e em poema. Aos que reclamam de mim a inabalável teoria poética, respondo com a dúvida e a decepção.

Há poemas que nascem, ou parecem nascer instantaneamente, forjados por algum deus generoso ou banhados pela brisa da circunstância afortunada. Outros exibem as marcas de uma longa maturação, insinuando-se, ainda tateantes, na página branca. E há outros que decerto terão sido gerados no inconsciente do poeta no tempo em que este, menino, ainda não dispunha de uma linguagem para exprimi-los e estabelecer, através deles, a comunicação com os seus semelhantes. O poema "As ferragens", do meu livro de poemas *Curral de peixe*, (1995) pertence a essa linhagem remota e demorada.

Desde a infância eu desejava exprimir a divisão do mundo em luz e treva, em razão e desrazão, em origem e lugar de nascimento, em partida e evasão; eu desejava proclamar a ligação obscura entre as chaves-de-fenda, as porcas e os parafusos e as constelações do céu sempre curvo de minha cidade natal. Foi preciso esperar mais de sessenta anos, para poder dizer, no poema "As ferragens", que

> *Em Maceió, nas lojas de ferragens,*
> *a noite chega ainda com o sol claro*
> *nas ruas ardentes. Mais uma vez o silêncio*
> *virá incomodar os alagoanos. O escorpião*
> *reclamará um refúgio no mundo desolado.*
> *E o amor se abrirá como se abrem as conchas*
> *nos terraços do mar, entre os sargaços.*
> *Nas prateleiras, os utensílios estremecem*
> *quando as portas se cerram com estridor.*
> *Chaves-de-fenda, porcas, parafusos,*
> *o que fecha e o que abre se reúnem*
> *como uma promessa de constelação. E só então é noite*
> *nas ruas de Maceió.*

Gazeta de Alagoas, Maceió, 27 de novembro de 1999.

UM POUCO DE
ANTÔNIO HOUAISS

Filho de imigrantes que vieram do Oriente Médio – desse turbulento e sensual espaço geográfico que o nosso povo sempre imaginou ser uma imensa Turquia, fornecedora inveterada de mascates – Antônio Houaiss é um dos brasileiros mais brasileiros que engastam o cenário nacional. Ele não sofreu o processo de mudança de origem que, entre nós, graças à ascensão social e econômica, transforma turcos, sírios e árabes em libaneses. Surgiu sem precisar mudar. Seus pais eram libaneses – e, assim, sem deixar de ser o que foi, pela família e anônima tradição, passou a ser o que é e até o que não foi: um brasileiro de 400 anos. Com isto quero dizer que à sua personalidade étnica e moral se colou um legado multissecular, uma peganhenta e inarredável carga cívica e cultural, como se os seus antepassados tivessem desembarcado no Brasil no tempo das capitanias hereditárias, ou mesmo tivessem sido índios antropófagos, como os meus ditosos ancestrais. A sua gula aponta na direção dos banquetes intermináveis, quer os de teor espiritual ou filológico, quer os formados de comezainas e bebezainas, e aparelhados para estimular rapidamente o seu apuro de apreciador de cachaças vernáculas.

O nacionalismo exacerbado de Antônio Houaiss – especialmente o nacionalismo político, capaz de transformar sua habitual polidez em rubra iracúndia – comprova esse apego à sua natalidade de primeira leva. E como não é a terra muda que exprime em primeiro lugar a nacionalidade, mas a língua viva e convivial, e apetrechada para traduzir a paisagem, foi no porto da nossa língua que o filho de imigrantes libaneses ancorou a sua inteligência e coração. O hoje insigne brasileiro Antônio Houaiss se projetou na cena intelectual desta República da Desilusão como um dos maiores e mais consultados sabedores e conhecedores de nossa língua. E ainda, o que mais alarga os seus saberes e conheceres, como um dos mais respeitados e até invejados faladores dessa língua que tanto se robusteceu ao vento e ao sol, praguejando contra os naufrágios e tempestades.

O incontestável falar difícil de Antônio Houaiss suscita invejas escondidas ou disfarçadas na próvida sala de chá da Academia Brasileira de Letras ou nas nossas sempre remansosas discussões de plenário. No uso surpreendente dos advérbios de modo, incrustados em orações sinuosas e acumulativas, o nosso confrade devolve ao vento de hoje uma língua que está além da língua pobre e andrajosamente coloquial de todos os dias; uma língua que, sendo a sua, é também a de outro Antônio, o barroco e quase baiano Antônio Vieira, e também a de Rui Barbosa e Euclides da Cunha. Uma língua soberba e imperial.

No Brasil, o falar difícil sempre representou, para o falante, a fortuna de angariar a admiração e o respeito do embevecido ouvinte de calçada e até dos auditórios eméritos. No caso de Antônio Houaiss, esse falar difícil está longe de ser um atavio de superioridade intelectual ou meramente gramatical. É que ele, simples e sábio, encontrou em si mesmo o caminho do tesouro. Sabe que só as palavras poderiam salvar o homem, caso a esse animal desatinado fosse dada a possibilidade de salvação; daí o seu empenho em dotar a nacionalidade de um novo e ambicioso dicionário, com as velhas e as novas palavras da tribo.

Em seu trabalho intelectual – como diplomata, professor, filólogo, dicionarista, tradutor de Joyce, comedor, bebedor, ministro de Estado, editor, ensaísta, chefe de partido político, acadêmico – Antônio Houaiss exibe uma resistência de trabalhador braçal. O mais incansável bagrinho paraibano, que, no cais do porto, lida com um guindaste ou um contêiner, está longe de possuir a sua força quando organiza a edição de uma enciclopédia – e, com a sua desenvoltura para convocar mentes e corações e estabelecer trabalhos de equipe, desdobra sempre uma lição de convívio, solidariedade e diálogo crítico. Mas a sua enciclopédia não é apenas a dos gordos verbetes acumulados. Ele a considera uma ferramenta a serviço da vida e dos homens, uma janela aberta, uma porta escancarada.

 Respiro Antônio Houaiss desde 1954, quando a beleza de Ruth – uma beleza de enseada ao amanhecer – iluminava a primeira interrupção de sua brilhante carreira diplomática. Outra ruptura haveria de ocorrer com o golpe militar de 1964, quando Antônio Houaiss foi cassado. Naquela época, as redações de jornais recolheram a informação indivulgável, escorrida de belicosos gabinetes ministeriais e farejadores laboratórios ideológicos, de que o ato punitivo representava uma justa e inequívoca reparação do Brasil ao ditador português Oliveira Salazar, maltratado pelo seu desempenho anticolonialista na ONU – o qual, aliás, correspondia à política internacional do nosso país.

 A essas injustiças de plantão Antônio Houaiss sempre teve uma resposta inalterável: a do seu amor à vida, a de sua confiança no calor do sol no dia seguinte.

 Estamos num restaurante. Antônio Houaiss pede rã à provençal e escolhe, com minuciosidade de quem analisa um verbete enciclopédico, o vinho (ou a cerveja?) que vamos beber. Nesse refletir, nesse examinar, nesse ponderar e nesse decidir está o segredo de sua vida de quem nunca está sozinho. Nela, nesta vida não deve haver momentos perdidos.

Cada instante deve ser interrogado como se contivesse toda a nossa existência: o bem e o mal de existir.

Na dourada perninha de rã que Antônio Houaiss leva à sua boca de conhecedor do mundo está a resposta para tudo.

In Antônio Houaiss: uma vida. Rio de Janeiro: Civilização Brasileira, 1995.

PRESENTE DE NATAL

Uma das primeiras descobertas de minha infância foi a de que os meus sonhos estavam cercados de inimigos. Às vezes mais várias me incitavam a não abrir a minha porta às imaginações. Eu deveria habituar-me desde cedo a pisar o chão da realidade – era o conselho comum. Em casa, uma advertência cortava, como uma faca, o meu devaneio. Na escola, a voz da professora me conduzia de volta ao mundo dos homens. Era proibido sonhar de olhos abertos, como se o sonho não fosse pão de boa farinha.

Eu me escondia e sonhava. Ignorava ainda que, ao longo da vida, me estava reservada a dádiva de uma linguagem que, intrusa da correntia linguagem geral, me haveria de permitir desfazer-me, periodicamente, daquela acumulação de imagens mudadas no horizonte como as dunas junto ao mar de Maceió.

Durante o Natal, os meus sonhos dispersos se reuniam na foz de um único sonho. Era o tempo dos presentes. No silêncio impartilhável, eu já fizera a escolha. Enquanto os meus irmãos propalavam as suas preferências, eu nada dizia. Para mim, a vida já era uma maranha de segredos e ocultações.

Morávamos num sítio longe da cidade e a nossa casa, rodeada de árvores, convertia-se numa ilha festiva. No terreiro, o peru de Natal passeava inocente e impávido – e, como nós, crianças, ignorava a morte. Sob a fiscalização de minha mãe, já se iniciava, na despensa e na cozinha, o sápido rito culinário que haveria de estender-se até o Dia de Reis, quando haveríamos de ver palhaços passando rumorosamente pela estrada.

Na véspera de Natal, fomos todos de bonde até o centro da cidade. Meu pai era guarda-livros de um grande armazém de tecidos; e acumulava essa condição contábil com a de estudante de Faculdade de Direito do Recife, para onde ia, três vezes ao ano, fazer as provas. Graças ao seu empenho em tornar-se advogado, já casado, quarentão e pai de tantos filhos, fora-lhe dispensada a freqüência.

Com o nosso rumor, quebrávamos a austeridade quase monacal do armazém que só vendia fazendas por atacado. E saíamos. Começava a peregrinação pelas lojas, e cada um de nós ia convertendo o seu sonho numa pequena realidade tangível.

Chegada a minha vez, meu pai me perguntou qual o presente que eu escolhera. Era o instante de desfazer-me do segredo – e da ambição que o cingia como um halo.

– Quero uma bicicleta.

O silêncio que se seguiu às minhas palavras decerto realçava a desproporção entre o meu sonho enorme e a modéstia dos presentes recolhidos pelos meus irmãos. Os óculos de tartaruga de meu pai se abaixaram. E ele decidiu:

– Você está precisando é de um par de botas – assim designava qualquer espécie de calçado.

O estado lastimoso dos meus sapatos me fez render-me, sem dizer nem chus nem bus, à verdade do seu reparo.

A noite se levantava quando tomamos o bonde, de volta ao sítio. No trajeto, vi o farol iluminar o mar e os navios – o farol sobre a colina que fui decerto o único a guardar, na memória tornada linguagem, e hoje só clareia palavras. Vi o farol e comecei a sonhar, de olhos abertos, com a própria noite presente e suas estrelas. A terra era bela na escuridão. O vento do oceano me alcançava.

Descemos no ponto final e começamos a caminhar, rumo à nossa casa. Carregando a caixa de sapatos, eu ia aprendendo que a vida está acima ou abaixo dos nossos sonhos. Ela, a vida, sabe que precisamos de nossas pequenas ou grandes infelicidades para viver, e até para ser felizes – e uma bicicleta recusada pode decidir um destino.

As recusas também são dádivas.

O Estado de S. Paulo, São Paulo, 23 de dezembro de 1998.

O FOLHETIM ELETRÔNICO

O famoso escritor Belisário Mendonça, cujo último romance foi lançado recentemente numa honrosa tiragem de três mil exemplares está, à noite, em sua casa, no bem-bom, recobrando-se do inevitável cansaço cotidiano produzido pela glória literária. Liga o aparelho de televisão, e a voz de Regina Duarte se cola aos seus ouvidos. Essa voz, arrastada e coleante, juncada ao mesmo de acentos caipiras e subliminais modulações eróticas, perturba o nosso festejado escritor. Arrulhante como o canto de um passarinho, é a outra voz: a voz da arte, a voz do imaginário. De súbito Belisário Mendonça experimenta um sentimento que se divide entre desconforto e curiosidade. E, como se estivesse sendo desprovido de sua personalidade e dos calorosos elogios dos colunistas literários, esses vivazes herdeiros de Sérgio Milliet e Álvaro Lins, o nosso renomado romancista converte lentamente seu mal-estar numa autocrítica.

A tendência do nosso espírito, e dos nossos olhos, que são as suas janelas mais vistosas, é a de só ver o que habitualmente vemos. Desde tempos imemoriais, esse animal supremamente bizarro que é o homem se aprimora na inclinação de recusar o novo, só ver esse novo quando ele se torna velho e assimilado e chega aos supermercados do bairro e da vida. Inicialmente, teme que a lebre seja um gato – e, depois, teme a própria lebre.

Diante das novelas de televisão, Belisário Mendonça costumava abrir-se num sorriso desdenhoso. A empregada doméstica ali estava para justificá-lo, não despregando os olhos do vídeo. Mas agora, sem esconder a sua desolação, ele começava a acompanhar as peripécias coloridas com olhos novos, uma chusma de reflexões lhe fluía ao espírito, como fogos entrecruzados ou luminescências num horizonte de sombras. Romancista provecto, e sempre atento para engastar nas orelhas de seus livros (que ele próprio redigia, como se elas fossem o esmerado ponto final das próprias ficções) a alusão à sua alta procedência literária – uma majestosa mistura de James Joyce e Machado de Assis, Thomas Mann e Katherine Mansfield, Franz Kafka e Agatha Christie –, ele se rendia à evidência de que, embora sendo uma novela de televisão, *Roque Santeiro* era uma espécie de leitura. Ou melhor, um espetáculo. E, com os seus olhos e ouvidos, e a curiosidade subitamente desfraldada como uma bandeira, ele, Belisário Mendonça, estava procedendo à leitura do espetáculo. À medida que via, seus olhos aprendiam a ver.

Uma ponta de melancolia o pungiu, como se às suas costas corresse o muro largo do tempo perdido. Sim, enquanto ele, através dos anos, se aefervorara em cultivar a sua própria vanguarda, pessoal e intransferível, como quem rega, todas as manhãs, uma tulipa trazida da Holanda, a civilização eletrônica gerava o produto copioso e deslumbrante que ora o cegava com as suas luzes múltiplas e entrecruzadas e o ensurdecia com os seus rumores. Novas linguagens haviam surgido no balcão do mundo, atreladas à escalada industrial e tecnológica. No toca-fitas do carro que o levava para o fim de semana silvestre, a voz mole de um baiano (ou seria de uma baiana?) o embalava com as suas dengosas conotações exóticas. Na revista, a atriz famosa que vendera o segredo de sua nudez aos olhos do mundo falava a linguagem industriosa e silente de seu corpo tornado imaginário pelos fotógrafos. No guichê do banco, toda a sua vigorosa personalidade literária, planetariamente proclamada pelos brasilianistas portentosamente sediados em Milwaukee, na Sorbonne e no Piauí, resumia-se a um dedo; e, dedo, ele digitava a senha secreta que era o seu nome, saldo e alma naquele universo de informática que, na verdade, desconhecia, pois jamais ousara ler os suplementos especializados que falavam em computadores, *software* e outros mistérios impenetráveis.

Sim ele, Belisário Mendonça, que há tantos anos vinha procurando implantar na literatura brasileira uma ficção que tivesse a espessura estilística de Claude Simon e o brutalismo lapidar de James Cain (evidentemente com o aporte teórico dos formalistas russos), sentia-se a sobra arqueológica de um universo submergido. O mundo mudara – e ele, pensando que também estava mudando com o mundo, na verdade encalhara num universo verbal que, hoje, era apenas uma das formas de linguagem, e talvez não a mais conceituada. Melancolicamente, reconhecia que a viúva Porcina, com os seus invejáveis dentes brancos, substituíra Capitu e seus olhos de ressaca, e talvez a própria Madame Bovary.

Ali estava, diante dele, o folhetim eletrônico. Ocorreu-lhe à mente a postulação da arte total, ao mesmo tempo plebléia e aristocrática, sonhada por Mallarmé. Seria ela a televisão? Como todas as projeções do futuro, talvez houvesse sofrido, no percurso, o ajustamento final que a convertera no vídeo e não no livro encarado como o resultado da criatividade do mundo. Nessa arte total e derradeira o romancista não era mais o deus imparcial e onipresente da teoria de romance de Flaubert nem o *singe de Dieu* averbado por Mauriac. Era o humilde operário de uma obra, o ponto inicial de um processo, o co-autor. E não porque, escravo de fluência e da exorbitância e obrigado a produzir pelo menos 6 mil páginas datilografadas, fosse às vezes levado a admitir colaboradores – como, nas feiras do Nordeste, o exímio contador de lorotas é compelido a contratar um ajudante de mentiroso... O motivo era outro.

Uma novela de televisão não se esgota no horizonte egoístico de uma vaidosa autoria. É um mutirão eletrônico que reclama incontáveis talentos e agenciamentos, somas e deduções, subtrações e multiplicações. É um estuário de sonhos e vontades, uma criação intelectual que reúne os atores e atrizes do elenco, o diretor, o produtor, os coordenadores e produtores de imagens, os cenógrafos, os figurinistas, os engenheiros e arquitetos das cidades e paisagens imaginárias, os compositores e letristas mobilizados para as trilhas sonoras que viram discos e dinheiro, os maquiladores incumbidos de produzir as máscaras humanas que tornam os atores contagiantemente mais verdadeiros do que as insípidas figuras da vida real, os eletricistas encarregados de dosar as iluminações e escuridões desse festival do imaginário, os sonoplastas (existirá esta palavra?) dotados de ouvidos de sismógrafos, as continuístas que espreitam os menores passos do elenco e a posição exata do cinzeiro... E tudo isto sob o império do diretor, talvez o verdadeiro autor entre tantos autores, e decerto o governador dessa ilha de fantasias que, como os romances de cavalaria no Renascimento e os folhetins de Eugène Sue e Alexandre Dumas, no século XIX, procuram aplacar a fome de evasão e de outro lado que ajuda o homem a carregar a pesada cruz da realidade.

Como quem descasca uma cebola, Belisário Mendonça ia retirando, da novela assinada por Dias Gomes, incontáveis películas. O original texto literário, com as suas palavras e diálogos, ações e movimentos, personagens e intrigas, e principalmente com o seu sinuoso enredo central, prometido a um surpreendente desfecho, lembrava uma extensa linha ferroviária, com os cruzamentos e estações, os postes e as pontes, e passageiros novos em cada plataforma. Mas a origem verbal se transmudava. O livro, aliás inexistente (porque imenso datiloscrito multiplicado em xerocagens direcionadas), tornava-se som e imagem, voz e cor, mudava-se em cinema, num filme desmesurado que atravessava meses e meses, entrando gratuitamente pela sala do espectador.

    Belisário Mendonça atentou para a minúcia de que não era ele que ia ao cinema, entrando numa fila e sentando-se na escuridão coletiva e pigarreante. Era o cinema que vinha até ele, espectador solitário e gratuito, e se incluía no rol das realidades caseiras.

    Teatro, cinema, música, reportagem, transmigração do verbal para o visual, o sonoro e o imagístico; neto do romance clássico e filho da novela de rádio, lá estava, no aparelho de televisão, o novo gênero incômodo. Incômodo e moderno. Incômodo e pós-moderno produto cultural. E essa interminável ficção colorida, e essa infindável ilusão recorria a operações de simultaneidade que fariam inveja a um Robbe-Grillet, exerciam a arte do contraponto com uma desenvoltura que punha Aldous Huxley no escanteio, mergulhava nos passados do passado num vertiginoso *flash-back* só capaz de ser produzido pelos proustianos que jamais leram Proust.

    Praticante de uma ficção que se esmerava em abolir o enredo, e confiava às palavras e à linguagem a missão peregrina de substituir as personagens (já que vivemos num mundo de desintegração física e psicológica, não se justificando mais o personagem clássico e monolítico à feição de Balzac ou Dickens), Belisário Mendonça sentia novo espinho espetá-lo. A novela de televisão que se lhe desdobrava diante dos olhos proclamava o prestígio da história dotada de intriga, resgatava os comparsas nítidos e aparelhados de psicologias e moralidades, procedia à documentação dos environamentos sociais e familiares, tinha começo, meio e fim como as tragédias gregas e os romances populares do passado.

    Ao contrário de seus próprios romances, sofisticados artefatos da linguagem, a história da viúva Porcina e seus admiráveis dentinhos brancos (decerto a metáfora sibilina de uma devoração) ostentava todas as tradições da estética e da retórica, inclusive essas tradições perdidas que só o olhar e a atenção dos cobradores de ônibus e empregadas domésticas costumam resgatar e redescobrir. Havia enredos e subenredos, caracteres e subcaracteres, conflitos e sucursais de conflitos, a tragédia e a comédia. Numa formidável gentileza à imaginação imanente do leitor-ouvinte-espectador, as graças e inquietações do suspense eram um princípio fundamental, e cada capítulo da novela se encerrava com um *gancho*, o delicado aguilhão que deflagra as curiosidades.

Não era o calor das luzes nem a impertinência do calor clandestino que tisnava a noite de inverno, mas Belisário Mendonça suava.

Contundia-o aquela dificuldade de ser a que aludiu Bernard le Bovier de Fontenelle, um de seus autores de cabeceira. O velho universo do folhetim, que ele supunha morto e jogado na lata de lixo da história literária, voltava com toda a força, transluzia nos óculos negros de José Wilker, emissário do mistério e do segredo, da verdade escondida, da mentira adiada. Isto porque, como em Sófocles, Ésquilo, Emile de Richebourg, Dumas e Sue, um mistério inicial nutre a trama dos novelistas de televisão, e o aparentemente inverossímil é o sal que tempera o banquete da vida.

Flor da civilização eletrônica regada no jardim da informática, a novela de televisão desabrochava, airosa e rumorosa, diante do aturdido Belisário Mendonça. E a flor o fustigava: era uma obra coletiva, com a sua constelação de autorias, somando autor do texto verbal, diretor, produtor, figurinista, maquilador, sonoplasta, cinegrafista, uma multidão de mentes e corações, até os devotados agentes de publicidade incumbidos de captar patrocinadores. Como todos os clássicos vivos, embora ainda na condição inicial de clássico de apartamento, Belisário Mendonça esperava ficar, ter o seu nome nas histórias literárias – e a novela de televisão, referência grandiosa da cultura de massas que substituiu a cultura popular tornada folclórica e artesanal, comprazia-se em sua própria instantaneidade, não alimentava ambições desmedidas de futuro ou posteridade. Após o consumo, desintegrava-se no horizonte.

Uma nova estética! Era isto o que reclamava esse artefato efêmero, essa forma nova consumida por dezenas de milhões de usuários, ao preencher um dos requisitos fundamentais da arte e da literatura, que é o de plantar o imaginário no coração da realidade, criando mitos, difundindo patranhas, celebrando o dinheiro e o poder, o amor e o sexo, a ambição e a dominação, os nascimentos e as mortes. E gerando até mitos urbanos, como o de uma Ipanema imaginária, cuja praia passou a atrair aos domingos os alegres e desinibidos farofeiros de Nova Iguaçu, a telenovela não se contentava em roubar o espaço multissecular de uma literatura que, todavia, ainda continuava na explosão editorial e na glória dos supermercados. No plano da linguagem, impunha o estabelecimento de uma linguagem global, de uma língua-padrão, breve e básica que, influenciando todas as comunidades, ia extinguindo as nossas diferenciadas ilhas lingüísticas. No vilarejo em que Belisário Mendonça passava os fins de semana, os outrora matutos haviam substituído os burros pelas bicicletas, numa fervorosa solidariedade a Lima Duarte. E isto sem falar nos trajes: o índio que, antes da novela, aparecera no *Jornal Nacional*, se queixando da sua identidade cultural ameaçada, usava *jeans* e aparentava um inconfundível ar urbano e consumista, como se fosse algum primo tostado do Armando Bogus.

Uma nova linguagem não exclui as linguagens anteriores – conforta-se o inquieto e até perplexo Belisário Mendonça. E recitava argumentos sediços. Assim como a fotografia não matou a pintura, nem o disco matou o recital, nem o rádio matou o jornal, nem o cinema matou o teatro e nem a televisão matou o cinema, a literatura, nela incluindo os seus romances, haveria de ter vida larga e longa. A coexistência dos gêneros e das linguagens, igual à dos homens e das coisas, era uma realidade. Na aldeia global em que vivemos, haveria lugar para todos, mesmo para os excluídos, já que, para eles, se reservou o lugar da exclusão.

Salteou-o a certeza de que a viúva Porcina, por mais alvos que fossem os seus dentes, e mais colorida a sua alcova, jamais haveria de substituir Capitu, muito menos Ema Bovary. Há algo, no mundo e no homem, que só a linguagem verbal tem condições de dizer – algo que, sendo a essência da literatura, vence todas as mudanças estéticas ou tecnológicas, ou a elas se ajusta. E esse algo reside sempre no livro, no romance e no poema, como se fosse o segredo de uma declaração de amor.

Na leve sonolência que o invadia, Belisário Mendonça entressonhou que a próxima novela das 8 era extraída de *A porta clandestina*, seu penúltimo romance, que um brasilianista de Utah (ou seria da Bulgária?) comparara a Carlo Emílio Gadda. Ou melhor, a um Carlo Emílio Gadda que se houvesse abeberado nos doutos ensinamentos da Escola de Praga. Nesse romance, reconhecia Belisário Mendonça a contragosto, não havia enredo, nem personagens, nem essas enfadonhas paisagens que foram o orgulho do superado romance realista. Imperava, e soberano, o poder da linguagem em si, como dizem, nos momentos de maior fervor pedagógico, os professores de Teoria Literária. Mas isto, na operação destinada a transformá-lo num novo Jorge Amado, não era problema seu e, sim, do pessoal da TV Globo, especialmente dos maquiladores e eletricistas.

O Estado de S. Paulo, São Paulo, 29 de setembro de 1985.

BIOGRAFIA DE LÊDO IVO

Lêdo Ivo nasceu em 18 de fevereiro de 1924, em Maceió (AL), filho de Floriano Ivo e Eurídice Plácido de Araújo Ivo. Casado com Maria Lêda Sarmento de Medeiros Ivo, tem o casal três filhos: Patrícia, Maria da Graça e Gonçalo, que vem se destacando na pintura.

Fez a sua formação primária e secundária em sua cidade natal. Em 1940, transferiu-se para o Recife, onde passou a colaborar na imprensa local e a conviver com um grupo literário de que fazia parte Willy Lewin, o qual haveria de exercer grande influência em sua formação cultural. Em 1943, transferiu-se para o Rio de Janeiro, onde se matriculou na Faculdade Nacional de Direito da Universidade do Brasil. Passou a colaborar em suplementos literários e a trabalhar na imprensa carioca, como jornalista profissional.

Em 1944, estreou na literatura com *As imaginações*, poesia, e no ano seguinte publicou *Ode e elegia*, distinguido com o "Prêmio Olavo Bilac", da Academia Brasileira de Letras. Nos anos subseqüentes, sua obra literária avoluma-se com a publicação de obras de poesia, romance, conto, crônica e ensaio. Em 1947, seu romance de estréia *As alianças* mereceu o "Prêmio de Romance", da Fundação Graça Aranha. Em 1949, formou-se pela Faculdade Nacional de Direito, mas nunca advogou, preferindo continuar exercendo o jornalismo. No início de 1953, foi morar em Paris. Visitou vários países da Europa e, em agosto de 1954, retornou ao Brasil, reiniciando suas atividades literárias e jornalísticas.

Ao seu livro de crônicas *A cidade e os dias* (1957) foi atribuído o "Prêmio Carlos de Laet", da Academia Brasileira de Letras. Em 1963, a convite do governo norte-americano, realizou uma viagem de dois meses (novembro e dezembro) pelos Estados Unidos, pronunciando palestras em universidades e conhecendo escritores e artistas. Como memorialista, publicou *Confissões de um poeta* (1979), que mereceu o "Prêmio de Memória" da Fundação Cultural do Distrito Federal, e *O aluno relapso* (1991). Seu romance *Ninho de cobras* (1973) foi traduzido para o inglês, sob o título *Snakes'nest*, e o dinamarquês, sob o título *Slangeboet*. No México, saíram várias coletâneas de poemas seus, entre as quais *La imaginaria ventana abierta, Oda al crepúsculo, Las pistas e las islas inacabadas*. Em Lima, foi editada uma antologia, *Poemas*; na Espanha saiu *La moneda perdida* (antologia); nos Estados Unidos, *Landsend*, antologia poética; na Holanda, a seleção de poemas *Vleermuizen em blauw krabben* (Morcegos e goiamuns). Em 2002 saiu na Itália *Illuminazioni* e em 2003 foi publicado na Venezuela *El sol de los amantes*. Em 1973, foi conferido a *Finisterra* o prêmio "Luísa Cláudio de Sousa" (poesia) do PEN Clube do Brasil, o "Prêmio Jabuti", da Câmara Brasileira do Livro, e o prêmio da "Fundação Cultural do Distrito Federal". O seu romance *Ninho de cobras* foi distinguido com o "Prêmio Nacional Walmap"', de 1973. Em 1974, *Finisterra* recebeu o prêmio "Casimiro de Abreu", do Governo do Estado do Rio de Janeiro. Em 1982, foi distinguido com o prêmio "Mário de Andrade", conferido pela Academia Brasiliense de Letras ao conjunto de suas obras. O seu livro de ensaios *A ética da aventura* recebeu, em 1983, o Prêmio Nacional de "Ensaio", do Instituto Nacional do Livro. Em 1986, foi eleito para a cadeira nº 10 da Academia Brasileira de Letras, fundada por Rui Barbosa. Recebeu nesse mesmo ano o Prêmio Homenagem à Cultura, da Nestlé, pela sua obra poética. Eleito "Intelectual do ano de 1990", recebeu o Troféu "Juca Pato" do seu antecessor nessa láurea, o Cardeal Arcebispo de São Paulo, Dom Paulo Evaristo Arns. Ao seu livro de poemas *Curral de peixe* o Clube de Poesia de São Paulo atribuiu o Prêmio "Cassiano Ricardo", em 1996; ao livro *O rumor da noite* foi conferido o "Prêmio Jabuti", da Câmara Brasileira do Livro, em 2001.

Ao longo de sua vida literária, Lêdo Ivo tem sido convidado para representar o Brasil em congressos e participar de encontros internacionais de poesia. É sócio efetivo da Academia Alagoana de Letras e sócio honorário de várias outras instituições culturais. Entre as suas condecorações estão: Ordem do Mérito dos Palmares, no grau de Grã-Cruz; Ordem do Mérito Militar, no grau de Oficial; Ordem de Rio Branco, no grau de Comendador.

Fonte: *Anuário da ABL*, 2003.

BIBLIOGRAFIA*

Do Autor

Poesia

As imaginações. Rio de Janeiro: Pongetti, 1944.
Ode e elegia. Rio de Janeiro: Pongetti, 1945. 2. ed. Rio de Janeiro: Orfeu, 1967.
Acontecimento do soneto. Barcelona: O Livro Inconsútil, 1948.
Ode ao crepúsculo [contendo *A jaula*]. Rio de Janeiro: Pongetti, 1948.
Cântico. [Ilustrações de Emeric Marcier]. Rio de Janeiro: José Olympio, 1949, 2. ed. Rio de Janeiro: Orfeu, 1969.
Linguagem. Rio de Janeiro: José Olympio, 1951. 2. ed. Rio de Janeiro: Livros de Portugal, 1966.
Ode equatorial [com xilogravura de Anísio Medeiros]. Niterói: Hipocampo, 1951.
Acontecimento do soneto e *Ode à noite* [Introdução de Campos de Figueiredo]. Rio de Janeiro: Orfeu,1951. 2. ed. Rio de Janeiro: Livros de Portugal, 1966.
Um brasileiro em Paris e *O rei da Europa.* Rio de Janeiro: José Olympio, 1955. 2. ed. Rio de Janeiro: Orfeu, 1968.
Magias [contendo *Os amantes sonoros*]. Rio de Janeiro: Agir, 1960.
Uma lira dos vinte anos [contendo *As imaginações, Ode e elegia, Acontecimento do soneto, Ode ao crepúsculo, A jaula* e *Ode à noite*]. Rio de Janeiro: Livraria São José, 1962.
Estação central. Rio de Janeiro: Tempo Brasileiro, 1964. 2. ed. Rio de Janeiro: Orfeu, 1968.

(*) Organizada por Maria do Rosário de Morais Teles, em 18 de dezembro de 2003.

Finisterra. [Prêmios: "Luísa Cláudio de Sousa", do PEN Club do Brasil; "Jabuti", da Câmara Brasileira do Livro; "Fundação Cultural do Distrito Federal"; "Casimiro de Abreu", do Governo do Estado do Rio de Janeiro]. Rio de Janeiro: José Olympio, 1972.
O sinal semafórico [contendo toda a poesia do autor até *Estação central*]. Rio de Janeiro/Brasília: José Olympio/INL, 1974.
O soldado raso. Recife: Edições Pirata, 1980. Ed. aumentada. São Paulo: Massao Ohno, 1988.
A noite misteriosa. Rio de Janeiro: Record, 1982.
Calabar. Rio de Janeiro: Record, 1985.
Mar oceano. Rio de Janeiro: Record, 1987.
Crepúsculo civil. Rio de Janeiro: Record, 1990.
Curral de peixe. Rio de Janeiro: Topbooks, 1995.
Noturno romano. Teresópolis: Impressões do Brasil Editora, 1997.
O rumor da noite. Rio de Janeiro: Nova Fronteira, 2000.
Plenilúnio. Rio de Janeiro: Topbooks, 2004.
Poesia completa. Rio de Janeiro: Topbooks, 2004.

Antologia poética
Antologia poética. Rio de Janeiro: Leitura, 1965.
50 poemas escolhidos pelo autor. Rio de Janeiro: MEC, 1966.
Central poética. Rio de Janeiro: Nova Aguilar, 1976.
Os melhores poemas de Lêdo Ivo. São Paulo: Global, 1983. 2. ed. 1990. 3. ed. 1998.
Cem sonetos de amor. Rio de Janeiro: José Olympio, 1987.
Antologia poética. [Org. de Walmir Ayala; Introdução de Antônio Carlos Villaça]. Rio de Janeiro: Ediouro, 1991.
50 poemas escolhidos pelo autor. Rio de Janeiro: Edições Galo Branco, 2004.

Ficção
A — *Romance*
As alianças. [Prêmio da "Fundação Graça Aranha"]. Rio de Janeiro: Agir, 1947. 2. ed. Rio de Janeiro: Record, 1982. 3. ed. São Paulo: Parma, 1991. "Coleção Aché dos Imortais da Literatura Brasileira".

O caminho sem aventura. São Paulo: Instituto Progresso Editorial, 1948. 2. ed. [com xilogravuras de Newton Cavalcanti]. Rio de Janeiro: O Cruzeiro, 1958. 3. ed. Rio de Janeiro: Record, 1983.

O sobrinho do general. Rio de Janeiro: Civilização Brasileira, 1964. 2. ed. Rio de Janeiro: Record, 1981.

Ninho de cobras. [V "Prêmio Walmap"]. Rio de Janeiro: José Olympio, 1973. 2. ed. Rio de Janeiro: Record, 1980. 3. ed. Rio de Janeiro: Topbooks, 1997.

A morte do Brasil. Rio de Janeiro: Record, 1984. 2. ed. São Paulo: Círculo do Livro, 1990.

B – Conto

Use a passagem subterrânea. [Introdução de Adonias Filho]. São Paulo: Difusão Européia do Livro, 1961. 2ª ed. Rio de Janeiro: Record, 1984.

O flautim. Rio de Janeiro: Bloch, 1966.

10 contos escolhidos. Brasília: Horizonte, 1986.

Os melhores contos de Lêdo Ivo. São Paulo: Global, 1995.

Um domingo perdido. São Paulo: Global, 1998.

C – Crônica

A cidade e os dias. Rio de Janeiro: O Cruzeiro, 1957. 2. ed. aumentada. *Rio, a cidade e os dias.* Rio de Janeiro: Tempo Brasileiro, 1965.

O navio adormecido no bosque. [Reunião de *A cidade e os dias* e *Ladrão de flor*, ensaio]. São Paulo: Duas Cidades, 1971.

As melhores crônicas de Lêdo Ivo [Prefácio e notas de Gilberto Mendonça Teles.] São Paulo: Global, 2004.

Ensaio

Lição de Mário de Andrade. Rio de Janeiro: Ministério da Educação e Saúde, 1951.

O preto no branco. Rio de Janeiro: Livraria São José, 1955.

Raimundo Corrêa. Poesia. [Apresentação, seleção e notas]. Rio de Janeiro: Agir, 1958. Col. "Nossos Clássicos".

O girassol às avessas. Rio de Janeiro: Associação Brasileira do Congresso pela Liberdade da Cultura, 1960.

Paraísos de papel. São Paulo: Conselho Estadual de Cultura, 1961.
Ladrão de flor. Rio de Janeiro: Elos, 1963.
O universo poético de Raul Pompéia. Rio de Janeiro: Livraria São José, 1963. 2. ed. Rio de Janeiro: ABL, 1996. Col. "Afrânio Peixoto".
Poesia observada [Ensaios sobre a criação poética, contendo Lição de Mário de Andrade, O preto no branco, Paraísos de papel e as seções inéditas: Emblemas e conveniências]. Rio de Janeiro: Orfeu, 1967. 2. ed. São Paulo: Duas Cidades, 1978.
Modernismo e modernidade. [Nota de Franklin de Oliveira]. Rio de Janeiro: São José, 1972.
Teoria e celebração. São Paulo: Duas Cidades, 1976.
Alagoas. Rio de Janeiro: Editora Bloch, 1976.
A ética da aventura. Rio de Janeiro: Francisco Alves, 1982.
A república da desilusão. Rio de Janeiro: Topbooks, 1995.

Autobiografia

Confissões de um poeta. São Paulo: Difel, 1979. 2. ed. Global, 1985. 3. ed. Maceió: Sergasa, 1995. 4. ed. Rio de Janeiro: Topbooks, 2004.
O aluno relapso. São Paulo: Massao Ohno, 1991.

Literatura infanto-juvenil

O menino da noite. São Paulo: Companhia Editora Nacional, 1984. 2. ed. São Paulo: Scipione, 1990.
O canário azul. São Paulo: Scipione, 1990.
O rato na sacristia. São Paulo: Global, 2000.

Entrevista

Uma entrevista com Lêdo Ivo. *O Estado de S. Paulo*, São Paulo, 16 set. 1949.
Entrevista de Lêdo Ivo. *Diário de Pernambuco*, Recife, 18 dez. 1949.

Entrevista com o poeta Lêdo Ivo. *Jornal de Letras*. Rio de Janeiro, set. 1954.

Diálogo com Lêdo Ivo. *Marco*, série A, n. 5, Rio de Janeiro, 1955.

Lêdo Ivo: 45 foi um grande movimento para os que se dispuseram a sair dele. *Tribuna da Imprensa*, Rio de Janeiro, 31 dez. 1955/1º jan. 1956.

Lêdo Ivo: o dever do poeta é servir ao homem e celebrar o mundo, no plano da linguagem, a Ruth Silver. *Jornal do Brasil*, 25 ago. 1957.

A cidade e os dias, a Eneida. *Diário de Notícias* – Suplemento Literário, Rio de Janeiro, 27 out. 1957.

Entrevista com Lêdo Ivo sobre *O caminho sem aventura*. *Diário de Pernambuco*, Recife, 15 fev. 1958.

Conversa com Lêdo Ivo sobre Magias. *Diário de Notícias*, Rio de Janeiro, 18 dez. 1960.

Para que serve a arte? Depoimento de Lêdo Ivo a Joaquim Montezuma de Carvalho. *Notícias*. Lourenço Marques, Moçambique, 03 abr. 1964.

45: uma nova liberdade no rigor da disciplina, a Domingos Carvalho da Silva. *Diário de São Paulo*. São Paulo, 22 ago. 1965.

Pronunciamento de Lêdo Ivo, Hélio Fernandes. *Tribuna da Imprensa*, Rio de Janeiro, 06 nov. 1970.

O poeta na cartilha do povo, a Oliveira Bastos. *Tribuna da Imprensa*, Rio de Janeiro, 06 nov. 1970.

Lêdo Ivo. Um homem moderno deve ser contestador, a Marco Antônio de Menezes. *O Estado de S. Paulo*. São Paulo, 21 jul. 1972.

Lêdo Ivo: ao caminho para Finisterra. *O Globo*, Rio de Janeiro, 04 dez. 1972.

Da poesia ao romance, a difícil travessia. *O Globo*, Rio de Janeiro, 12 set. 1973.

O amor, a morte, a perseguição. Um prêmio, a Márcia Guimarães. *Última Hora*, Rio de Janeiro, 13 set. 1973.

Lêdo Ivo obsessão na obra de solidão, a Celina Luz. *Jornal do Brasil*, Rio de Janeiro, 24 set. 1973.

Escritor defende tratamento transigente para os autores. *O Globo*, Rio de Janeiro, 15 nov. 1973.

A caça à raposa como símbolo do terror humano. *O Globo*. Rio de Janeiro, 28 nov. 1973.

Lygia Fagundes Telles pergunta a Lêdo Ivo. *Folha de S. Paulo*, São Paulo 10 dez. 1973.

Um Ninho de Cobras e amor, a Antônio Ary. *Última Hora*, Rio de Janeiro, 09 jan. 1974.

Lêdo Ivo, a poesia viva. *O Globo*, Rio de Janeiro, 23 jun. 1974.

Geração de 45 – o reencontro com a forma, a Emília Silveira. *Jornal do Brasil*. Rio de Janeiro, 21 jun. 1975.

Lêdo Ivo, a Cristina Brandão. *Diário da Tarde*, Juiz de Fora, MG, 20 jun. 1977.

Entrevista com o poeta Lêdo Ivo, a Malcom Silverman. *Hispania* – vol. 6, march. 1978.

Semana Literária encerra com o lançamento de livro. *O Estado do Maranhão*, São Luiz, 27 maio 1978.

Para Lêdo Ivo, o Brasil não tem ainda mercado literário. *O Estado de S. Paulo*. São Paulo, 29 mar. 1979.

La literatura mexicana es la mejor de lengua española, dice el poeta Lêdo Ivo, a Ricardo Yáñez. *Uno más uno*, México, DF, 24 maio 1979.

Lêdo Ivo. Nossa tradição cultural é pobre e nossa produção literária débil. Mas a poesia brasileira não está em crise, a Vivian Wyler. *Jornal do Brasil*, Rio de Janeiro, 18 ago. 1979.

Lêdo Ivo: maldito ou subversivo, o poeta é um dos porta-vozes da sociedade, a Samuel Penido. *Diário Popular*, São Paulo, 29 ago. 1980.

Entrevista, a Edla van Steen. *Viver & escrever*. Porto Alegre: L&PM, 1981.

Lêdo Ivo relança, no Recife, uma obra-prima do romance moderno. *Diário de Pernambuco*, Recife, 11 dez. 1981.

El poeta habla por los que no tienen voz: Ivo, a *Uno más uno*, México, 16 ago. 1982.

Vamos a realizar lo que políticos piensam que es imposible: Lêdo Ivo, a Manlio Tirado. *Excelsior*. México, 17 ago. 1982.

Lêdo Ivo: Drummond e Rubem Braga são os dois maiores ensaístas do Brasil, a Carlos Menezes. *O Globo*. Rio de Janeiro, 08 dez. 1982.

Para um escritor – diz Lêdo Ivo – obra é a sua própria recompensa. *Jornal do Commercio*, a Recife, 29 maio 1983.

Lêdo Ivo: uma seleção de poemas é chamariz para a obra completa a Carlos Menezes. *O Globo*, Rio de Janeiro, 22 ago. 1983.

Lêdo Ivo exalta humildade e afirma que a sua base cultural é Alagoas. *Jornal de Alagoas*, Maceió, 10 nov. 1983.

A falência do modelo econômico, por Lêdo Ivo. *Extra*, Maceió, 05 dez. 1983.

Lêdo Ivo: prefiro hoje as imperfeições fecundas, a Fernando Assis Pacheco. *Jornal das Letras*, Lisboa, 13 fev. 1984.

Lêdo Ivo, transgressor lírico por convicção, a Cremilda de Araújo Medina. *O Estado de São Paulo*, São Paulo, 12 ago. 1984, e em *Minas Gerais* – Suplemento Literário. Belo Horizonte, 18.ago. 1984. Publicado também em *A posse da terra*. Lisboa: Imprensa Nacional-Casa da Moeda, 1985.

Lêdo Ivo: toda a poesia é política, quer o poeta se feche numa concha ou numa torre de papel, a Jorge de Aquino Filho. *Correio das Artes*, João Pessoa, 16 set. 1984.

Com Calabar, Lêdo Ivo tenta mostrar outra face do Brasil. *Diário de Pernambuco*, Recife, 21 dez. 1985.

Lêdo Ivo. A tendência humana é para o clamor, a Patrícia Bins. *O Estado de S. Paulo*, São Paulo, 16 mar. 1986.

Calabar, o guerrilheiro do Nordeste. *Minas Gerais* – Suplemento Literário, Belo Horizonte, 05 abr. 1986.

O eterno presente, a Ida Vicenzia. *Tribuna da Imprensa / Tribuna Bis*, Rio de Janeiro, 14 nov. 1986.

Lêdo Ivo - I. Eu não falo uma língua emprestada, a Leonor Xavier. *O Mundo português*, Rio de Janeiro, 20 fev. 1987.

Lêdo Ivo - II. Os degraus da esperança, a Leonor Xavier. *O Mundo Português*. Rio de Janeiro, 20 fev. 1987.

Lêdo Ivo: o sonho realizado do fardão, a Marli Berg. *O Popular*, Goiânia, 07 abr. 1987.

Lêdo Ivo: a modernidade do soneto. *Correio das Artes*, João Pessoa, 17.mai. 1987 e no *Jornal de Alagoas*, Maceió, 31 maio 1987.

La indignación siempre presente en la poesía de América Latina: Lêdo Ivo. *El país*, México, 18 out. 1987.

La creación poética en Lêdo Ivo. *Poesía*, revista trimestral de poesía y teoría poética editada por el Departamento de Literatura de la Dirección Cultural (U.C.), Venezuela, n. 73, 1989.

Estou em busca da mentira e da ficção, a Denira Rozário. *Palavra de Poeta*. Rio de Janeiro: José Olympio, 1989.

Escritor diz como escrever, a Eleonora Monteiro. *Jornal dos Sports*, Rio de Janeiro, 11 nov. 1990.

En la diversidad está la unidad, a Luis Rey Yero. *Escambray*, Sancti Spiritus, Cuba, 23 jan. 1991.

Entrevista, a Giovanni Ricciardi. *Auto-Retratos*. São Paulo: Martins Fontes, 1991.

Feiticeiro e transgressor, a Ricardo Viaido Lima. *Jornal de Letras*, Rio de Janeiro, mar. 1991.

Lêdo Ivo: a vida literária é lenta, a Pupa Gatti. *A Gazeta*, Vitória, 16 jun. 1991.

Os sonhos e os dias de um alagoano, a Ricardo Vieira Lima *Tribuna da Imprensa / Tribuna Bis*, Rio de Janeiro, 24 e 25 dez. 1991.

Um poeta desconfiado, a Marcelo Firmino. *A Carta*, João Pessoa, 25 jan. 1992.

Obra de engenharia política, a Marina Ramos. *Cultura 26*, Lisboa, 30 jan. 1993.

Entrevista a *Jornal das Letras*, Lisboa, 16 fev. 1993.

O feiticeiro das palavras que descobriu Carmo Bernardes, a José Maria e Silva. *Jornal Opção*, Goiânia, 19 a 25 jun. 1994.

De poeta para poeta, a Marcus Prado. *Diário de Pernambuco*, Recife, 01 nov. 1994.

La poesía es un problema de cultura, non de sensibilidad, a Blanca Elena Pantín. *El Diario de Caracas*, Caracas, 13 nov. 1994.

Lêdo Ivo faz um mapa das desilusões na literatura, a Daniela Name. *O Globo*, Rio de Janeiro, 16 abr. 1995.

O nome curto é de um senhor poeta, a João Antônio. *Tribuna da Imprensa*, Rio de Janeiro, 26 e 27 ago. 1995.

A poesia não é obrigatoriamente uma coisa triste, lacrimejante. *O Diário de Alagoas*, Maceió, 27 ago. 1995.

A poesia tornou-se uma aventura secreta, a Cláudio Aguiar. *O Pão*, Fortaleza, 01.mar. 1996 e transcrita em *O Diário*, Maceió, 20 abr. 1996.

Poesia é aventura sem fim, a Osmar Gomes. *Anexo*, Florianópolis, 12 mar. 1996.

Lêdo Ivo de passagem, a Alexandre Câmara. *O Jornal*, Maceió, 27 jun. 1996.

Lêdo Ivo em nova poesia, a Gêza Maria. *O Popular*, Goiânia, 10 jan. 2001.

Rito de passagem, a Rachel Bertol. *O Globo*, Rio de Janeiro, 20 dez. 2001.

Longo é o verso, a Ethel de Paula. *O Povo*, Fortaleza, 05 out. 2002.

Entrevista a Carlos Figueiredo & Luiz Otávio Oliani, SPN – Sociedade dos Poetas Novos. *Revista Literária*, n. 16, Rio de Janeiro, abr./maio 2003.

Lêdo Ivo destaca o ensaísta em José Lins do Rego, a Fátima Farias. *O Norte*, João Pessoa, 05 jun. 2003.

O poeta é um clandestino, a Guilherme Cabral. *A União*, João Pessoa, 06 jun. 2003.

Entrevista a William Costa. *O Norte*, João Pessoa, 07.jun. 2003.

Poesia, poetas e poemas, a Izacyl Guimarães Ferreira, *O Escritor*, Jornal da UBE, n. 104, São Paulo, ago. 2003.

A poesia como celebração do mundo. *A Notícia*, Florianópolis, 19 set. 03.

Traduções

AUSTEN, Jane. *A abadia de Northanger*. Rio de Janeiro: Editora Pan-Americana, 1944.

RIMBAUD, Jean-Arthur. *Uma temporada no inferno e Iluminações*. [Trad., introd.]. Rio de Janeiro: Francisco Alves, 1982.

MAUPASSANT, Guy de. *Nosso coração*. São Paulo: Livraria Martins, 1953. [Notas]. Rio de Janeiro: Civilização Brasileira, 1957.

DOSTOIÉVSKI, Fiodor. *O adolescente*. Rio de Janeiro: José Olympio, 1960.

GOES, Albrecht. *O holocausto*. Rio de Janeiro: Agir, 1960.

Obras traduzidas

Poesias. [Trad. de Ángel Crespo]. Separata de *Cuadernos Hispano-Americanos*. Madri, nov. 1962.

El Rey Midas. [Trad. de Ángel Crespo]. Separata da Revista de *Cultura Brasileña*. nº 7, Madri, 1963.

La imaginaria ventana abierta. [Trad. e prólogo de Carlos Montemayor]. México, D.F.: Premia Editora, 1980. Libros del Bicho, 9.

Poemas. (Antología). [Trad. de Pedro Cateriano. Presentación de Manuel Pantigoso]. Lima: Centro de Estudios Brasileños, 1980.

Snakes'nest (Ninho de cobras). [Trad. De Kern Krapohl. Introd. de Jon M. Tolman]. New York: A New Direction Book, 1981. Há outra edição, de Londres: Peter Owen, 1989.

Oda al crepúsculo. [Trad. de Manuel Núñez Nava]. México: Universidad Autónoma, 1983.

Las pistas. [Trad. y prólogo de Stefan Baciu, con colaboración de Jorge Lobillo]. México: Universidad Veracruzana, 1983.

Slangeboet (Ninho de cobras). [Trad. de Peter Poulsen]. Kobenhaven (Copenhague): Vindrose, 1984.

Las islas inacabadas. [Trad. de Maricela Terán]. México: Universidad Autónoma, 1985.

Material de lectura. Selección, traducción y nota de Héctor Carreto. México: UNAM, 1988.

La moneda perdida (Antología). [Trad. y edición de Amador Palacios]. Zaragoza: Olifante, 1989.

Depoimento de Lêdo Ivo ["To write is not to live"]. Em *Lives on the line*, organizado por Doris Meyer. Los Angeles: Universidade da California, 1989.

Poetry. [Trad. para o holandês de August Willemsen]. Rotterdam: Poetry International, 1993.

Poemas. [Trad. y prólogo de Eduardo Cobos]. Aragua, Venezuela: La Liebre Libre Editora, 1994.

Landsend: Selected poems. [Trad. e introdução de Kerry Leys]. Harrisburg, Pensilvania: Pine Oress, 1998.

Vieermuizen En Blawe Krabben. [Trad. de August Willemsen]. Sliedrecht, Holanda: Wagner & Van Santen, 2000.

Illuminazioni. Antologia poética. [Trad. e introdução de Vera Lúcia de Oliveira]. Salerno, Itália: Multimedia Edizioni, 2001.

El sol de los amantes. [Trad. de Nidia Hernández]. Caracas: Luna Nueva de la Universidad Metropolitana de Venezuela, 2003.

SOBRE O AUTOR

Poesia

MENDES, Murilo. Simples apresentação. *Diário de Notícias*, Rio de Janeiro, 02 maio 1943.

FRANCO, Afonso Arinos de Melo. Alguma poesia. Rio de Janeiro, *Diário da Noite*, 1944.

LEWIN, Willy. As imaginações. Rio de Janeiro, *Folha Carioca*, 1944.

CARDOSO, Lúcio. As imaginações. *Diário Carioca*, Rio de Janeiro, [?], 1944.

BANDEIRA, Antônio Rangel. A poesia de um poeta. *Correio da Manhã*, Rio de Janeiro, [?], 1944.

MELO NETO, João Cabral de. As imaginações. Autores & Livros, Suplemento Literário de *A Manhã*, Rio de Janeiro, 05 mar. 1944.

FIGUEIREDO, Guilherme de. Poesia dentro e fora do mundo. *Diário de Notícias*, Rio de Janeiro, 26 mar. 1944.

IGLÉSIAS, Francisco. As imaginações. *O Diário*, Belo Horizonte, 18/21 abr. 1944.

RESENDE, Otto Lara. Fraternidade na poesia. *O Diário*, Belo Horizonte, 20 abr. 1944.

FREITAS JÚNIOR, Otávio de. Duas estréias. *Jornal do Commercio*, Recife, 05 nov. 1944.

MILLIET, Sérgio. *Diário crítico*. 1º e 2º vol. São Paulo: Brasiliense, 1945 [?]; do 3º ao 10º v. São Paulo: Martins, s/d.

BASTIDE, Roger. Trimestre poético, *O Jornal*. Rio de Janeiro, 24 mar. 1945.

FIGUEIRA, Gastón. Poetas y prosistas de América / Lêdo Ivo. *La Mañana*, Montevidéu, 12 ago. 1945

LIMA, Jorge de. Ode e elegia. *A Manhã*, Rio de Janeiro, 16 dez. 1945.

FUSCO, Rosário. Poesia: dimensão do mundo. *A Manhã*, Rio de Janeiro, [?], 1946.

WASHINGTON, Luís. Ode e elegia. *Jornal de São Paulo*, São Paulo, [s/d], 1946.

CÂNDIDO, Antônio. Mais poetas. *Diário de São Paulo*, São Paulo, 03 jan. 1946.

MARTINS, Wilson. Retorno às fontes da poesia. *O Dia*, Curitiba, 07 jan. 1946.

VIANA, Solena Benevides. Opinam os intelectuais sobre o movimento literário. *O Jornal*, Rio de Janeiro, fev. 1946.

———. O triângulo da novíssima poesia brasileira. *O Jornal*, Rio de Janeiro, 24 fev. 1946.

FREITAS JÚNIOR, Otávio de Sobre poesia e alguns poetas. *Nordeste*, Recife, 27 fev. 1946.

VIEIRA, José Geraldo. Poesias antiscias. *Jornal de São Paulo*, São Paulo, mar. 1946.

XAVIER, Lívio. A poesia de três poetas. *Diário da Noite*, São Paulo, 23 mar. 1946.

ACCIOLY, Breno. Ode e elegia. Letras & Artes, Suplemento Literário de *A Manhã*, Rio de Janeiro, 12 abr. 1946.

FIGUEIRA, Gastón. *Poesía brasileña contemporanea*. Montevidéu: Instituto de Cultura Uruguayo-Brasileño, 1947.

LINS, Álvaro. Jornal de crítica (5ª e 6ª séries). Rio de Janeiro: José Olympio, 1947 e 1951.

ATHAYDE, Tristão de. O neo-modernismo. Revista *A Época*, Faculdade Nacional de Direito, Rio de Janeiro, jun. 1947.

CARDOSO, Lúcio. Valores. Suplemento Literário de *A Manhã*, Rio de Janeiro, 08 jul. 1947.

JORGE, J. G. de Araújo. *Antologia da nova poesia brasileira*. Rio de Janeiro: Vecchi, 1948.

RAMOS, Péricles Eugênio da Silva. Lêdo Ivo. *Revista Brasileira de Poesia, III*. São Paulo, ago. 1948.

OLIVEIRA, José Osório de. Uma nova geração brasileira. *Atlântico*, nº 7, Lisboa, out. 1948.

CHAGAS, Wilson. Poesia e cálcio. *Correio do Povo*, Porto Alegre, 08 jan. 1949

LINHARES, Temístocles. O predomínio dos poetas. *O Estado de São Paulo*, São Paulo, 08 jan. 1949.

TEIXEIRA, Lucy. Ode ao crepúsculo. *O Imparcial*, São Luís do Maranhão, 23 jan. 1949.

SILVEIRA, Tasso da. Ode ao crepúsculo, de Lêdo Ivo. Letras & Artes, Suplemento Literário de *A Manhã*, Rio de Janeiro, 20 fev. 1949.

CÉSAR, Guilhermino. Lêdo Ivo. Ode ao crepúsculo e Acontecimento do soneto. *Província de São Pedro*, Porto Alegre, mar./jun. 1949.

BASTIDE, Roger. A divisão poética do tempo. *Folha do Norte*, Belém, 12 jun. 1949.

MARTINS, Wilson. Poesia brasileira. *O Dia*, Curitiba, 11 dez. 1949.

Poemas de amor de poetas brasileiros e contemporâneos. (Org. de Pedro Moacir Maia, desenhos de Aldary Toledo). Salvador: Coleção Dinamene de Caderno da Bahia, 1950.

HOLANDA, Sérgio Buarque de. Amor em terra de razam. *Diário de Notícias*, Rio de Janeiro, 05 mar. 1950.

LINHARES, Temístocles. Poesia e magia. Letras & Artes, Suplemento Literário de *A Manhã*, Rio de Janeiro, 14 maio 1950.

SIMÕES, João Gaspar. Lêdo Ivo ou O acontecimento da poesia. Letras & Artes, Suplemento Literário de *A Manhã*, Rio de Janeiro, 10 dez. 1950.

LINHARES, Temístocles. Poesia e realidade. *Diário Carioca*, Rio de Janeiro, [s/d].

LOANDA, Fernando Ferreira de. *Panorama da nova poesia brasileira*. Rio de Janeiro: Orfeu, 1951.

CORRÊA, Roberto Alvim. *O mito de Prometeu*. Rio de Janeiro: Agir, 1951.

MARGARIDO, Alfredo. Lêdo Ivo / esboço de uma interpretação. *Árvore*, Lisboa, inverno de 1951-1952.

CAMPOS, Paulo Mendes. *Forma e expressão do soneto*. Rio de Janeiro: Ministério da Educação e Saúde, 1952.

LOUSADA, Wilson (Seleção e notas) *Cancioneiro do amor*. Rio de Janeiro: José Olympio, 1952.

MENDONÇA, Renato de. *Antologia de la poesía brasileña*. Madrid: Instituto de Cultura Hispánica, 1952.

HECKER FILHO, Paulo. *A alguma verdade*, Porto Alegre, 1952.

SIMÕES, João Gaspar. A linguagem de Lêdo Ivo. Letras & Artes, Suplemento Literário de *A Manhã*, Rio de Janeiro, 06 abr. 1952.

OLIVEIRA, José Osório de. Duas palavras a propósito do poeta Lêdo Ivo. Letras & Artes, Suplemento Literário de *A Manhã*, Rio de Janeiro, 01 jun. 1952.

MILLIET, Sérgio. *Panorama da poesia brasileira moderna*. Rio de Janeiro: Ministério da Educação e Saúde, 1953.

JUREMA, Aderbal. *Poetas e romancistas do nosso tempo*. Recife, 1953.

KOPKE, Carlos Burlamaqui. *Antologia da poesia brasileira moderna*. São Paulo: Clube de Poesia, 1953.

DOWNES, Leonard S. *An introduction to modern brazilian poetry*. São Paulo: Clube de Poesia, 1954.

VALLE, Mercedes La. *Un secolo di poesia brasiliana*. Roma: Maio, 1954.

BASTOS, D. Tavares. *Anthologie de la poésie brésiliense contemporaine*. Paris: Pierre Tisné, 1954.

AUSONIA, número dedicado ao Brasil. Siena, Itália, n° 5, out. 1954.

LÍRICAS BRASILEIRAS. Lisboa: Portugália Editora [s/d], 1955.

BACIU, Stefan. Exegese de um poema. *Diário Carioca*, Rio de Janeiro, 10 abr. 1955.

——. Um brasileiro em Paris, um poeta no mundo. *Tribuna da Imprensa*, Rio de Janeiro, 31 dez. 1955.

LIMA, Alceu Amoroso. *Quadro sintético da literatura brasileira*. Rio de Janeiro: Agir, 1956.

RIO-BRANCO, Miguel do. *Introdução à moderna poesia brasileira*. Lisboa: Cidade Nova, 1956.

MONTELLO, Josué. Um brasileiro em Paris. *Jornal do Brasil*, Rio de Janeiro, 07 jan. 1956.

LEÃO, Múcio. Vida dos livros. *Jornal do Brasil*, Rio de Janeiro, 02 fev. 1956.

SILVA, Domingos Carvalho da. Um brasileiro (de 45) em Paris. *Diário de São Paulo*, São Paulo, 22.jan. 56. Transcrito em *O Jornal*, Rio de Janeiro, em 19 fev. 1956.

GERSEN, Bernardo. Um brasileiro em Paris. *Diário de Notícias*, Rio de Janeiro, 29 jan. 1956.

BANDEIRA, Manuel. Lêdo. *Jornal do Brasil*, Rio de Janeiro, 08 fev. 1956.

TORRES, João Camilo de Oliveira. Dois livros de Lêdo Ivo. *O Diário*, Belo Horizonte, 09 mar. 1956.

LINHARES, Temístocles. Mundo dos poetas, nosso mundo. *Diário de Notícias*, Rio de Janeiro, 23 abr. 1956.

LEÃO, Múcio. Vida dos livros. *Jornal do Brasil*, Rio de Janeiro, 03 out. 1957.

JANINI. P. A. *Le più belle pagine della letteratura brasiliana*. Milano: Nuova Academia, 1957.

BANDEIRA, Manuel. *Apresentação da poesia brasileira*, 3. ed. Rio de Janeiro: Livraria-Editora da Casa do Estudante do Brasil, 1957.

CIDADE, Hernani. *O conceito de poesia como expressão de cultura*. (2ª ed.). Coimbra: Arménio Amado editor, 1957.

FIGUEIRA, Gastón. *Nuevas Expresiones de la Poesia del Brasil*. Montevidéu: ICUB, 1957.

OBRAS PRIMAS DA LÍRICA BRASILEIRA (Seleção de Manuel Bandeira e notas de Edgard Cavalheiro). São Paulo: Livraria Martins, 1957.

XAVIER, Raul S. Lêdo Ivo. *Jornal do Brasil*, Rio de Janeiro, 13 jan. 1957.

CHIOCCHIO, Anton Angelo. *Poesia Post-Moderniste in Brasile*. Roma: dell'Arco [s/d] (1957).

——. Poeti brasiliani contemporanei/Lêdo Ivo. *Auditorium*, nº 11, Roma, nov. 1958.

——. Poeti post-modernisti in Brasile. *Poesia nuova*. Roma, dez. 1958.

BANDEIRA, Manuel. *Poesia e prosa*. Rio de Janeiro: Aguilar, 1958.

REGO, José Lins do. *O vulcão e a fonte*. Rio de Janeiro: Edições O Cruzeiro, 1958.

LATINO, Simón. *Antología de la poesía brasileña contemporanea*. Buenos Aires: Cuadernillos de Poesía, 1958.

SANTOS, João Alves dos. Um homem corajoso. *Diário de São Paulo*, São Paulo, 13 jul. 1958.

PORTELLA, Eduardo. *Dimensões* - II. Rio de Janeiro: Agir, 1959.

PACHECO, João. *Pedras várias*. São Paulo: Comissão Estadual de Literatura, 1959.

JANINI, P. A. *Storia della letteratura brasiliana*. Milano: Nuova Academia, 1959.

ARAGÃO, J. Guilherme de. *Fronteiras da criação*. Rio de Janeiro: José Olympio, 1959.

RAMOS, Péricles Eugênio da Silva. O modernismo na poesia, em *A literatura no Brasil*, direção de Afrânio Coutinho, v. II, t. 1., Rio de Janeiro: Livraria São José, 1959.

CREMONA, Antonino. "Poeti brasiliani", *Il Piccolo*, Trieste, 20 fev. 59.

TORRES, João Camilo de Oliveira. Romance e poesia. *Tribuna da Imprensa*, Rio de Janeiro, 06 abr. 1959.

COSTA, Dante. *Os olhos nas mãos*. Rio de Janeiro: José Olympio, 1960.

TELES, Gilberto Mendonça. *La poesía brasileña en la actualidad* (Trad. de Cipriano S. Ventureira). Montevidéu: Editorial Letras, 1960.

SILVA, Alberto da Costa e. *A nova poesia brasileira*. Lisboa: Escritório de Propaganda e Expansão Comercial do Brasil, 1960.

CHIOCCHIO, Anton Angelo. Lêdo Ivo/Tre poesi per Roma. *Il Giornale dei Poeti*, nº 3 e 4, Roma, abr./jun. 1960.

CAVALCANTI, Valdemar. Lêdo Ivo com um livro novo: Magias. *O Jornal*, Rio de Janeiro, 09 dez. 1960.

RAMOS, Péricles Eugênio da Silva. Magias. *Correio Paulistano*, São Paulo, 1 jan. 1961.

VILLAÇA, Antônio Carlos. Lêdo Ivo e suas magias. *Jornal do Brasil*, Rio de Janeiro, 14 jan. 1961.

LEONARDOS, Stella. Magias. *Jornal do Commercio*. Rio de Janeiro, 29 jan. 1961.

FONSECA, José Paulo Moreira da. Magias. *Jornal de Letras*, Rio de Janeiro, jan./fev. 1961.

BANDEIRA, Manuel. Lêdo, o mágico. *Jornal do Brasil*, Rio de Janeiro, 17 abr. 1961.

CHAMIE, Mário. Lêdo Ivo e 45. *A Noite*, Rio de Janeiro, 13 maio 1961.

CAVALCANTI, Valdemar. Lêdo Ivo: etapa inicial do poeta. *O Jornal*, Rio de Janeiro, 11 fev. 1962.

MOUTINHO, Nogueira. Uma lira dos vinte anos. *Folha de S. Paulo*, São Paulo, 04 mar. 1962.

XAVIER, Raul S. Lira dos vinte anos. *Jornal do Commercio*, Rio de Janeiro, 08 abr. 1962.

LEONARDOS, Stella. Três livros de poesias. *Jornal do Commercio*, Rio de Janeiro, 17 jun. 1962.

BANDEIRA, Manuel. Uma lira dos vinte anos. *Jornal do Commercio*. Rio de Janeiro, 17 jul. 1962.

LINHARES. Temístocles. Velha (e nova) poesia. *O Estado de S. Paulo*, São Paulo, 01 dez. 1962.

MOREIRA, Eidorfe. *Presença do mar na literatura brasileira.* Belém: H. Barra, 1962.

SIMÕES, João Gaspar. *Literatura, literatura, literatura.* Lisboa: Portugália Editora, 1964.

GUIBERT, Armand. Poètes brésiliens. *La Voix des Poètes.* Paris, jun. 1964.

TECÍDIO, Darcy. Estação Central traz o poeta de volta à livraria. *Tribuna da Imprensa,* Rio de Janeiro, 11 set. 1964.

BACIU, Stefan. Drei Gedichte von Lêdo Ivo. *Die Tat,* Zurich, 11 set. 1964.

MARTINS, Wilson. Mostruário II. *O Estado de S. Paulo,* São Paulo, 12 set. 1964.

BURNET, Lago. Lêdo Ivo viu o povo. *Jornal do Brasil,* Rio de Janeiro, 25 set. 1964.

MARTINS, Wilson. Enfim a poesia. *O Estado de S. Paulo,* São Paulo, 12 dez. 1964.

BANDEIRA, Manuel & ANDRADE, Carlos Drummond de. *Rio de Janeiro em prosa & verso.* Rio de Janeiro: José Olympio, 1965.

OLIVEIRA, Franklin de. *Viola d'amore.* Rio de Janeiro: Edições do Val, 1965.

SALLES, Heráclio. Um brasileiro em Paris. *Diário de Notícias,* Rio de Janeiro, fev. 1965.

CRESPO, Ángel. Lêdo Ivo. Antologia poética. *Revista de Cultura Brasileña,* nº 15, Madrid, dez. 1965.

_____. Muestruario del poema em prosa brasileño, *Revista de Cultura Brasileña,* nº 18, Madrid, set. 1966.

_____. Em col. com Gabino-Alejandro Carriedo. *Ocho poetas brasileños.* Carboneras de Guadazaon, Cuenca: El Toro de Barro, 1966.

JORGE, J. G. de Araújo. *Os mais belos sonetos que o amor inspirou.* Rio de Janeiro: Vecchi, 1966.

BASTOS, A. D. Tavares. *La poésie brésilienne.* Paris: Seghers, 1966.

LISBOA, Henriqueta. *Antologia poética para a infância e a juventude.* Rio de Janeiro: Edições de Ouro, 1966.

CAMPOS, Milton Godoy. *Antologia poética da Geração de 45*. São Paulo: Clube de Poesia, 1966.

PEREIRA, Armindo. *A esfera iluminada*. Rio de Janeiro: Elos, 1966.

SILVA, Domingos Carvalho da. *Eros & Orfeu*. São Paulo: Conselho Estadual de Cultura, 1966.

CASTILLO, Ignacio Carvallo. Antología poética de Lêdo Ivo. *El Universo*: Suplemento Dominical, Guayaquil, 08 maio 1966.

MEYER-CLASON, Kurt. *Die reiher und andere brasilianisch erzählungen*. Herrenalb: Horst Erdmann Verlag, 1967.

RAMOS, Péricles Eugênio da Silva. *Poesia moderna* (antologia). São Paulo: Melhoramentos, 1967.

REBELO, Marques. *Brasil, terra & alma / Guanabara*. Rio de Janeiro: Editora do Autor, 1967.

LOANDA, Fernando Ferreira de. *Antologia da nova poesia brasileira*. Rio de Janeiro: Orfeu, 1967.

_____. *Antologia da moderna poesia brasileira*. Rio de Janeiro: Orfeu, 1967.

ROJAS-GUARDIA, Armando. Lecturas. *Zona Franca*, Caracas, nº 50, octubre, 1967.

ARAÚJO, Cleber Neves de. Antologia poética de Lêdo Ivo. *Leitura*, nº 109, Rio de Janeiro, dezembro de 1967.

CHAMIE, Mário. *Alguns problemas e argumentos*. São Paulo: Conselho Estadual de Cultura, 1968.

COUTINHO, Edilberto. Presença poética do Recife. São Paulo: Ed. Arquimedes, 1969.

ATHAYDE, Tristão de. *Meio século de presença literária*. Rio de Janeiro: José Olympio, 1969.

CUNHA, Fausto. Lêdo Ivo: o jubileu de um jovem poeta. *Jornal do Brasil*, Rio de Janeiro, 01 mar. 1969.

_____. Lêdo Ivo (2): da linguagem à participação humana. *Jornal do Brasil*, Rio de Janeiro, 29 mar. 1969.

AYALA, Walmir. Magias. *Jornal do Commercio*, Rio de Janeiro, 04 abr. 1969.

TELLES, Sérgio. *Encontro*. Lisboa: Centro do Livro Brasileiro, 1970.

XAVIER, Raul S. Livros do Rio. *Unitário*, Fortaleza, 25 set. 1960.

KOVADLOFF, Santiago. *Poesía contemporanea del Brasil*. Buenos Aires: Compañia General Fabril Editora, 1972.

AZEVEDO, Sânzio de. Lêdo Ivo e a Semana de 22. *O Povo*, Fortaleza, 16 set. 1972.

OLINTO, Antônio. A poesia no Brasil. *O Globo*, Rio de Janeiro, 29 dez. 1972.

CRESPO, Angel. *Antología de la poesía brasileña*. Barcelona: Seix Barral, 1973.

O GLOBO. A poesia no seu tempo histórico. Rio de Janeiro, 25 mar. 1973.

LINHARES, Temístocles. Estado atual da poesia brasileira. *Gazeta do Povo*, Curitiba, 11 fev. 1973. E em *Diálogo sobre a Poesia Brasileira*. São Paulo: Melhoramentos, 1976.

CARNEIRO, Luiz Orlando. Lêdo Ivo, a viagem por *Finisterra*, Livros, *Jornal do Brasil*, Rio de Janeiro, 28 jul. 1973.

CAMPOMIZZI FILHO. Finisterra. *Folha do Povo*, Ubá, MG, 20 out. 1973.

MARTINS, Carlyle. Três livros de Lêdo Ivo. *Tribuna do Ceará*, Fortaleza, out. 1973.

BACIU, Stefan. *Antología de la poesía latino-americana* (1950-1970). State University of New York Press, Albany, 1974.

LUTA DEMOCRÁTICA. Lêdo Ivo – escritor consagrado. Rio de Janeiro, 02 jun. 1974.

LISBOA, Luiz Carlos. Um elogiado poeta do tempo. *Jornal da Tarde*, São Paulo, 08 jun. 1974.

CORRÊA, Wilson. Lêdo Ivo e suas poesias. *Tribuna da Imprensa*, Rio de Janeiro, 14 jun. 1974.

STUDART, Heloneida. O diabólico Ivo. *Manchete*, Rio de Janeiro, 15 jun. 1974.

MORAES, Emanuel de. Lêdo Ivo, os sinais e a incerteza de ser na multidão. *Jornal do Brasil*, Rio de Janeiro, 15 jun. 1974.

AMARAL, Maria Lúcia. O sinal do poeta. *Diário de Notícias*, Rio de Janeiro, 17 jun. 1974.

TELES, Gilberto Mendonça. Estudo da poesia de Lêdo Ivo. *O Popular*, Goiânia, 14 jul. 1974.

LAUS, Lausimar. O sistema poético em Lêdo Ivo e a configuração de sua estrutura. *Minas Gerais*: Suplemento Literário, Belo Horizonte, 20 jul. 1974.

LEPECKI, Maria Lúcia. Finisterra. *Colóquio/Letras*. nº 21, Lisboa, set. 1974.

BACIU, Stefan. Lêdo Ivo. Na *Antología de la poesía latinoamericana*. Albany: State University of New York Press, 1974.

MEYER-CLASON, Kurt. *Brasilianische poesia des 20. Jahrhunderts*. München: Deutscher Taschenbuch Verlag, 1975.

MARTINS, Wilson. Lêdo Ivo em tempo de testamento. *Jornal do Brasil*, Rio de Janeiro, 04 jan. 1975.

VILLAÇA, Antônio Carlos. A geração de 45. *Jornal do Brasil*, Rio de Janeiro, 01 mar. 1975.

BAIRÃO, Reynaldo. O mito das mudanças poéticas. *Crítica*. Lisboa, 17 a 23 mar. 1975.

HOHLFELDT, Antônio. Caminho poético. *Correio do Povo*, Porto Alegre, 21 jun. 1975.

CAMPOMIZZI FILHO. Finisterra. *Folha do Povo*, Ubá, MG, 20 out. 1975.

KÖPKE, Carlos Burlamaqui. A Central Poética e a equação dos conflitos. *Revista de Poesia e Crítica*, Brasília, nº 3, jul. 1977.

OLIVEIRA, Franklin de. *Literatura e Civilização*. Rio de Janeiro: Difel, 1978.

TELES, Gilberto Mendonça. A indecisão semiológica de Lêdo Ivo. *A Retórica do Silêncio*. São Paulo: Cultrix, 1979.

BAÑUELOS, Juan. Siete escritores, la literatura brasileña, la mexicana y los concursos literarios. *El Eco de California*, La Paz / Baja California Sur, 15 maio 1980.

BEUTTENMÜLLER, Alberto. A violência nos invade a todos. *Jornal do Brasil*, Rio de Janeiro, 23 ago. 1980.

O ESTADO DE SÃO PAULO. A poesia de Lêdo Ivo para o público mexicano. São Paulo, 16 abr. 1981.

OVIEDO, José Miguel. El romanticismo de Lêdo Ivo. *Quimera*, nº 9-10, Barcelona, julio-agosto de 1981.

MONTEMAYOR, Carlos. A poesia de Lêdo Ivo. Em IVO, Lêdo. *A noite misteriosa*. Rio de Janeiro: Record, 1982.

QUADROS, António. Dois notáveis brasileiros: Lêdo Ivo e Mendonça Teles. *Tempo*, Lisboa. 03.fev. 1983.

FISCHER, Almeida. *O áspero ofício*. Brasília, DF: Cátedra, 1983.

BUSTAMANTE, Alejandro Rodríguez. Lêdo Ivo. El sembrador de incertidumbre. *Primera Plana*, nº 43, Buenos Aires, 17 a 23 fev. 1984.

PATRAQUIM, Luís Carlos. Apresentação de Lêdo Ivo. *Tempo*, Maputo (Moçambique), 22 jul. 1984.

HELENA, Lúcia. Os melhores poemas de Lêdo Ivo. *Colóquio / Letras*, nº 84, Lisboa, mar. 1985.

MENEZES, Carlos. Calabar, de Lêdo Ivo. Um poema com vozes ancestrais do Nordeste. *O Globo*, Rio de Janeiro, 07.out. 85.

COUTINHO, Afrânio. Reabilitação de Calabar. *Jornal do Commercio*, Rio de Janeiro, 17/18.nov. 1985.

BAIRÃO, Reynaldo. Ancorado no mar da poesia. *O Globo*, Rio de Janeiro, 10.jan. 1987.

PALACIOS, Amador. Lêdo Ivo / Poemas. *Anaquel*, nº 5, Mérida, Espanha, abr. 1987.

LISBOA, Eugênio. Confissões de um poeta. *As vinte e cinco notas do texto*. Lisboa: Imprensa Nacional-Casa da Moeda, 1987.

FARIA, Álvaro Alves de. Poesia – uma iluminada mentira. *Jornal da Tarde*, Rio de Janeiro, 06 fev. 1988.

BRITO, Osvaldo Lopes de. Mar oceano. *O Diário*, Ribeirão Preto, 12 fev. 1988.

FISCHER, Almeida. A poesia desnuda. *O Estado de S. Paulo*, São Paulo, 13 abr. 1988.

CARELLI, Mário. Le Paris des étrangers. *Nôtre Siècle*. Paris: Imprimerie Nationale, 1989.

RENNÓ, Elisabeth. *A aventura poética de Lêdo Ivo*. Rio de Janeiro: ABL, 1989.

ESTEVAN, Manuel. Brasil está lejos. *Heraldo de Aragón*, Zaragoza, 21 jan. 1990.

SUARDÍAZ, Luis. Vamos, pueblo, a cambiar la vida. *Gramma*, La Habana, 21 jan. 1991.

ALVES, Henrique L. Crepúsculo civil. *Jornal de Letras*, Rio de Janeiro, mar. 1991.

PENIDO, Samuel. Crepúsculo Civil. Em *Linguagem Viva*. São Paulo, dez. 1991.

LUCAS, Fábio. Crepúsculo civil. *Colóquio/Letras*, Lisboa, nº 125/126, jul./dez. 1992.

POLO, Marco. A condição do poeta e o sentido da poesia. *Jornal do Commercio*, Recife, 19 set. 1993.

POETRY INTERNATIONAL. Rotterdan: Stichting Poetry International, 1993.

SANT'ANA, Moacir Medeiros de. *Lêdo Ivo de corpo inteiro*. Maceió: Secretaria de Cultura, 1995.

NUNES, Cassiano. *Multiplicidade de Lêdo Ivo*. Penedo: Fundação Casa de Penedo, 1995.

ESPÍNOLA, Adriano. Curral de imagens e pensamentos. *O Diário*, Maceió, 30 set. 1995.

JUNQUEIRA, Ivan. Idílios com a eternidade. *O Diário*, Maceió, 18 nov. 1995.

HOLANDA, Sérgio Buarque de. Amor em terra de Razoim. In *O Espírito e a Letra*. São Paulo: Companhia das Letras, 1996. 2 v.

SECCHIN, Antônio Carlos. Perdas e danos. In *Poesia e desordem*. Rio de Janeiro: Topbooks, 1996.

CAMPOS, Marco Antonio. Lêdo Ivo e Com Lêdo Ivo. Em *Literatura em voz alta*. México, DF: Universidad Autónoma, 1996.

ANUÁRIO DA ABL. [Lêdo Ivo] Cadeira nº 10. Rio de Janeiro: ABL, 1993-1997.

MARTINS, Wilson. O tempo e o modo. *Jornal do Brasil*, Rio de Janeiro, 24 out. 1998.

PEIXOTO, Sérgio Alves. Uma poesia de Lêdo Ivo ou uma teoria de pássaros. In *Os melhores poemas de Lêdo Ivo*. 3. ed. São Paulo: Global, 1998.

KEYS, Kerry Shawn. Lêdo Ivo e sua poesia. [Trad. de Antônio Olinto]. *O Jornal*, Maceió, 05 dez. 1999.

FONSECA, Edson Nery da. Lêdo Ivo e o Recife dos anos 40. *O Galo*, Natal, dez. 1999.

AZEVEDO FILHO, Leodegário A. de. Lêdo Ivo e a imagem poética contundente. *Jornal do Commercio*, Rio de Janeiro, 15 out. 2000.

MELLO FILHO, Murilo. Lêdo Ivo em o Rumor da noite. *Jornal do Commercio*, Rio de Janeiro, 24 dez. 2000.

MUTIS, Álvaro. Testimonio de un poeta. *De lecturas y algo del mundo*. Barcelona: Seix Barral, 2000.

TELES, Gilberto Mendonça. Lêdo Ivo. In *Latin American Writers* [Supplement I]. New York: Scribner's Sons/Gale Group, 2002. Transcrito em TELES, Gilberto Mendonça. *Contramargem* com o título de Lêdo Ivo – A Aventura da Transgressão. Rio de Janeiro: PUC-Rio/Loyola, 2002.

PINTO, Sérgio de Castro. Lêdo Ivo (em tom de conversa). *Jornal da Paraíba*, Paraíba, 08 fev. 2004.

JUNQUEIRA, Ivan. Quem tem medo de Lêdo Ivo? in *Poesia Completa*, de Lêdo Ivo, Rio de Janeiro: Topbooks, 2004.

Ficção

LINHARES, Temístocles. Um novo romancista. *Gazeta do Povo*, Curitiba, 29 jun. 1947.

SILVEIRA, Alcântara. O romance de um poeta. Letras & Artes, Suplemento Literário de *A Manhã*, Rio de Janeiro, 20 jul. 1947.

MENDES, Oscar. Memória e adolescência. *O Diário*, Belo Horizonte, 15 abr. 1948.

FONSECA, José Paulo Moreira da Fonseca. Rimbaud em português. *Tribuna da Imprensa*, Rio de Janeiro, 1957.

FAUSTINO, Mário. Uma temporada no inferno e Iluminações. *Jornal do Brasil*, Rio de Janeiro, 16 jun. 1957.

BANDEIRA, Manuel. Rimbaud traduzido. *Jornal do Brasil*, Rio de Janeiro, jul. 1957.

CARPEAUX, Oto Maria. Uma temporada no inferno e Iluminações. *A Cigarra*, Rio de Janeiro, ago. 1957.

MOTA, Mauro. Conhecimento de Rimbaud. *Diário de Pernambuco*, Recife, 29 set. 1957.

FONSECA, José Paulo Moreira da. A cidade e os dias. *Tribuna da Imprensa*, Rio de Janeiro, 09 out. 1957.

HOUAISS, Antônio. A cidade e os dias. *Diário Carioca*, Rio de Janeiro, 02 nov. 1957.

RONAI, Paulo. A cidade e os dias. *A Cigarra*, Rio de Janeiro, dez. 1957.

MONTEIRO, Adolfo Casais. *Manuel Bandeira*. Rio de Janeiro: Ministério da Educação e Cultura, 1958.

MARTINS, Luís. A cidade e os dias. *Tribuna da Imprensa*, Rio de Janeiro, 04 fev. 1958.

MAGALHÃES JÚNIOR, R. A crônica em 1957. *Tribuna da Imprensa*, Rio de Janeiro, 4/5 jan. 1958.

_____. *O conto do Norte*. (v. 2), Rio de Janeiro: Civilização Brasileira, 1959.

_____. *Antologia de humorismo e sátira* (2. ed.). Rio de Janeiro: Edições Bloch, [s/d], 1959.

COUTINHO, Afrânio. *Introdução à literatura brasileira*, Rio de Janeiro: São José, 1959.

_____. *A literatura no Brasil*, (vol. III, t. 1). Rio de Janeiro: Livraria São José, 1959.

PÓLVORA, Hélio. Dois romances. *Boletim bibliográfico brasileiro*. Rio de Janeiro, jan./fev. 1959.

OLINTO, Antônio. O caminho sem aventura. *O Globo*, Rio de Janeiro, 04 fev. 1959.

ADONIAS FILHO. Caminho sem aventura. *Leitura*, Rio de Janeiro, 1959.

_____. Um livro de contos. *Jornal do Commercio*, Rio de Janeiro, 23 abr. 1961.

FONSECA, José Paulo Moreira da. A cidade e os dias. *A Cigarra*, Rio de Janeiro, abr. 1959.

MONTELLO, Josué. Aventuras de Lêdo Ivo. *Jornal do Brasil*, Rio de Janeiro, 28 abr. 1959.

RICARDO, Cassiano. Lêdo e Rimbaud. *Diário Carioca*, Rio de Janeiro, 01 maio 1960.
FARIA, Octavio de. Use a passagem subterrânea, de Lêdo Ivo. *Jornal do Commercio*, Rio de Janeiro, 29 set. 1961.
AMADO, Jorge. Use a passagem subterrânea. *Jornal do Commercio*, Rio de Janeiro, 08 out. 1961.
FONSECA, José Paulo Moreira da. Uma prosa politonal. *Jornal do Commercio*, Rio de Janeiro, 24 dez. 1961.
ARROYO, Leonardo. De romance e poesia. *Folha de S. Paulo*, São Paulo, 11 fev. 1962.
JORNAL DO COMMERCIO. Gazetilha Literária. Ladrão de flor. Rio de Janeiro, 07 jun. 1963.
CAVALCANTI, Valdemar. Teseu do Carmo: invenção de Lêdo Ivo. *O Jornal*, Rio de Janeiro, 16 jun. 1963.
ENEIDA. Encontro matinal. O livro da semana. *Diário de Notícias*. Rio de Janeiro, 22 jun. 1963.
LEONARDOS, Stella. Entre memória e diário. *Jornal do Commercio*, Rio de Janeiro, 04 ago. 1963.
ARROYO, Leonardo. Raul Pompéia. *Folha de S. Paulo*, São Paulo, 31 dez. 1963.
ROCHA, Tadeu. *Modernismo & regionalismo*. Maceió: Departamento Estadual de Cultura, 1964.
VARA, Teresa Pires. O universo poético de Raul Pompéia. *Revista de Letras*, v. 5. Assis, Faculdade de Filosofia, Ciências e Letras, São Paulo, 1964.
LINHARES, Temístocles. Lêdo Ivo, Teseu e Pompéia. *O Estado de S. Paulo*, São Paulo, 04 jan. 1964.
RIEDEL, Dirce Côrtes. Dois livros. *Jornal do Commercio*, Rio de Janeiro, 16 jan. 1964.
MARTINS, Wilson. Arredores de Pompéia, *O Estado de S. Paulo*, São Paulo, 15 fev. 1964.
BARBOSA, Rolmes. Da arte de narrar. *O Estado de S. Paulo*, São Paulo, 23 mar. 1964.
MARTINS, Luís. O mistério Ateneu. *O Estado de S. Paulo*, São Paulo, 19/26 jun. 1965.
CAVALCANTI, Valdemar. Nordestino revela em prosa e verso seu amor pelo Rio: Lêdo Ivo. *O Jornal*, Rio de Janeiro, 04 ago. 1965.

MARTINS, Heitor. Ivo, Lêdo. O universo poético de Raul Pompéia. *Hispania*, publicação de The American Association of Teachers os Spanish and Portuguese, set. 1965.

CONDÉ, José. Sobre criação poética. *Correio da Noite*. Rio de Janeiro, 08 jun. 1967.

MARTINS, Wilson. Tempo de antologia. *O Estado de S. Paulo*, São Paulo, 16 set. 1967.

SALES, Herberto. *80 crônicas exemplares* (antologia). Rio de Janeiro: Edições de Ouro, 1968.

MARTINS, Luís. *Suplemento Literário*. São Paulo: Conselho Estadual de Cultura, 1972.

O GLOBO. Lêdo Ivo faz em livro o necrológio do Modernismo, Rio de Janeiro, 13 jun. 1972.

OLINTO, Antônio. E eis o melhor ensaio a respeito da Semana. *O Globo*, Rio de Janeiro, 19 out. 1972.

LUCAS, Fábio. Modernismo e modernidade. *Colóquio / Letras*, nº 10, Lisboa, nov. 1972.

MARTINS, Wilson. Finisterra. *Books Abroad*. Norman, Oklahoma, jun. 1973.

O ESTADO DE SÃO PAULO. Lêdo Ivo ganha o V prêmio Walmap. São Paulo, 06 set. 1973.

FOLHA DE S. PAULO. Os Cr$ 30 mil do Walmap para Lêdo Ivo. São Paulo, 06 set. 1973.

JORNAL DO BRASIL. Lêdo Ivo ganha V prêmio Walmap com obra recusada por editores há dois anos. Rio de Janeiro, 06 set. 1973.

O GLOBO. Lêdo Ivo ganha o prêmio Walmap com *Ninho de Cobras*. Rio de Janeiro, 06 set. 1973.

TRIBUNA DA IMPRENSA. Lêdo Ivo aplaudido na ALEG, Lêdo Ivo recebe louvor pelo prêmio Walmap. Rio de Janeiro, 10 set. 1973.

QUEIROZ, Dinah Silveira de. Arapiraca e outros ganhadores do Walmap. *Correio do Povo*, Porto Alegre, 22 set. 1973.

OLINTO, Antônio. Lêdo Ivo e o Prêmio Walmap. *O Globo*, Rio de Janeiro, 02 out. 1973.

_____. Do romance que busca as origens do país. *O Globo*, Rio de Janeiro, 15 out. 1973.

_____. Uma obra-prima do romance moderno. *O Globo*, Rio de Janeiro, 05 dez. 1973.

JORNAL DA TARDE. Lêdo Ivo voltou a Alagoas dos anos 40 para escrever um livro atual. São Paulo, 07 dez. 1973.

PONTES, José Couto. A criação poética de Lêdo Ivo. *Correio do Estado*, Campo Grande. MT, 15 e 16 dez. 1973.

PÓLVORA, Hélio. A fábula bem contada da raposa perplexa. *Jornal do Brasil*, Rio de Janeiro, 15 dez. 1973.

MOLITERNO, Carlos. Ninho de Cobras. *Gazeta de Alagoas*, Maceió, 21 dez. 1973.

OLINTO, Antônio. Lêdo Ivo na ficção de agora. *O Globo*, Rio de Janeiro, 27 dez. 1973.

INOJOSA, Joaquim. Cobras mansas. *O Jornal*, Rio de Janeiro, 27 dez. 1973. Transcrito em *A Província do Pará*, Belém, 29 dez. 1973 e no *Diário do Paraná*, Curitiba, 29 dez. 1973.

PRADO, Marcus. Ninho de cobras. *Diário de Pernambuco*, Recife, 30 dez. 1973.

FOSTER, David William. Ninho de cobras. *Books Abroad*, Nornam, Oklahona, nov. 1974.

CAMPOMIZZI FILHO. Novo romance de Lêdo Ivo. *Folha do Povo*, Ubá, MG, [?], 1974.

LITRENTO, Oliveiros. Ninho de cobras. *Revista do Clube Militar*, Rio de Janeiro, jan.-fev., 1974.

PEREIRA, Armindo. "*Ninho de cobras*, um livro terrível". *Tribuna da Imprensa*, Rio de Janeiro, 22 jan. 1974.

CARVALHO, José Cândido de. Verão veio com romance de Lêdo Ivo. *O Cruzeiro*, Rio de Janeiro, 30 jan. 1974.

FISCHER, Almeida. A luta pela expressão num romance primoroso. *O Estado de S. Paulo*, Suplemento Literário, São Paulo, 03 fev. 1974.

TITO FILHO, A. O caderno de anotações. *Jornal do Piauí*, Terezina, 05 fev. 1974.

MOUTINHO, Nogueira. Lêdo Ivo: Ninho de cobras. *Folha de S. Paulo*, São Paulo, 17 fev. 1974.

ESCOBAR, Carlos Henrique. Drama no anonimato. *Visão*, São Paulo, 25 mar. 1974.

MAGALHÃES JÚNIOR, R. Ninho de cobras – novo romance de Lêdo Ivo. *Manchete*, Rio de Janeiro, 30 mar. 1974.

BRUNO, Haroldo. Ficção experimental. *O Estado de S. Paulo*, São Paulo, 26 maio 1974.

STUDART, Heloneida. O diabólico Ivo. *Manchete*, Rio de Janeiro, 15 jun. 1974.

ALENCAR, Edigar de. Ninho de cobras. *O Dia*, Rio de Janeiro, 16 jun. 1974.

HOHLFELDT, Antônio. A contradição da vida e da morte. *Correio do Povo*, Porto Alegre, 19 jun. 1974.

GUERRA, José Augusto. Ficção, memória e catarse. *O Estado de S. Paulo*, Suplemento Literário, São Paulo, 30 jun. 1974. Transcrito no *Correio do Povo*, Porto Alegre, 27 jul. 1974.

PORTELLA, Eduardo. Uma obra torrencial e indomável sob o signo da bruxaria. *O Globo*, Rio de Janeiro, 16 ago. 1974.

MONTELLO, Josué. Um romance de maturidade. *Jornal do Brasil*, Rio de Janeiro, 11 fev. 1975.

SILVERMAN, Malcon. Ficção e poesia em Lêdo Ivo – I e II. Suplemento literário de *Minas Gerais*, Belo Horizonte, 28 jan. e 04 fev. 1978.

MENEZES, Carlos. Terror e violência de *Ninho de cobras* voltam em 2. edição. *O Globo*, Rio de Janeiro, 14 abr. 1980.

McDOWELL, Edwin. U.S. Is discovering latin america's literature. *The New York Times*. New York, 16 fev. 1982.

BRAIT, Beth. Lêdo Ivo, geografando nossa literatura. *Jornal da Tarde*, São Paulo, 14 jan. 1983.

WITTMANN, Luzia Helena. Lêdo Ivo: *Ninho de cobras* – uma história mal contada. *Jornal Opinião*, Maceió, 11 jun. 1983.

LISBOA, Eugênio. A noite misteriosa. *Colóquio /Letras*, n° 74, Lisboa, julho de 1983. Transcrito em *As vinte e cinco notas do texto*. Lisboa: Imprensa Nacional-Casa da Moeda, 1987.

COUTINHO, Edilberto. Do triunfalismo à desilusão. Com dor. *O Globo*, Rio de Janeiro, 02 set. 1984.

MOUTINHO, Nogueira. Revelando outro Brasil num romance alegórico. *Folha de S. Paulo.* 23 set. 1984.

REBELO, Gilson. Lêdo Ivo: interrogação como seu fio condutor. *O Estado de São Paulo,* São Paulo, 30 set. 1984.

VILLAÇA, Antônio Carlos. Lêdo e Orlando. *Jornal de Letras,* Rio de Janeiro, nov. 1984.

BADEN, Nancy T. *The Muffled Cries.* Boston: University Press of America, 1984.

ANCKER, Ove. En Brasiliansk Ræv. *Weekendavisen,* Copehagen, 18 a 24, Januar, 1985.

FISCHER, Almeida. *A morte do Brasil.* A nossa realidade vista por Lêdo Ivo. *O Estado de S. Paulo,* São Paulo, 10 mar. 1985.

SANDRONI, Laura Contância. A densa palavra poética. *O Globo,* 11 ago. 1985.

PALACIOS, Amador. Lêdo Ivo y su recado íntimo. *San Juan Ante-Portam-Latinam,* n° 3, Toledo, Espanha, diciembre de 1985.

EVANS, Stuart. From a view to a death. Londres, *The Times,* March 23, 1989.

PEREIRA, Armindo. *De Drummond a Lêdo Ivo.* Rio de Janeiro: Companhia Brasileira de Artes Gráficas, 1991.

JUNQUEIRA, Ivan. Ninho de cobras. Em *O signo e a sibila.* Rio de Janeiro: Topbooks, 1993.

NUNES, Cassiano. Multiplicidade de Lêdo Ivo, I, II e III. *O Diário,* Maceió, 09, 16 e 23 dez. 1995.

SILVA, Márcio Ferreira da. Um olhar cultural sobre o espaço em Ninho de cobras, de Lêdo Ivo. In *Culturas, contextos e contemporaneidade.* Salvador: Abralic, 1999.

ALMEIDA, Lêda. *Labirinto de águas* (Imagens literárias e biográficas de Lêdo Ivo). Maceió: Edições Catavento, 2002.

SILVA, Márcio Ferreira da. *A cidade desfigurada* (Uma análise do romance Ninho de cobras, de Lêdo Ivo). Maceió: Edições Catavento, 2002.

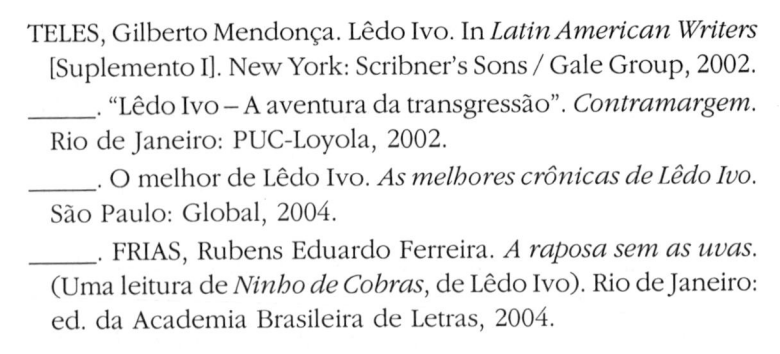

TELES, Gilberto Mendonça. Lêdo Ivo. In *Latin American Writers* [Suplemento I]. New York: Scribner's Sons / Gale Group, 2002.

_____. "Lêdo Ivo – A aventura da transgressão". *Contramargem*. Rio de Janeiro: PUC-Loyola, 2002.

_____. O melhor de Lêdo Ivo. *As melhores crônicas de Lêdo Ivo*. São Paulo: Global, 2004.

_____. FRIAS, Rubens Eduardo Ferreira. *A raposa sem as uvas*. (Uma leitura de *Ninho de Cobras*, de Lêdo Ivo). Rio de Janeiro: ed. da Academia Brasileira de Letras, 2004.

Rio de Janeiro, 15 de dezembro de 2003.

Gilberto Mendonça Teles (Bela Vista de Goiás, 1931) é formado em Direito e Letras Neolatinas e possui os títulos de Doutor em Letras e Livre-docente em Literatura Brasileira. Tem diploma de especialização em Língua Portuguesa pela Universidade de Coimbra. É professor titular da PUC-Rio. Foi durante 14 anos funcionário do IBGE em Goiás, o que teve influência na sua objetividade crítica. Professor-fundador da Universidade Católica de Goiás e da Universidade Federal de Goiás, onde estruturou e dirigiu o Centro de Estudos Brasileiros, fechado pelos militares em 1964. Atingido pelo AI-5, quando professor de literatura brasileira no Instituto de Cultura Uruguaio-Brasileiro, de Montevidéu, veio para o Rio de Janeiro em janeiro de 1970, tendo sido saudado por Carlos Drummond de Andrade, que lhe dedicou os seguintes versos:

> *Repito aqui — repetição / é meu forte ou meu fraco? — tudo / que floresce em admiração / no itabirano peito rudo / (e em grata amizade também) / ao professor, melhor, ao poeta / que de Goiás ao Rio vem, / palmilhando rota indireta, / mostrar — com um ou com dois eles / no nome — que ciência e poesia / em Gilberto Mendonça Teles / são acordes de uma harmonia.*

Com a anistia, transferiu seus cargos públicos para as Universidades Federal Fluminense e Federal do Rio de

Janeiro, aposentando-se em 1988 e 1990, respectivamente. Além de professor no Uruguai, lecionou em Portugal (Universidade de Lisboa), na França (Universidade de Haute Bretagne), em Rennes, e Universidade de Nantes, nos Estados Unidos (Universidade de Chicago) e na Espanha (Universidade de Salamanca).

Já recebeu 22 prêmios literários, entre os quais o "Machado de Assis" [Conjunto de Obras], da Academia Brasileira de Letras, 1989. Recentemente foi eleito "O Intelectual do Ano 2002" (troféu "Juca Pato" da UBE-SP). Em 1987, o Governo Português outorgou-lhe a *"Comenda da Ordem do Infante Dom Henrique"*. Em 1996, a Universidade Federal do Ceará conferiu-lhe o título de Professor *Honoris Causa*; e a Câmara Municipal de Bela Vista de Goiás deu-lhe o diploma de *"Título Honorífico"*. Em 1997, a União Brasileira de Escritores do Rio de Janeiro conferiu-lhe a medalha *"Carlos Drummond de Andrade"*; e o Governo de Santa Catarina a *"Medalha de Mérito Cruz e Sousa"*. Em 1998, foi eleito *Sócio-correspondente* da Academia das Ciências de Lisboa.

BIBLIOGRAFIA. I - Poesia: Todos os seus poemas estão reunidos no volume *Hora aberta*, Editora Vozes, 2003, com 1.116 p. II – *Crítica e história literária*: Destacam-se: *Drummond – A estilística da repetição*, 1970; *Vanguarda européia e modernismo brasileiro*, 1972; *Camões e a poesia brasileira*, 1973; *Retórica do silêncio*, 1979; *A escrituração da escrita*, 1996; e *Contramargem*, 2000. Organizou, dentre outras, as obras e as seguintes antologias: *Seleta em prosa e verso*, de Carlos Drummond de Andrade, 1971; *Seleta de Origenes Lessa*, 1973; *Prefácios de romances brasileiros*, 1986; *Os melhores poemas de Jorge de Lima*, 1994; *Os melhores contos de Bernardo Élis*, 1995; *Poesia completa de Augusto Frederico Schmidt*, 1995; e *Obra completa de Carlos Drummond de Andrade*, 2002.

Existem várias teses universitárias [mestrado e doutorado] sobre a sua obra de *Poesia e de crítica*. Destacam-se na sua fortuna crítica os livros: *Poesia & Crítica*, de 1988, organizado por Dulce Maria Viana Mindlin; *Gilberto: 40 anos de poesia*, publicado pelo Departamento de Letras da PUC-Rio, em 1999; e a "Fortuna crítica" da 4ª ed. de *Hora aberta*, org. por Eliane Vasconcellos.

Rio de Janeiro, 17 de dezembro de 2003.

ÍNDICE

O melhor de Lêdo Ivo 7

A CIDADE E OS DIAS

Apartamento térreo 25
O mês e o telefone 28
Os donos da cidade 31
Primavera 35
Em qualquer subúrbio 37
Palavras cruzadas 40
O jogo dos telegramas 43
A cidade e os dias 45
O flautim 47
A fábula da cidade 50
O país das moças em flor 53
O sono na biblioteca 56
O domingo longe de nós 59
Pai e filha no zôo 62
Linguagem nova 65
O amor em Grajaú 67
Freio de arrumação 69
A pantomima e o telúrico 72

Episódio 75
Imunidades 78
Decoradores 83
A ilha da Trindade 85
O lenço 89
Uma pequena surpresa 91
A súcia e o comandante 94
Borbotão de abril 97
Perto das ilhas 100
Uma carta para a China 103
Na ponta do arpão 105
O defunto 107
Os comparsas da melodia 109
Cães, alguns farejadores 115
Um ladrão na paisagem 118

O RIO É UMA FESTA
De repente neste verão 123
Ilha rasa 126
Natal carioca 131
Viagem em torno de uma cocoroca 133
À sombra das bananeiras 136
O estribo prateado 138
Moradia além da vida 140
A tarde ostensiva 142

INTERVALO
Passagem da lua 149
A ética da aventura 151

Viva Clarice Viva 161
O mar perto 163
No dia dos mortos. 166
O caso Lou: a vida como ficção 170
O outro Otto 177
A retreta 180
O nome e a nostalgia 183
Os dias que passam 185
O mar 195
A ilha da Trindade 197

PROSA PERDIDA

O fardão e o fio-dental 207
Morte e ressurreição de PC 210
O carioca Marques Rebelo 213
Lágrima e adultério 216
Lucas, o barbeiro 217
Visita a um castelo 219
O culpado 222
Adeus a Austregésilo de Athayde 224
Entre a luz e a sombra 228
Um pouco de Antônio Houaiss 231
Presente de Natal 235
O folhetim eletrônico 238

Biografia de Lêdo Ivo 247
Bibliografia 250

Impressão e Acabamento
Bartira
Gráfica
(011) 4123-0255